[韩天航文集] ⑩

温情上海滩

韩天航 著

新疆生产建设兵团出版社

图书在版编目（CIP）数据

温情上海滩 / 韩天航著. -- 五家渠 ：新疆生产建设兵团出版社, 2020.12
　　ISBN 978-7-5574-1598-3

Ⅰ. ①温… Ⅱ. ①韩… Ⅲ. ①长篇小说－中国－当代 Ⅳ. ①I247.5

中国版本图书馆 CIP 数据核字(2021)第 009675 号

责任编辑：昝卫江

温情上海滩

出版发行		新疆生产建设兵团出版社
地	址	新疆五家渠市迎宾路 619 号
邮	编	831300
电	话	0994—5677185
发	行	0994—5677048
传	真	0994—5677519
印	刷	北京一鑫印务有限责任公司
开	本	710mm*1000mm　1/16
印	张	19.5
字	数	251 千字
版	次	2020 年 12 月第 1 版
印	次	2021 年 8 月第 1 次印刷
书	号	ISBN 978-7-5574-1598-3
定	价	59.00 元

目　录

上　篇

一 ······ 003
二 ······ 014
三 ······ 021
四 ······ 030
五 ······ 039
六 ······ 046
七 ······ 054
八 ······ 063
九 ······ 072
十 ······ 091
十一 ······ 100
十二 ······ 106

中　篇

一 ······ 121

二 ································· 129
三 ································· 136
四 ································· 144
五 ································· 152
六 ································· 159
七 ································· 168
八 ································· 178
九 ································· 188
十 ································· 197
十一 ······························ 207

下　篇

一 ································· 221
二 ································· 230
三 ································· 240
四 ································· 251
五 ································· 258
六 ································· 269
七 ································· 276
八 ································· 283
九 ································· 293
十 ································· 301

上篇

上　篇

一

　　阿德哥住在上海江虹路235弄新德里24号。阿德哥全名叫贾怡德,不过弄堂里的人都叫他阿德哥。凡是有人在弄堂口或者在弄堂以外方圆上百米的其他弄堂与街面的地方问:"请问新德里的阿德哥住在几号?"马上就有人会回答你:"阿是那个白相蟋蟀的阿德哥?他住在新德里24号。"要是你要问新德里有贾怡德哦?大多数人的回答是:"勿晓得。"

　　新德里的石库门盖得比较考究。双扇黑漆的厚重大木门,走进大门有一个很大的天井,然后是三层楼房,宽敞的客堂间,两边是厢房,后面是楼道,再后面是灶片间。楼上也有间大房间、厢房、亭子间,三楼除三间房外,还有一个较大的阳台,以前多为乡下大户人家搬到上海来后合家居住的。全家十几口人住下来也并不拥挤。阿德哥祖上做官,乡下广有田产,但到他祖父那代渐渐败落,祖父就卖掉乡下大部分田产，带着正房太太与两房姨太太，在上海买下这一栋石库门住下，靠着还留在乡下的田产收租金生活。虽然上海开销很大，经济也日渐紧迫，但祖父喜欢上海的花花绿绿，依然花钱如粪土，所以到他父亲那一代，只能变卖留在乡下的田产生活了。到阿德哥十五岁那一年，他父亲与母亲双腿一蹬，相继去世后，留给阿德哥的只有这幢石库门房了。

阿德哥的父亲是热衷于白相蟋蟀的人，阿德哥四岁时，就跟着父亲跟别人斗蟋蟀。虽然他父亲也知道读书识字这件事很重要，把他也送进学校去上学，但阿德哥从十岁起也开始热衷于看父亲跟别人斗蟋蟀，学业也荒废了，父亲也不责怪，反而津津有味地教授白相蟋蟀的有关知识。阴历七、八月份，正是斗蟋蟀的旺季，学校也放暑假了，父亲从不过问儿子的暑假作业，而是端着蟋蟀盆，左转右转地告诉儿子，盆里的这只蟋蟀好在哪里，疵在何处。甚至不惜几只盆中价格不菲的蟋蟀问儿子，这两只斗，哪只能赢哪只会输。儿子讲了后，他会正式把两只蟋蟀放进盆里，进行实践看结果。然后教导儿子，赢的蟋蟀赢在哪里，输的那只又输在何处。

在阿德哥的父亲看来，每一件事情都有每件事情的门道，弄懂事情的独有门道后，都会有饭吃。歪门邪道也自有歪门邪道的饭碗。在上海滩上，你只要有一门别人没有的绝技，你就能混得一碗不错的饭吃！但父亲又告诉阿德，世界上做任何事情都有任何事情的规矩，歪门邪道也有歪门邪道的规矩。所以规矩不能破，规矩破了，你也就坏了。赌债不能赖，嫖资不能欠，赌与嫖都不是什么好事，但你一旦去做了，这行里的规矩你就不能破。一破了，你的信誉就完了，就会叫人看不起，人家就不再会相信你，你就没法在这世上混。

按照当时婚姻要讲究门当户对的原则，所以阿德哥的姆妈也是位书香门第的千金小姐，知书达礼，还是个烧香念佛的人。在父亲去世半年后，阿德哥的姆妈也突然一病不起，临终前对阿德讲："人活在世上是有命的，富也好，穷也好，那是老天现世给你的命分。但做人却要自己去做，只有在现世做个好人，多行善事，守得为人的规矩。所以要做好事勿做坏事，对佛要有敬畏之心，修的就是来世的福分了。"

阿德哥跪在病床边说："姆妈,我晓得了。"

他姆妈这才闭上眼睛走了……

在新德里24号这栋三层楼的石库门房里,就只有十五岁的贾怡德一个人住了。瘦死的骆驼比马大。虽然上海滩上每天都有不少外地人拥进来,住房也越来越紧张,但贾怡德没有听别人的劝告,把房子租几间出去收点租金来维持生计,而是操起父亲的"行业",以斗蟋蟀赌钱为生。父亲没有说错,在上海滩上你只要掌握一门绝技,就会有饭吃,甚至发财。上海是座赌城,只要有人群聚居的地方,就会有赌博。麻将、牌九、白鸽票、斗鸡、斗蟋蟀、跑马、赛狗等等。在离新德里不远的花园路的一条马路上一到七、八月份,就拥满了斗蟋蟀赌博的人,而花园路的78号那栋五层楼的一间大房子里,就聚集着一些财大气粗的斗蟋蟀的人。什么样的人都有,有穿长衫马褂的土财主,有西装革履的小开,有穿绸衫大裆裤的帮会头目。输赢都在几万,几十万,甚至于上百万上千万的档次上,就像股市上的那些大户们。与贾怡德的父亲一样,只要阿德哥端着蟋蟀盆趾高气昂地进来,便就会引起一阵骚动。在上海滩上,只要是掌有一门绝技的人总会引来一批崇拜的人。阿德哥的本事就在这里,端起盆子,掀开盆盖,细细地转看蟋蟀盆,端视盆里的蟋蟀。两只要争斗的蟋蟀阿德都细细地端视过后,有人就问:"阿德,哪能?"

阿德从不犹豫说:"这只赢。"

有人不服,在开斗前各方押赌注。斗的结果,往往十有八九阿德预言得准确。所以有人也叫他"蟋蟀阿德"。

自然阿德哥的收入也相当可观,只要赌上这么两三次,似乎一辈子都不用为生计发愁了。赌博就是这样,不会只赢不输的,再好的马也有失前蹄的时候。有一次,他在观察了一对相斗的蟋蟀后,似乎有绝对的把握下注,可他狠狠地下了一把注的那只蟋蟀却斗输了,他差点把家底都输光了。但阿德一点也不心痛,处之泰然,因为他很清楚,在赌场上,输赢本是平常事,没有这种心态别在赌场上混。

阿德哥不断进出花园路78号的斗蟋蟀大户会所。在离78号不远的地方，在花园路与西霞路的交界处的三角地带，有一大片空地，当每年白相蟋蟀的辰光，这儿就会摆上上百家买卖蟋蟀的摊头，而那些在上海滩上热衷于白相蟋蟀的人就都会时不时拥来，有时也是人头攒动，很是热闹。而当阿德端着蟋蟀盆出现时，就会有不少人围在他身边来套近乎，似乎同阿德哥搭上腔也是件荣幸的事。在这世上，任何行当都会有权威人物，玩蟋蟀同样如此。而阿德哥在玩蟋蟀人的中间也几乎是个一呼百应的人物。那些蟋蟀摊有大有小，大的还卖蟋蟀盆，一摞一摞地叠在那儿，各式各样的蟋蟀盆，有龙纹盆，高脚盆，和尚盆。这里聚集着斗蟋蟀迷们，有已放暑假的学生，还有些游手好闲的白相人，也有穿着破衣烂衫的"小瘪三"。这里玩蟋蟀的人也赌输赢，但不像78号那样惊心动魄，他们都只是"小来来"，赌个百儿八十的，甚至几毛钱，几盒烟都赌。阿德哥也常去，到那儿轧轧闹猛，席地而坐，拥在一起看斗蟋蟀玩。阿德没有架子，大赌他赌，"小来来"他也会去凑凑热闹，他喜欢的是自己的眼力，看蟋蟀相斗的过程。有一次，两个学生模样的小把戏请他看他们两只要相斗的蟋蟀，让他判断一下输赢。他转着蟋蟀盆看了看，两只蟋蟀一大一小，相差较大，但阿德说："小的赢。"但周围的人谁也不相信，说："阿德哥，你搞什么搞，一只是小弟弟，一只可以当大哥哥了。啥人看到过小弟弟能战胜大哥哥的？"阿德一笑说："就赌一把怎么样？"那个学生模样的人从脖子上解下一个金十字架说："赌这个怎么样？"阿德说："赌这个可不行。人对上帝菩萨得有敬畏之心才行。"那孩子说："那赌什么？"阿德说："你身上有多少钱就赌多少钱。"那学生说："那也太小儿科了。"阿德说："你以为你这虫大就准赢啊，斗了以后就知道了。"那学生把口袋翻了个底，掏出几枚洋角子，阿德说："这就可以了。"

于是把一大一小两只蟋蟀放在公盆里斗。围观的人越来越多，开始当然是大的占上风，把小的压到盆边上，身子都压弯了，但小的就不屈不挠，顽强战斗。大的用力一甩，把小的甩出盆外，大的在盆里叫，以为自己胜了，但小的却不示弱，在盆外叫。用网把小的铲进去继续斗，小的依然咬着大的不放，大的甚至把小的抬了起来，再次把小的甩出盆。这时围观的人连大气都不敢叹一口，汗珠子滴滴答答往下流，太紧张了。大的在盆里叫，小的就在盆外叫,再把小的放进盆里,小的却越斗越勇,大的似乎有些招架不住了,大的大约是用足最后一点力气,似乎是最后一搏,再次把小的甩出盆外。想不到小的在盆外叫得更欢,而且左转右转地寻找着敌人,想做再一次的搏斗。大的也在盆里叫着,但叫声已没有那么自信了。小的再次进盆,一个转身就朝大的冲去,大的本想再迎斗一下,但刚张嘴,就突然一个转身跑了,小的在大的屁股后面紧追不舍,沿着盆边转了三圈,大的不敢再迎战。小的顿时停住,大声欢叫起来,宣告自己的胜利。大的嘣地跳出盆外,逃命要紧。

这场恶斗,让所有围观的人得到了一种满足。以后,白相蟋蟀的小把戏们又四处加酱加油地宣传。阿德哥名声也越发地响亮了。

因为白相蟋蟀而闻名,并让人高看一眼,似乎也是一种身份。于是阿德哥进出弄堂,手上都要端着一只蟋蟀盆,就像白相鸟的人一样,端着个鸟笼。有时哪怕是冬天,虽然蟋蟀都死绝了,但他进出弄堂也会端着个蟋蟀盆。有人说:"阿德哥你盆里还有活的蟋蟀啊?"阿德哥说:"没有。"

"那你还端着个蟋蟀盆干什么?"

"身份!"阿德哥说。很是得意。

新德里处在虹口区与黄浦区的交界处,一出弄堂口就是商铺林立,人头攒动,车如流水的几条热闹马路。而一走进新德里却显得很清静。

那是烈日炎炎的七月的一天,下了一场阵头雨后,太阳又把湿漉漉的马路晒出一股股雾蒙蒙的热气。那天下午阿德端着只蟋蟀盆,咧着嘴,得意非凡地从花园路回来。他斗蟋蟀不但把上次输的钱翻了回来,还又赢了一笔钱。

虽然阿德知道,在赌场上赢了不要太得意,输了不要太丧气。输赢之间都是一瞬间的事,但赢了钱总是让人兴奋的事,何况又报了上次的一箭之仇。

当阿德走进弄堂,发现原先清静的弄堂却拥了一堆看热闹的人。一个被打得鼻青脸肿的七八岁小女孩坐在地上哭,旁边一个三十几岁的女人叉着腰还在骂:"你去找你娘去呀!赖在我们家作啥?小小年纪就学会偷东西吃!"

原来是新德里10号姓徐的"新娘子"家的事。在上海就是有这种怪现象,一个女人嫁到弄堂里来,大家都叫她"新娘子"。叫着叫着,"新娘子"就是她的名与姓了。有些女人从此一辈子就叫"新娘子"一直到死。

那个小女孩是徐家"新娘子"的外甥女。周围邻居都出来看,为被打得不轻的小女孩愤愤不平。因为10号的这个爷叔婶娘经常打这小女孩,在弄堂里已引起了公愤。

15号的刘家姆妈带着无限同情的口气说:"七八岁的小囡懂得啥呀,肚皮饿了就要拿东西吃呀。犯得着这么动气打呀。"

14号的张家外婆也在一边说:"她阿爸死了,娘又扔下她逃脱了。你爷叔、婶娘不抚养她,谁抚养她啊?"

9号的林家阿姨说:"人心都是肉长的呀。这么七八岁的小孩,又长得这么好看。看看都叫人心疼呢,还舍得打呀。"

"新娘子"就说:"我打了又怎么样!"

刘家姆妈说:"喔哟,我们都是好心劝你呀,你这样把你侄女往死里打,也太恶点了哦? 我告诉你,恶人是会有恶报咯。"

"新娘子"说:"我是恶人啊? 我是恶人啊? 好了,那我索性做恶人。"说着举起手又在小女孩脸上甩了狠狠的两巴掌。阿德哥是最看不得这种场面的,他用力一把拉开"新娘子"说:"你怎么能这样打小孩的呢? 她是你亲侄女呀。"

小女孩叫徐玉芹,她叔叔叫徐芝兰,一个女人的名字。婶娘"新娘子"叫陆雅芳。新德里10号与阿德的24号隔了一排房子。半年前,徐玉芹的母亲因她父亲去世一年,特地带着徐玉芹说是来上海叔叔家探探亲。没住上两天,把小女孩撂在上海,自己偷偷地跑掉了。

"亲娘都不肯养她,我凭啥要养她? 啥人要就叫啥人养去!"

"你说话当真?"阿德说。

"当然当真!"

"刘家姆妈,林家阿姨,张家外婆,你们都听到了。"阿德说。

"听到了。"大家齐声说。

"那好!"阿德一拍胸脯说,"我来养!有啥了不起呀!"

"小姑娘,"阿德拉着小姑娘的手说,"你肯叫我一声阿爸哦?肯叫,我就带你回去。"

矮矮胖胖的刘家姆妈是个热心人,忙叫:"小姑娘,快叫阿德阿爸。你跟着阿德阿爸就会有好日子过了。"

围观的热心人也说:"小姑娘,叫呀,叫呀!"

"阿德,这话是你说的噢,""新娘子"说,"可不是我硬往你这边送的噢。"

小姑娘抬起头,眨着含着泪的大眼睛,似乎也犹豫了一会,轻轻地喊了一声:"阿爸。"

阿德说:"众位乡里作证。徐玉芹这小姑娘,她亲爷叔亲婶娘勿肯养,天天打骂,打得小姑娘遍身都是伤,我贾怡德看不下去,我来养她,让她做我的女儿。我勿相信这世上的人就能这样见死不救。这个女儿我认定了。"

其中有一个人为阿德拍起手来,接着大家也都拍手。在此期间,徐玉芹的婶娘突然消失不见了。林家阿姨眼睛尖说:"阿德刚发话,她就溜之大吉了,咯种女人,良心也太坏了!"可是人群一散,阿德哥发现弄堂又变得异样的清静,这时弄堂里只剩下他与他牵着小手的徐玉芹了。既然你阿德哥承担下了这份责任,自然也就不关我们什么事了。

阿德哥回想了一下刚才发生的事。大概是今天斗蟋蟀赢了一大笔钱,心中得意,才做出的这种义举。但阿德毫不后悔,一手牵着徐玉芹的小手,一手端举着雕龙的蟋蟀盆就朝家走去。

阿德哥把徐玉芹改了个姓,叫贾玉芹。

热心的刘家姆妈似乎还不大放心,又夜访阿德,阿德说:"刘家姆妈你放心,我阿德虽是白相人,但我会把玉芹当亲女儿一样养大的。"

刘家姆妈点头讲:"阿德哥,你姆妈生前就是个好心肠的人。你阿德哥也是。"说着就放心地走了。在上海就有这么一些爱管"闲事"的热心人。

就在收养贾玉芹的第三天。那天雨下得很大,从早上一直下到晚上,弄堂水泥地面上一直漂流着一层雨水。有了个女儿,不能像以前单身时那样生活了。单身时,到小摊上吃碗面,吃碗馄饨,来上几两小笼包子,生煎馒头,一副大饼油条,一碗咸豆浆,就可以混一顿,嘴馋了就找几个酒肉朋友吃上一顿。但现在有了一个女儿,可不能这样生活了,那会让人看不起的。在上海滩上,面子比夹里重要,活就要活出个样子来。现在做爸爸了,也要争出个做爸爸的样子来。

于是阿德就托刘家姆妈为他找个保姆,四十岁左右的最好。个中的道理,谁都明白。阿德活在这个世上,最怕人家说三道四的。他快到三十岁还没娶妻结婚,弄堂里已经闲话满天飞了。这点阿德不怕,人只要坐得正站得直,自己对得起自己就行了。

热心的刘家姆妈当然一口答应,说:"我从乡下给你找一个手脚干净,饭做得好,长相清爽点的女人来。我晓得你阿德哥也是个吃客。"

但弄堂里的人对阿德快三十了还没结婚的事也有许多不解。论条件,阿德有一栋房,钱也不缺,作啥不寻个女人结婚啦?该成家了呀。也有人问阿德,阿德说:"勿急。就是要结婚,我也要寻个有缘的称心的女人。"

其实弄堂里的人当然不会知道,阿德十六岁那年,也就是父母去世后他单独住这间屋子后的第二个春节,他突然感到春心萌动,很想找个对象发泄一下。那种欲望变得强烈得不得了,下面那个东西老抬着头,在寻找着发泄的对象。他知道自己想要什么,于是他坐上黄包车,直奔四马路。走出惠里会,斜插出去百十米,有条马路就可以直通有妓院的那条小路。别看小路是石子路,两边都是花花绿绿的人,里面停满了三轮车、黄包车,还有几辆小轿车,很是热闹。还有"鸡"们在门口招揽生意。阿德心想,马路上招揽生意的"鸡"都不干净,阿狗阿猫她们都睡。要找就找个大一点的妓院,都是公子哥儿阔人们潇洒的地方,那儿的"鸡"肯定档次要高一点,"鸡"也会干净点。阿德来到一家门面跟前,抬头一望,仙浴阁。里面正在喝酒搓麻将,他往门口一站,一个花枝招展的女人就上来搭腔。

"少爷,哪能?"

"我要漂亮,干净点咯……"阿德稚嫩而又难为情地说。

"少爷,我叫一个包你满意。"那女人一看就知道是个没有沾过荤的处男,于是喊:"阿芳,接客!"

出来的姑娘有二十来岁,长得眉清目秀的,干干净净的。笑起来也是甜甜的。阿德觉得自己身子顿时全酥了,心也在胸腔里嘣嘣乱跳,一股极其激动兴奋的泉流在他身上涌动。

阿芳一把拉住阿德的手,阿德那时简直觉得自己要晕过去。阿芳的手又软又温暖。

阿芳轻轻地关上门。

阿芳说:"阿要喝点小酒?"

阿德说:"勿要。"

阿芳说:"阿要听我弹唱一曲?"

阿德说:"勿要。"

阿芳说"你倒直接咯。脱衣睡觉?"

阿德连连点头说:"快。"

阿德觉得自己下面那东西硬得都快要胀破了,等阿芳脱光衣服,他就扑了上去。可是他从来没有玩过女人,不知道那洞在何处,到处乱顶,就是顶不到地方。

阿芳笑了,说:"你是只童子鸡呀。"

然后阿芳帮他走了进去。阿德感到身子一阵快感,然后喷泻了出来,整个过程只有短短几分钟的时间。阿德突然感到一种羞愧与失落。他匆匆穿上衣服,就往外走。阿芳也跟着下了楼,对老鸨说:"姆妈,这个人的钱不要收。"

老鸨说:"作啥?"

阿芳说:"勿要收就勿要收。这钱从我身上扣。"

阿芳似乎很可怜他,但阿德还是掏出钱,往账台上一放,走出仙浴阁,走上马路,阿爸讲过,赌债不能赖,嫖资不能欠。马路上刮来一股潮湿的风。他一直没有弄懂,那个阿芳干吗不要老鸨收他的钱?就因为他是只童子鸡?

但两天后,阿德发觉下面开始红肿,流脓,尿尿疼痛,他染上了脏病。这事他不敢声张,拖了好些天,痛苦得实在拖不下去了,才去找医生看。那时的私人医生是很懂得给病人保密的。几个月,病似乎是治好了,但两个蛋萎缩得快要摸不到了。他虽仍有那种欲望的冲动,但再也硬不起来了。所以他再也不考虑自己婚姻上的事了,他不想让一个女人跟着他守活寡。

在二楼的一间大房间里,摆满了蟋蟀盆。一到晚上,24号整幢楼都响着蟋蟀嚯嚯的叫声,比田野上还热闹,然而在这一番蟋蟀的大合唱中,阿德才睡得特别的香甜。

刘家姆妈为阿德物色了一个四十刚出点头的"娘姨",上海人把保姆叫"娘姨"。人长得白白胖胖,干干净净的。扯起来与刘家姆妈还有点沾亲带故的。刘家姆妈认为阿德虽然是个白相人,但心肠好人也爽气,在他家做"娘姨"不会吃亏,肥水不流外人田,这样一份好差事流给别人太可惜了,娘姨叫许葆娣。阿德那时三十不到,他就叫她葆娣阿嫂,让贾玉芹叫她叫许大妈。孤单了近十年的贾怡德这下就体味到了家庭的温暖了,24号这幢石库门从此也不再清静,有了人气,再加上一片蟋蟀叫,也真是热闹出别一样趣味。

葆娣是个懂规矩很知道自己身份的女人。到了阿德家后,叫阿德总是一口一个"老爷"。阿德说:"就叫我阿德哦,老爷老爷,我才三十岁,反而被你叫老了。"葆娣说:"老爷,勿可以咯,在我们乡下直呼老爷的名字,是要被别人说辞的。"

葆娣硬是勿肯改口,阿德也只能"无奈"地接受了。但一旦叫惯了,也就顺耳了,这就叫习惯成自然。

七月的一天夜里,雨下得特别的大。雨点拍打着大地,哗哗啦啦地响,再加上二楼的蟋蟀叫成一片。到半夜里突然在一片雨声与蟋蟀声中有人在咚咚地敲门。

阿德说:"葆娣阿嫂,啥人啊?半夜三更来敲门。"

葆娣在一楼回声说:"我去开门看看。"

住在二楼小厢房里的玉芹也醒了问:"阿爸,啥人啦?"

葆娣开门在下面喊:"老爷,是找你的。"

阿德很吃惊,这种时候谁会来找他,他急忙穿上丝绸裤子,拖上拖鞋下了楼。他看到一个年龄与自己相仿的人,领着一串三个小把戏,匆匆奔过飘着大雨的天井,窜进客堂间。客堂间的电灯葆娣已经拉亮,阿德看看那四个人已被雨淋得浑身湿透,但他并没认出是谁。

"阿德表哥,你不认得我啦?"那个大人一口宁波话。

阿德还是看着他。

"我是林三祥呀!你六七岁时,你阿爸不是带你到我家来过的吗?"

知道他是谁了,但六岁半时的事,印象已经很模糊了,说:"噢,是三祥表弟啊。"

林三祥比阿德小一岁,想不到已经有三个孩子,最小的那个已三岁了,睁着大眼睛,好奇地看着阿德。

"快叫阿舅。"

三个小孩同时开口叫了声:"阿舅好。"

这时玉芹也睡眼惺忪地站在了楼梯口。说:"阿爸,来客人啦?"

三祥说:"表哥,你孩子也这么大啦?我在宁波,从上海来人到我们家没听说你结婚呀。"

阿德说:"我是没结婚,这是我领养的女儿。叫玉芹。"

三祥说:"噢,领养啊。那表哥你为啥不结婚呢?"

阿德说:"结了婚就勿自由了,我不想弄个女人管我。一个人又觉得太孤单,所以领养个女儿,既勿会来管我,又可以免了孤单。"

林三祥把在腋下夹着的油纸伞放在墙角落,雨下得这么大,但他伞却没打开过。林三祥读出阿德眼里的意思,忙解释说:"这么大的雨,四个人撑一把伞也没什么用,索性大家都淋雨吧。"

阿德说:"这是我家娘姨,你也叫葆娣阿嫂吧。"

三祥说:"葆娣阿嫂你好。"

玉芹在揉眼睛,阿德想了想,听着二楼的一片蟋蟀声,就说:"葆娣阿嫂,烧点水让他们都洗一洗,"又说:"三祥,你们几个洗好后就在东厢房挤一挤吧,有事明朝说。葆娣阿嫂你到弄堂口买点点心,让他们垫垫饥吧。"

二

  上了二楼，玉芹回她的房间睡觉去了。而阿德也回到自己的大房间躺下了。雨还在哗哗啦啦地下着。他抽上一支烟，慢悠悠地吸着。看到林三祥领着三个孩子在深夜的大雨中进了他的家门，阿德心里很烦。他讨厌有人来打乱他刚建立起来像模像样的平静详和的家庭生活。

  满屋子的蟋蟀在瞿瞿地叫着。听着蟋蟀叫就像在听一个欣欣向荣的事业的变奏曲。

  表弟林三祥他们家在宁波乡下，他父母都是安分守业的人，守着二十几亩水田，安安稳稳地过着还算富裕的日子。阿德听宁波乡下来的人提到这门亲戚时说，你表弟林三祥是个很不安分的人。十九岁就闹着要到上海来闯一闯。可他父亲怎么也不松口，说："将来我们死后，你能守着这份家业就谢天谢地了。"为了安住他的心，就在十九岁那年给他娶了一房媳妇，两年一个孩子，六年三个孩子，三祥现在二十八岁了。他的这位表弟要到上海来闯荡一番的意志就从来没有停息过,反而随着岁月的流逝变得越来越强烈。他的父母一死,他索性变卖了那赖以生存的二十几亩水田。拖着三个小把戏,清一色的和尚头,领进了他阿德的家。阿德听母亲讲过,当年阿德的爷爷也是这么做的。在乡下变卖了所有的家产,自断后路,到上海来闯荡。上海这个鬼地方,对许许多多的人竟有这么大的吸引力。

阿德想了想,既然表弟奔他来了,心里虽然不悦,但也不能把人家赶走啊。朋友间都还要相互帮衬着呢,更何况亲戚呢。阿德把烟灭了,然后睡下。

新德里的隔壁就紧靠一条摆满小吃摊的叫冠圆路的小街。街的一边就是一片棚户房,有几户棚户房的人养着鸡,天还没放亮,就有几只公鸡逼着嗓子喔喔地叫起来。阿德睡不着了,就起床。葆娣娘姨已经起来上小菜场买小菜去了。上海的娘姨们都习惯天不亮去菜场买小菜的。因为那时的蔬菜,海鲜,水产都是最新鲜的,价格也便宜点。那些摆摊的都希望早早地把货卖完,好去干点别的事情。

阿德下楼时,看到三祥也起来了。三个小把戏还睡得很香。一路坐船来,小把戏们累了。

阿德说:"三祥表弟,再睡一会儿嘛。这么早起来作啥?"

三祥说:"睡不着啊。阿德哥,我实话告诉你,我把家里二十几亩水田和房子都卖了,带着三个小人到上海来开货仓,做生意。所以现在我全要靠阿德哥你了。"

他说话倒直接。

阿德叹口气说:"到上海滩上来闯,一要靠人缘,二要靠本事,三要靠运气。不然只能背着竹筐拾拾垃圾。既然你带着孩子来投奔我,你又断了自己的后路,只要我阿德有口饭吃,也有你们一口饭吃,饿不死你们的。住下再说吧。"

三祥感激地点头,说:"我要的就是阿德哥的这句话。人缘呢,我去投上海宁波同乡会,宁波族长给我写了封推荐信。我三祥虽然本事不大,但只要肯实干,肯吃苦,有诚信,就不怕打不下江山。至于运气,那就要我拜佛做善事去求来。再说,我们一来,你阿德哥已经收留了我们,还放下话说饿不死我们,说明我人缘和运气都不错。我这里先给阿德哥磕三个头,谢谢收留之恩。"

说着跪下就要磕头。阿德一把拉起三祥说:"外人该帮的忙都要帮,何况是自己亲戚呢。"

三个小把戏也揉着眼睛醒来,老大叫林觉天,老二叫林觉晴,老三叫林觉朗。"天晴朗",求的是一生的光明。三祥让阿天、阿晴、阿朗也都跪下磕头。

阿德说:"你们住在我这里我先要留点规矩给你们。"

三祥说:"阿德哥你尽管吩咐。"

阿德说:"一是不许上二楼进房间翻我的蟋蟀盆。要知道我这盆里的蟋蟀只只值铜钿,上千上万元的价。二是不许欺侮玉芹。虽说不是我亲生,但她比我亲生的还亲,该叫阿妹的叫阿妹,该叫阿姐的叫阿姐。三是葆娣阿姨虽是我家的娘姨,但僧面勿看看佛面,是我阿德娘舅家的人,就不许对她无礼,她的话你们也要听。"

三祥说:"阿德娘舅的话听到了哦?"

三个小把戏齐口说:"听到了。"

三祥说:"阿朗,你叫玉芹要叫阿姐。阿晴今年六岁,玉芹也六岁,但玉芹是几月的?"

"七月。"

"阿晴是三月。要叫阿妹,晓得哦?"

阿晴很乖巧,点头说:"晓得了。"

中午阿德让葆娣烧了一桌菜,葆娣也是宁波人,一桌又咸又臭又香的宁波菜。阿德与三祥喝了两斤黄酒。吃完饭,一脸酒色的三祥就要去曲祥路上的宁波同乡会去。对人来说谋生总是第一位的。

天气很闷热,人不动就是坐在那儿,汗水也会从皮肤上沁出来,汇在一起往下流。三个小把戏与玉芹在天井里玩扮家家的游戏,阿晴与玉芹扮成老板与老板娘,阿天与阿朗扮打工的,玉芹正在骂阿天不好好做生活时,天就下起雨来了。扮家家扮不下去了,只好回到客堂间。阿德饶有兴趣地看着孩子们在扮家家。想想自己小时候没有兄弟姐妹,孤单一人,四岁就只好跟着阿爸去看斗蟋蟀,颇感到有些心酸。这时有人敲门。葆娣去开门,回过头来说:"老爷,是找你的。"那人还没等葆娣把话通报完,就迈腿跨了进来。然后拿着折扇的手抱拳作揖说:"阿德哥,你好!"

阿德一见。有些慌神,忙回礼说:"你好,你好。"

来人叫邵林福,是帮会里这个地段的老大。阿德知道,邵林福虽然是这个地段的名义上的老大,但其实帮会里的事他很少去做,只是把帮会做个依靠,但这样的人也是得罪不得的。阿德说:"福爷光临寒舍,不胜荣幸。不知有何需要我阿德效劳的?"

"来看看你的蟋蟀。都说你是个蟋蟀王。哪能?现在有啥好虫哦。让我邵林福也见识见识。"

阿德说:"我刚进了几只好虫,福爷要看请上楼。福爷怎么也对蟋蟀感兴趣了?"

"前几天我在花园路78号看人家斗蟋蟀,实在很有趣。出呐娘逼。"他随口吐了一句粗口后说,"一只小虫也晓得以死相斗,真是了不起。我也想买两只虫去斗一斗。"

"是掼输赢还是只为了看看白相白相?"

"当然是掼输赢喽。光看看斗白相有啥劲。"

上了楼,阿德把邵林福引进书房。邵林福只比阿德大两岁,但已经是在这个地段有钱有势的人物了。人人都说,要想在上海滩上立住脚,就赶快入帮会,到时就会有人撑一把,非则,真有点寸步难行。也有人曾对阿德提起过这件事,但阿德说,独立清白做人。我阿爸讲了,该求人帮时自会求人帮,但那个帮会我不入,只想清白做人,不想太受制于人。我阿爸就是这么做的,活得也蛮好。你看,上海滩上又勿是人人都进帮会的,不也活得很好吗?但阿德对帮会里的人,也是毕恭毕敬的,不惹他们,他们也不会平白无故地来找你麻烦。其实那些人大多也都是些仗义之人。

"阿德哥,你给我挑上两只上好的。价钿你只管开。"

"那好,"阿德说,"我去拿两只你看看。"

不用吩咐,葆娣已经沏了两杯茶端进了书房,笑容可掬地说:"两位老爷,请用茶。"

"喔哟,阿妹,谢谢!"邵林福笑着站起来,朝葆娣点了一下头,以示礼貌。

阿德自己很少看书写字,但却有一个很像样的书房。书房里还有一张他祖父的画像,证明他祖上曾经也是个读书人。书香门第之家总还是让人另眼相看的,尽管只是祖上。

阿德端着两只高脚蟋蟀盆进来。掀开一只盆的盖子说:"这两只虫是我这儿最好的。这只是玉头,你看翅黄体壮,头匀,牙厚,两腿健壮有力,前肢趴地稳当。两须之间有一杠玉道,所以叫玉头。"

林福说:"很漂亮,凶哦?"

阿德说:"凭我的经验会很经打。你看,"他把玉头的盆盖上,又打开另一只盆说:"这只是银背,翅膀透着银色,双腿,牙板都可以,也会很经打。"

林福说:"这两只啥价钿?"

阿德说:"你福爷真要,我就送给你。"

林福一摆手说:"无功不受禄,我花园路78号也去混了几天,知道好蟋蟀的价钿。阿德哥,你勿要勿好意思,尽管开价。"

阿德说:"你福爷是第一次跟我开口。这东西就像玉一样,无价。真要有个价,万把元钱也开得出。但无论什么价,总还是虫子,就像翡翠玉石一样,上百万都在开,但再怎么高,总还是石头。"

林福一笑说:"话虽这么说,但我林福上门到你们家来,白白要你两只好虫,就像是上门打劫,跟强盗一样了。"

阿德说:"福爷你言重了。"

林福说:"开个价吧。我是要上78号去赌一把的。"

阿德想了想说:"你尽管拿去赌。赌赢了给我分点,赌输了,算我白送。看看两只虫子相搏斗一番,也是件让人赏心悦目的事。"

林福还是从腰上解开扎在腰上的皮包,拿出支票簿说:"一千大洋一只,哪能？吃亏占便宜你就全担着了。白要你的东西,我林福就白在这江湖上混了。当然,我要赢了,还会分给你一点的。"

阿德心想,他是五百一只进的,还搭了好几只二等货,这就赚了,说:"我只收你一千。赌输了算我阿德没眼力,赌赢了,我俩就一起去快活一次,算你请我客,钱不要给了。"

"阿德哥,你是个痛快人啊！今朝初次打交道,我就觉得值得同你交朋友。"

阿德说:"那给你装只竹盒子拿走?"

林福说:"慢！阿德,钱我付了,这两只虫归我了,是哦?"

阿德说:"当然。"

林福说:"那你说,这两只虫哪只厉害?"

阿德说:"玉头可能要厉害点。"

林福说:"那现在就斗一下。"

阿德迟疑了,说:"斗输了的虫子就永远不会再斗了。"

林福说:"那斗赢了的呢?"

阿德说:"当然还能斗,但也要养一养。"

林福说:"我要拿那只赢的去斗,把握就大一点,对哦?"

阿德谨慎地说:"按理讲,应该是。"

阿德另外拿出一只高脚盆,这是斗蟋蟀的规矩。不管是哪一只蟋蟀,都不能在自己的盆里斗。自己熟悉的场地,自然要占不少便宜。而另一只蟋蟀在陌生的盆里,就很吃亏了。阿德把两只蟋蟀放进第三只盆里。

那只盆比较高,而且盆底抹有一层水泥,比较粗糙,蟋蟀相斗时抓得住盆。两只蟋蟀同处一盆时马上警惕地感觉到了对方,双方都同时警惕起来,振翅叫了起来,发出了威慑的叫声。它们抖动着身子,头上的须朝两边晃动,林福看着也来精神,也兴奋起来。两只蟋蟀毫无畏惧地张开大牙,冲向对方,一口一口地咬得十分紧凑,然后咬着对方滚打,足足斗了有二十分钟,林福都看迷了。阿德说:"可以勿要再斗下去了,只要勿输,还有战斗力。"林福说:"斗！我要看结果。"

最后两口,银背用力跳出盆外,要逃。阿德熟练地用网套住。玉头在盆里振翅高唱胜利,一面叫一面得意地抖着身子。

林福说:"阿德哥,勿瞒你,一我是要看个胜负,二是要看看你阿德的眼力。后一点说不定还更重要。现在玉头赢了,说明了你有眼力!兄弟佩服了,名不虚传。"

阿德说:"福爷过奖了。我阿德也是有看走眼的时候的。"

林福说:"那好。我就把这只玉头放在你这儿,帮我养上几天。到时候我再来取,可以哦?"

阿德想了想说:"当然可以。"

林福说:"那告辞了。"

阿德送林福下楼,送到门口,作揖道别。林福挺胸甩手,大步走出弄堂。人活在世上,要的就是这种自信。

上　篇

三

　　天气一直阴阴地,细而密的雨丝像幕布一样从天上挂下来。上海这种既闷又湿的落雨天,真让人有些受不了。那几天,三祥没有回家,而三个小男孩与玉芹四个小鬼头因为雨天也没法到外面弄堂里去玩,只好奔上奔下捉迷藏,整幢房子只听到他们嘻嘻哈哈的笑声喊声。阿德只好到茶社去喝茶打发辰光。一天傍晚阿德喝好茶回来,只见玉芹、阿晴两个小鬼头噗地跪在了阿德跟前,阿德吃惊地说:"怎么啦?"

　　葆娣在一边说:"他俩捉迷藏,碰翻了两只蟋蟀盆,有一只蟋蟀逃跑了,寻勿到了。"

　　阿德心头一惊,飞也似的奔到二楼,冲进放满蟋蟀盆的大房间,打开那只玉头蟋蟀盆,差点要晕倒。玉头蟋蟀盆是空的,顿时冒出了一身的冷汗。世上的事就是这样,越怕发生的事就偏偏发生了。这祸可闯大了,他又冲下楼,阿晴与玉芹仍跪着。

阿天阿朗也像犯了大错一样垂手站在一边。

阿德说:"我勿是跟你们讲过吗? 二楼的大房间不能进,你们为啥偏偏要进去?!"

玉芹说:"阿爸,这事怪我,是我让阿晴哥进去的。"

阿德想了想说:"起来吧,跪着能把玉头蟋蟀跪出来?"

阿晴哭着说:"娘舅,这是我的错。我们玩捉迷藏游戏,我对阿芹阿妹讲,要是能躲到二楼大房间去就好了。因为那个房间娘舅勿让进的。我们进去后阿哥、阿弟是勿敢进的,他们就找不到我们了。"

阿芹说:"我就跟阿晴哥讲进一次,小心点,勿要紧的。阿天哥,阿朗弟肯定找不到我们的。"

阿德说:"那只蟋蟀逃到哪里去了? 你们看到哦?"

阿芹说:"跳出房间后,就跳下楼去了,就再也找不到了。"

阿德说:"大家一起找找,找勿到,我这条命就要掼在你们这些小赤佬手里了。"

阿德心里清楚,他这话并非危言耸听,现在这只玉头蟋蟀并不是他阿德的,而是邵林福邵老爷的。

四个孩子,两个大人,找到天黑,弄得满头大汗,蓬头垢面的,毫无一点影子,这么小一只虫子,往夹缝里一躲,这么大一幢房,你到哪儿去找。如果跳到天井,跳到大门外,更无法找到了。

阿德是见过世面的人,找不到,心倒反而定了。一是还钱,把收的一千大洋还给邵林福,二是受罚,他贾怡德退还全款愿意再受罚,由邵林福开价,他阿德照赔。阿德说:"葆娣,做晚饭吧。天塌下来,总勿能饿肚子。就是去死,宁做饱鬼也勿做饿死鬼。"

晚饭时,阿芹跪在餐厅门口,说宁愿饿肚子受罚。阿晴也往阿芹边上一跪说,愿意一起受罚,阿天与阿朗也站在饭桌边不愿上桌吃饭。阿德说:"都上桌吃饭吧,不要让阿德娘舅为难好哦? 你们两个也站起来吧。"

阿芹、阿晴哭了。

阿德说:"开始懂点事,就知道人难做就好。"

半夜里,阿德又下楼,在楼道四周又用手电筒四处找了找,侧着耳朵听听有否玉头的叫声,但他听到的还是二楼蟋蟀盆里的一片叫声,一楼与天井没听到一只蟋蟀的叫声。

第二天一早,邵林福就敲开门,大拇指往外一指,说:"阿德哥,带上玉头,上花园路78号。"邵林福穿着纺绸裰子,赤裸着胸口与肚子,虽然是早上,但太阳已经升起,天气仍变得炎热异常,邵林福的肚子和胸口上都流着汗。阿德一见邵林福,头上也就开始大把大把地流汗,说:"福爷,勿好意思,今天78号去勿成了。"

"为啥?"邵林福一脸的惊疑。

"玉头被我女儿弄跑了,到现在还没找到。"

"阿德哥,这玩笑可开不得。"

"福爷我开玩笑也不敢开到你福爷的头上啊。"

"真弄跑了?"

"几个小鬼头白相捉迷藏的游戏,把两只蟋蟀盆碰翻了,其中恰巧有那只玉头的盆子,玉头跳出房间,跳下楼梯,就再也找勿到了。福爷,我把这一千大洋还你。另外,你还要我赔多少,我照你开的价钿赔你就是了。我总不能为了一只蟋蟀打女儿一顿吧。虽说她是我养女,她昨天自己就跪了一个下午,晚饭都不肯吃。"

邵林福身上的汗一串串地往下流,他只好用一块毛巾拼命揩,说:"阿德哥,还钱是小事。今朝要跟我斗蟋蟀的人盛兆霖,你晓得哦?盛大老爷家的小开。而且还有一帮兄弟都要搭伙一道赌,今天大家都是摆足架子做一桩的,信心满满地赶到78号去了。我倒好,要撤赌,放了那么多有头面的人的白鸽,将来我邵林福还怎么在江湖上混?"

阿德说:"那福爷你说怎么办?"

邵林福说:"你那儿还有没有再好一点的虫子?"

阿德说:"目前就玉头与银背最好,可那天银背已经斗输了,勿能再斗了。如果银背没有斗输,它倒也能抵挡一回。"

林福说:"已经做过的事用不着抱怨也用不着后悔,就是天下最好的东西,摔烂挤碎了再捡也捡不起来。你那么一房子的蟋蟀,连只好一点的都没有?"

阿德说:"只有二流的。"

林福说:"那就挑你目前最好的!"

阿德想了想说:"那带这三只哦。"

"作啥?"

"我看看对方的蟋蟀,然后再定。"

"那好。"

"还有,"阿德说,"如果赌输了,我阿德付账。"

"那阿德哥,真要赌输了,你就倾家荡产了。"

"就是倾家荡产我也得承担啊。谁让我把你的玉头弄丢了呢?赌输了,责任当然在我身上啦。"

林福说:"好,有你这句话就好。到底是在江湖上混的人。但阿德哥,我也给你留一句话。我邵林福也勿是那种过河拆桥的人。有福同享,有难同当,是我邵林福找你的,又是我邵林福约下的赌局。"

太阳当空,天气热得柏油马路都在冒泡。走进花园路78号,天气虽然炎热,但依然拥满了人。大厅很宽敞,天花板上四架吊扇在哗哗哗地响。盛家小开穿着西装背带裤,白衬衫袖子上箍着带子,挂着领带,一头梳得打过蜡的油光锃亮的黑发,显得十分倜傥与潇洒。他身后的两个跟班,一人托着一只龙盆,也是一副自信满满的样子。

邵林福急忙作揖:"久等。"

盛兆霖还礼说:"我也是刚到。"

一张红木圆桌放在中间,这是专为斗蟋蟀设计的,桌面比一般的圆桌要大,围观的人只要站在边上,视线刚好可以观看到鏖战的蟋蟀,但又保持了一定的距离,不让人的鼻息影响到蟋蟀。

贾怡德看到盛兆霖带的是两只蟋蟀盆,他在邵林福耳边嘀咕了一句,他们不但有备而来,而且不想只斗一局,而是想连斗两局,想要获得连战连胜。

阿德也朝盛兆霖作了个揖说:"盛家少爷,能看一下你盆中的蟋蟀吗?"

"尽管看！你就是蟋蟀阿德吧？"

"正是！"

后面一个跟班打开龙盆，让阿德看了一眼。

"另一只阿可以看一看？"

"请。"

另一个跟班也打开另一只龙盆，阿德又看了一眼说："好虫！福爷，我们今朝肯定输了。"

盛兆霖说："不敢赌了？"

邵林福说："就是输定了，那也得赌一把呀。既然下了战书，哪有临阵逃脱的理。"

盛兆霖说："能不能也看看你们的？蟋蟀阿德的虫子，让我盛兆霖见识见识。"

阿德没有拿龙盆而是三只高脚盆。他打开一只高脚盆，里面也是只体型硕大的玉头蟋蟀。

盛兆霖看后对邵林福说："这就是你说的玉头？"

阿德说："正是！"

林福说："是我花一千大洋买下的。"

盛兆霖说："果然威武。"

盛兆霖的话音刚落，那只玉头就嚁嚁嚁得意地叫了几声。盛兆霖就说："福爷，今天看来说勿定你会赢啊。"

阿德心里想："如果真能赢那倒好了。其实这家伙是只三夯头，像程咬金一样，三斧头下去后，后面就没辙了。"

但让盛兆霖的心里还是有点虚。

斗蟋蟀是要有中间人的，由他来掌控相斗的蟋蟀。这时中间人拿出银丝镶边的一只黄得发红的长竹筒，拧开盖子，里面是一束秆茎金黄的引蟋蟀的草，他拍出一根，秆头上是一束绒绒的长长的细毛。中间人轻轻地触碰蟋蟀，引导两只蟋蟀互相面对面地相遇。其实好的蟋蟀根本用不着引导，一下盆就能感觉到对方的存在，并且很快寻找到对方，先开叫，想在气势上先压倒对方。阿德看到对方是只乌头,头大,形长,两腿发黑,翅膀乌黑油亮。阿德心里清楚,用不着几下,他们的这只玉头就会败下阵来。阿德对林福耳边轻声地说,别指望赢,但后面听我的。林福点头。

那只玉头真的是只"三夯头",开始几下斗得确实很有气势,乌头似乎有点儿招架不住,盛兆霖心里也有点发寒。但几个回合斗下来后,那只乌头越战越勇,玉头有点招架不住了。斗了大约有五分钟,玉头败下阵来,被乌头追得几次要朝盆外跳。

盛兆霖知道自己的那只虫赢了,得意地哈哈大笑起来。邵林福也很痛快,打开腰间拖着的皮包,抽出支票簿。在支票簿上开出所赌的钱,撕下支票,往盛兆霖跟前一推。盛兆霖说:"福爷,你这么急吼吼作啥?好像我盛兆霖就缺你这几个钱似的。"邵林福说:"在你盛大少爷来说,这几个钱不算个啥,但对我邵林福来讲,也是一笔数字啊。"

"哭穷,哭穷。"盛兆霖说,"我晓得你福爷在这个地段,光房产就有好几栋。"

"跟你大少爷比,我那几栋房子也只是一点点毛毛雨啦。"

盛兆霖说:"福爷,你这笔钱先不忙给我。"

"做啥?"

"我盛兆霖看中了你在永福里的一栋房子。想同你再赌一把。你看,我今朝带的是两只虫。"

邵林福知道,他盛兆霖早就看中了他在永福里的那栋房子。其实不是他看中,是他在四马路荟芳里乐悦楼的一个妓女相好叫沈嫣红的看中了的。盛大少爷在荟芳里乐悦楼与沈嫣红搭上后,如胶似漆,一天都离不开。盛大少爷想让嫣红从良,做他姨太太,但嫣红有一要求,要单独另过,要他买下永福里的那栋三层楼的房子。盛大少爷曾托人同邵林福谈过,但盛大少爷出再多的价,邵林福就是不卖。盛大少爷也很无奈,因为邵林福在这地段也是个呼风唤雨的人。沈嫣红虽只有十五岁,但却是天生丽质,艳美异常,是个人见人爱的女人。如果买不到永福里的这栋房子,沈嫣红就得待在妓女院。盛兆霖就不可能独占,想染指沈嫣红的阔少巨富有的是。妓院的老鸨不会放过做大生意的机会,让嫣红腾出一两个晚上去陪富商阔少,嫣红也是没法拒绝的,她总还是老鸨手中的人。所以盛大少爷也急于弄到永福里的这栋房子。

阿德已经看过盛大少爷的另一只虫子。成色不如前一只黑头,心里多少有点底。盛大少爷说:"福爷,做事成双,单赌一场,太没有意思了。"

林福说:"说过只赌这一场的。我赌单也开过了。我知道你盛大少爷早就看中了我永福里的那栋房。为的是嫣红姑娘,是哦?"

盛大少爷说:"那你福爷给我这个面子,我会感恩不尽。我只要你肯给我赌上这一把的机会。你福爷总得给我一点希望吧?"

邵林福说:"可以,赢了我永福里16号这栋房子就归你,但你输了,我开的这张单子我收回。"

盛大少爷说:"先谢过!"

林福问阿德:"阿德哥,你看呢?"

阿德说:"这是你与盛大少爷间的事。上一把你输了,这把你要赌就自己定。不过我把丑话说在前头,你真要想成全盛大少爷的美事你就赌。如果……"

林福说:"不说了。能不能成全盛大少爷的美事,全看老天了。好,再赌一把。"

阿德看看林福。

林福说:"上呀!话已出口,还能收回啊!"

阿德又拿出一只高脚盆。打开盆盖,盛大少爷看了看,心想房子肯定到手了,心里顿时感到美滋滋的。嫣红从此属于他盛兆霖独食了。

两只蟋蟀放进斗盆里,阿德的那只明显比盛兆霖的那只虫要小。但却是一副凶相,双翅呈金色,还没等中间人引导,噗地一下就冲向对方,张口就咬。这一场鏖战整整进行了快有十五分钟。那只小虫不屈不挠,前头的小脚被咬下后,却还是继续战斗。后来阿德告诉林福,有些虫子就是斗到死都不肯服输。盛兆霖的那只虫子虽大,也很凶,但在阿德这只不怕死的虫子的狂咬之下,跳出盆就逃之夭夭了。这场鏖战围在四周观看的不少人口水直流，忘了自己。天花板上那四只吊扇的呼呼声似乎也听不到了。

阿德收回虫。林福向盛兆霖作了个揖说："盛大少爷，告辞！"

盛大少爷顿时一脸的傻相，很是失落。

在上海，天气十分炎热时，总会迎来一场阵雨。阿德与林福走出花园路78号，乌云滚滚，然后雷声大作，一场瓢泼大雨倾泻而下。林福从纺绸布褂子的小口袋里掏出怀表看了一下，说："早过了中饭辰光。阿德哥，走，吃杯老酒去，我做东。"

林福领阿德走进一家饭店。店里的"包工"似乎都认识林福，忙叩首说："福爷来啦？"

"还是福林阁？"

"那还用说？"

"就两位？"

"就我与阿德哥两个。"

阿德哥拎着装着三只蟋蟀盆的吊袋，这饭店的人似乎也知道离这儿不太远的新德里的"蟋蟀阿德"。

"阿德哥，二楼，走好。"

林福与阿德走进福林阁。坐下后，林福就说："你的一千大洋不用还我了。"

"做啥？"

"就把这只金翅给我就行。"

阿德说："这不行。这只虫已经是只残虫了，前面小腿断了一根。你买玉头的钱我仍得还你。把一只残虫卖给你，我阿德也太缺德了。"

林福说："这只虫挽回了我的面子，保住了我永福里的那栋房子，我当然得买下。"

阿德说："只能算不输不赢。你福爷买我的蟋蟀是想赢一把，在面上抹光的。因为我没有看好那只玉头，没有做到这点还是我阿德的不是。你要这只金翅，你就拿去玩，但出手去斗就丢你福爷的面子了。"

林福说："那好吧。听你的，就在家里放着。这只虫是只福虫，放在家里招点好运。"

  跑堂的端着酒菜上来,两人喝得有点微醉,外面的阵雨停了,太阳又热辣辣晒得柏油路上在冒气泡,两个人都觉得对方挺够朋友,下楼时,两人拍了一下手,意思是你这朋友我交了!

  阿德把那只装金翅的蟋蟀盆交给林福说:"福爷,那就请笑纳了。"

  林福作揖说:"谢过!"

四

阿德微醉着回到新德里24号。只听里面一片哭声,吃了一惊,赶忙推门进去。只听到东厢房里传出一阵阵惨叫声与皮带抽打的声音。阿德推开东厢房门一看。看到阿晴光着下身被按在一只板凳上,三祥正用皮带在抽阿晴的屁股。阿天,阿朗哭着求饶说:"阿爸,你不要打了呀。"已经暴怒的三祥怒不可遏地用皮带抽得更狠了。说:"阿德娘舅早就关照过你们,不许进二楼的房子,你为啥还要进?一只好蟋蟀要值上千大洋了啊!"玉芹在边上哭着喊:"娘舅,勿要打阿晴阿哥了呀。进二楼房间是我让阿晴阿哥进的呀。"

阿德上前一把拉下三祥手中的皮带说:"教训自己的儿子,以后到自己房子去教训,这里是我阿德的家,勿是你教训儿子的地方。"

三祥说:"阿德哥,蟋蟀逃掉了,我知道这价钿。我三祥现在是穷光蛋,正在为生计发愁,哪赔得起？"

阿德说："我让你三祥赔啦？我还没开口你就这样打儿子，是存心演戏给我阿德看的？"

葆娣也在边上说："是呀，下手也太重点了。阿德老爷心肠好，看勿得你这样打小人咯。"

阿德说："看看，屁股都打出血来了。三祥，勿是我讲你，小孩也是人啊，怎么能下这么狠的手！葆娣嫂子，弄点紫药水给阿晴在伤口上涂一些，勿要发炎了。"

阿德的这些话让三祥也很感激。不但没有责怪反而帮他儿子说话。

天气太闷热，阿德打开客堂间的吊扇后，扇出的风虽然也是热乎乎的，但毕竟凉快多了，阿德这才松了口气。葆娣沏上茶来，阿德嚯地喝了一口，对林三祥说："三祥，这几天你一直在宁波会馆啊？"

三祥点头说："给我写荐信的人面子比较大，不少人都肯帮忙，连同乡会的副会长都出面说话了，所以这几天跟着几个肯扶我一把的人在码头上，街面上跑了跑。"

"哪能？"

三祥说："在北京路上有一家五金店，光卖轴承的，三开门面，说是要转让。转让费是一千五百大洋。"

"为啥要转让？生意做勿下去啦？"

"勿是的。是老板得了不治之症，孩子又小，这才转让的。"

"侬想要？"

"去看过了，地段蛮好，生意上也有活路。只要好好做是可以的。会里的人都说转让费也不算贵。"

"那你接收下来好了。"

三祥一笑说："有这样好的机会，我也勿想错过。就是……"

"就是什么？"

"就是人家要现钞，而且一次就要付清。说是收了这转让金，他们全家就要回乡下去。阿德，我把家里田产房产全卖了，只落下七百大洋，转让费一千五百大洋,一分也不能少,而且还要一次付清。"

"那我也没有办法啊!"阿德说着,站起身,又回身嘬了口茶,端着蟋蟀盆上了二楼。

三祥觉得自己拖着三个孩子白住在人家家里,现在还想要借人家的钱,何况又只是快要出五服的亲戚。实在难以开口,而且儿子闯了那么大的祸,人家没有计较,也没有赶自己走,已经是很不错了。三祥也只好叹口气,摇摇头,想了想,回头对阿天,阿晴,阿朗说:"阿爸要出去办事,不许再闯祸了!不然我就把你们赶回乡下去!"三祥又匆匆出了门,他觉得只好自己再想办法筹款去。什么事都要麻烦这位阿德哥,实在也讲不过去。

林三祥刚出门,葆娣就在下面喊:"老爷,福爷来了。"

阿德下楼,作揖说:"福爷又有啥事要吩咐?"

林福坐下说:"阿德哥啊,我想了一下,盛大少爷是决不罢休的。他那只黑头还在,还会找我来斗,他看中的永福里那栋房子。为了弄到嫣红姑娘,他也决不会死心的。我们赢他的那只虫子已经残了,肯定斗勿成了,你得再想办法给我弄一只虫,否则我永福里那栋房子就保不住了。挂免战牌勿是我邵林福的为人。"

阿德叹口气说:"真要弄只好虫谈何容易,就是出高价,也勿一定能弄到只好虫。想要斗赢盛大少爷的那只黑头,尤其在最近几天里寻觅到一只,除非额骨头碰到天花板,弄只好虫是可遇不可求的事。"

林福说:"这场面总得想办法应付啊。"

阿德说:"我只好再去找找贩卖蟋蟀的那些乡下人,说不定他们那儿能买到几只好虫。那只玉头就是从一个打了十几年交道的乡下人手中弄到的。如果那只玉头在就好办了。"

林福说:"那个乡下人在什么地方?"

阿德说:"在张家巷稻香园。那个贩蟋蟀的叫癞头阿伲。要不,我明天再去他那儿看看?"

林福说:"阿德哥,那辛苦你跑一次。只要能弄到好虫,再高的价位你也给我吃下来!人活在这世上,面子比钞票重要得多。"

两人又说了一会话,天就渐渐地黑了下来。林福告辞时又甩下一句话说:"阿德哥,一定要给我弄只好虫啊,算我林福拜托你了。"阿德说:"福爷,我一定尽力而为。"

　　晚上,阿德喝了几杯闷酒,就上床睡觉了。他枕着一片蟋蟀的叫声,似睡非睡了一会。半夜里又淅淅沥沥地下起雨来。阿德听到有轻轻的敲门声,是敲他的门。他开门一看,是阿晴。说:"阿晴,作啥?"

　　阿晴说:"娘舅,蟋蟀,楼道里有只蟋蟀在叫。会不会就是逃掉的那只?"

　　阿德立马拿上手电筒与蟋蟀网,蹑手蹑脚地同阿晴一起下了楼,阿晴的屁股被打狠了,走起路来一瘸一瘸的。一听楼道边上的那只蟋蟀的叫声,阿德的心就缩了起来。可能真是那只玉头,在贴脚线与地板之间的一道夹缝里,那只蟋蟀叫得正欢。阿德打开手电筒,直射那只蟋蟀。玉头,就是那只玉头,在强烈的手电筒光下依然毫不畏惧地叫着。阿德用草轻轻地把它拨出来,罩在网里。阿德感到一阵喜悦,对阿晴说:"阿晴,明朝娘舅要好好奖励你。你是个好小人。"

　　阿晴说:"娘舅,让你费心了。虽然蟋蟀捉回来了,但还是我的不是。让你揪心了几天。"

　　雨下得很欢。阿德在灯光下,看看那只趴在蟋蟀盆里的玉头,发觉这只玉头不仅毫发无损,而且更精神了。

　　天呐,正是人助不如天助啊!阿德突然感到浑身的轻松。

　　第二天一清早,雨仍然不紧不慢地下着。阿德就撑着伞直奔林福的公馆。邵林福的公馆不是很大,但也蛮有点气派。装潢得也很考究,虽说是帮会里的小头目,在别人眼里也只是个流氓无赖一类的人,但这个人却还喜欢交文人朋友,也喜欢到大世界去捧角。什么绘画展之类的地方也会有他的身影。他的客堂里就挂着几幅名画。但这个人有时办事也心狠手辣,这阿德也是有所闻的。但江湖的规矩他却一向遵守,规矩以外的事一般他不做。

　　邵林福正叉着大腿,坐在竹椅上吃早点。大饼,油条,豆腐花,这都是一般小老百姓吃的。

　　"阿德,还没吃早点哦? 来,一道吃。大兴货。我从小吃惯了,只爱吃这些,吃别的不香。"他家里也有两个娘姨,一个男佣。大老婆在乡下。年轻时到上海江湖上混了一阵子,发了些财,不但在上海置了些房产,在乡下也去买了些田地与房产,他说狡兔都有三窟,人也得多留几个落脚点,勿会有错的。他把他大老婆弄到乡下去管那些土地与房产。大老婆一到乡下,他就讨了个小老婆。阿德想,男人都是这德性,他阿德要勿是十六岁那年落下了做不成一个真正男人的病,他也会讨上两房三房小老婆的。他勿是不想讨,但讨进来做啥?他勿是没有想过这件事,但讨进来,白养在屋里厢,让女人守活寡勿说,他自己又做不成。要是女人守贞的还好说,但熬不住守贞之苦的女人,在外面跟人胡来,给自己戴顶绿帽子,让别人看笑话,这不是自己找罪受吗?何苦来。邵林福的小老婆是从乡下讨上来的。大老婆弄到乡下,小老婆从乡下讨上来。大老婆是林福年轻时到上海来混时认识的,是一个摆饭摊的人的女儿,他在饭摊上吃了几次饭看上了小饭摊老板的女儿,而那女儿也看上了他,所以说起来,他大老婆当时还是个正宗的上海女人。邵林福这样做,阿德觉得有些不大地道,但林福说,他大老婆知道这事后也并没有闹。说:"有钱人有个三妻四妾也是正常的事。只要他不休她,她永远是邵林福的大老婆。有福做大,无福做小,最重要的是只要男人对自己好就好!"

阿德把昨晚重新捉回玉头的事一说,邵林福一拍大腿,兴奋地说:"好!天助我也。"

邵林福告诉阿德,昨晚盛大少爷就给他下了帖子了。说这次白相蟋蟀意思不大,只交了个平手。要斗就斗出个输赢来。其实盛大少爷还是想斗出个结果,想把他邵林福的永福里16号的房子弄到手。听人说,盛大少爷吃荟芳里的妓女沈嫣红吃得晕了头,嫣红要他上天他就会去上天,嫣红让他钻地他就会钻地,黏得邪乎。林福说:"娘出逼,男人吃女人会吃到这副腔势,真正是丧了阳气了。"

阿德也附和说:"啥叫纨绔子弟,这种瘪三就叫纨绔子弟。可以为了女人,魂飞魄散,男人身上的阳气全变成阴气了。"

林福说:"一个男人可以为一个女人去死,这也叫一种阳气,是一种邪气的阳气。不过好了,我们也勿要笑话人家,我们也是五十步笑人家百步。我们也勿是勿白相女人的。噢,我忘了,你阿德哥是勿白相女人的。"

阿德说:"那你就成全了他把那栋房子卖给他算了。"

林福说:"越是这样我越勿能卖。我邵林福就看勿得这种钻在女人裤裆里就出勿来的熊货。所以阿德,既然他下了帖子,还要斗一回,那就同他再斗一回。但我们只能赢不能输!哪能?"

阿德说:"输赢勿敢保证,但现在这只玉头找到了,与他那只黑头斗,凭我的经验,赢的可能就会大些。"

邵林福说:"那我就回帖子了。就是输也还要去撞一下,免战牌我邵林福勿能挂。阿德,这次你一定要把那只玉头给我看牢,勿要再出状况。"

"勿会了。那我告辞了,明朝碰头。"

阿德赶回新德里24号家中。只见林三祥背着包袱,夹着油纸伞,拉着阿天、阿晴、阿朗往门外走。而玉芹正拉着阿晴的手勿放。

阿德说:"三祥,你这是做啥?"

三祥说:"阿德哥,你回来得正好。我已经租了房子,就离北京路不远。我把三个孩子安顿好,还要去办事。"

阿德说:"门面转让给你了?"

三祥说:"我好说歹说,答应先收七百大洋,那八百大洋限我一个月后一定交清。我想生意做起来再讲。再说,长住在你阿德哥家里也总勿是事体,小的勿懂事,你那几只虫子我现在晓得有多贵重了。在上海滩上,这种虫子也会这么值钱。所以人家讲,上海滩是遍地黄金。就看你能勿能去赚了。发财的门道行当有的是。"

阿德也不强留,说:"那好。有什么要我阿德效劳的尽管来找我。"

三祥领着三个小把戏出了弄堂口,玉芹一直依依不舍地看着他们,尤其是阿晴。阿晴也不时地回头同玉芹招手。阿德想:青梅竹马?青梅竹马是不是就是这个样?

在上海滩上人来人去就像流水,已经是平常事了。何况阿德是个清静惯了的人。三祥带着三个小把戏走了,他也乐得个清静。

奔到二楼,看了一下那只玉头,放上一颗饭粒。玉头显得非常精神,阿德的心中充满了必胜的喜悦。养蟋蟀的人就是这样,自己养的蟋蟀斗赢了别人的蟋蟀,就像自己斗赢了别人一样,很有满足感。但一旦斗败了,仿佛也是自己败下阵来,很没面子的。何况还关联着大笔金钱的输赢。那种输赢所带来的喜悦与沮丧也就更增添了数倍。

第二天一早,烈日当空,还没有一丝风。柏油路上冒着热气。穿着黑色纺绸短袖褂,敞胸露肚的邵林福早早地就来了。身后也带着两个跟班,似乎也是为了长声势。也不进屋,在门口喊:"阿德哥,走啊!"

阿德更心急地想见到个输赢来。人大概都是这么个屌样,所以有人说,人也是种好斗的生物,跟蟋蟀没有什么两样。蟋蟀跟蟋蟀斗,其实就是人在跟人斗。

到了花园路78号。阿德与林福和两个跟班也都已是大汗淋漓了。邵林福摇着扇子骂道:"出呐娘个逼,天气哪能介热啦?"

不像那天,盛大少爷带着跟班在门口迎他们,而是坐在二楼大厅那张圆桌前,桌上只放着一只龙盆,叉开腿伸直手臂,双手扶桌沿等在那儿,几个跟班站在西边在那儿等着了。一副必胜的自信神态。首先想在气势上把邵林福与阿德压倒。

邵林福一作揖,说:"盛大少爷,迟到了一步,见谅。"

盛大少爷说:"不必客气。我还是那只黑头,现在气势正旺。能看看你的那只虫哇?"

阿德除那只玉头外,另外又带了两只虫。以备盛大少爷不满足只斗一次。盛大少爷见阿德又提着三只盆说:"今天一战决胜负!不斗第二只,你们带三只盆作啥?"

邵林福说:"以备盛大少爷像上次那样,斗一次勿满足。"

盛兆霖说:"我勿上你们的当。这一次一战见输赢。勿来第二战,这就叫孤注一掷。"

邵林福说:"奉陪。"

"看看你的虫。"

阿德打开盆让盛兆霖看。盛兆霖笑着说:"又是只玉头?可这只比你们上次那只要小啊。福爷,咋说?那幢永福里16号的房子准备白送给我啊?"

邵林福说:"既然是斗输赢,只有斗了再说。只要你的虫赢了我的虫,房子立刻交割,勿过夜!"

盛大少爷拍出一张票子说:"福爷,看,这笔钱够买你两幢永福里的房子了哦?"

阿德看了一眼票上开的数字。虽然脸上没表情,但心中还是咯噔了一下。虽然这个数字在大的赌场上也不算个啥,有的一夜可以赌输一条弄堂的房产,但这数字对他阿德来说是勿敢来的。虽然他对这只玉头战胜盛大少爷的黑头还是有点把握,但世上的事什么可能都有,阿德也不免有点紧张。

中间人把两只蟋蟀都用网捉进斗盆中,四下围观的人都屏住呼吸,大气不敢喘一口,屋里除了天花板挂着的四只吊扇在呼呼响,那些下注参赌的人也都紧张得心跳加快,那心跳声似乎都能听到。两只蟋蟀头上的长须相互扫到了,于是都张开牙,扇着双翅叫起来,想用叫声先把对方吓倒。但谁也不把那叫声当回事,于是就咬牙了。黑头是一副宽厚的白牙,而玉头是一副结实而开口快成一扇字形的紫牙。黑头咬得凶猛,结结实实地咬了三口,差点把玉头咬出盆外,但玉头却沉着应战,让对方猛咬几口后,这才蓄势反击。由于玉头的双牙开得大,一口下去,差点把黑头的头咬下来,黑头有些惧怕,往后退了两步,玉头趁势追击,又连咬了几口,黑头转身想逃,被玉头一口咬下了一条大腿。黑头用单腿蹦出盆外。玉头得胜地嘾嘾大唱起来。黑头跳下圆桌,盛大少爷一脚把黑头踩在了地上,肚子开裂,肠子溅了一地。这就是盛大少爷手下失败者的下场。

"福爷,上次你那只玉头是假玉头是哦?"盛兆霖说。

"真玉头,哪能会是假玉头。"邵林福说。

"这只才是你在我跟前炫耀的玉头。对哦?你在耍我盛兆霖?"

"那只是真的,这只也是真的。只不过是那只被你斗败了,这只不过是勉强斗赢了。哪能?想悔棋?你盛大少爷真要想悔棋,你开的这张条子你就收回去。"

"勿！大丈夫落棋无悔。赌场上赖账,我盛兆霖就是输得倾家荡产也不能赖呀。要勿我盛兆霖就不配做人活在这世上了。收下。"盛兆霖把支票往邵林福那边一推,"走人！"

邵林福拿起支票看了看。好大的一笔钱啊！

天气异样的闷热,虽然大厅里的天花板上四扇吊扇在尽职地转着。而两只蟋蟀却奋不顾身,以死相搏,观看的人个个紧张得屏住呼吸,体验着与希腊决斗场上角斗士相搏时相似的那种快感。但战斗一结束,当大家松了口气时,才发觉那闷热袭身,汗水已经浸透了身上的那层薄衣。阿德与林福身上那湿透了的衣服也都已粘在肉上了。说来也怪,与上次一样,蟋蟀搏斗结束,盛兆霖一走,阿德与林福以及跟班走出花园路78号时,竟又迎来了一场阵雨。

阿德与邵林福以及跟班刚走出花园路78号,天上浇来了一阵瓢泼大雨。淋得阿德与邵林福浑身湿透。但两个人都痛快地大笑起来。

阿德想起前天半夜里阿晴瘸着腿来敲他门时的情景。

"阿德哥,这笔钱是我们两个人的,你看你要多少？"邵林福在雨中问。

"福爷,玉头是你花一千大洋跟我买的,搏也是你在同盛大少爷搏。这钱我一分也不能要。如果可以的话,你就借我八百大洋吧。"阿德想了想说。

"出呐,勿够朋友！要这么一点点,还说借。这样吧,夜里我请你吃花酒,勿许勿来！到时候我就给你八百大洋。"

阿德看到邵林福叫了两辆三轮车,他与两个跟班分别坐了上去,然后消失在马路上的雨幕中,那两辆三轮车的后背似乎也都闪着珠光宝气……

五

那天晚上,邵林福去了四马路荟芳里乐悦楼点名要了沈嫣红与另一个叫袁巧雅的姑娘出局,去了杏花楼一间包厢。

老鸨开始有些不愿意,说:"盛大少爷有话的,除他之外,不让嫣红姑娘接别的客。"

"难道沈嫣红已经是盛大少爷的人了?"邵林福说。

"咯倒还勿是。"

"那就叫她出一次局,啥价钿?我邵林福出双倍的。我倒要看看,千方百计想从我手中要弄到我永福里16号那栋房子的人到底是个什么样的鲜物儿。"

老鸨听邵林福那口气,知道他也多少是有点来头的人,忙迭声说:"那好,那好。"

沈嫣红倒没有挑三拣四的。挂着个笑脸出来了。穿着件阴丹士林的开衩到大腿根的旗袍,虽说只有十五岁多点,却已是高挑身材,亭亭玉立,白皙的鹅蛋脸,眯着水汪汪的眼睛媚笑着,确能让男人销魂。她很大方,与另一个美貌的十七岁的姑娘袁巧雅一起上了黄包车,直奔杏花楼而去。

邵林福订了一间包厢。阿德也准时来到了杏花楼,大家坐下后,阿德看看坐在他对面的沈嫣红,觉得有些脸熟,他觉得有些奇怪,在他记忆中从没见过这位沈嫣红。仔细再看看,才感觉到所谓面熟,是因为贾玉芹长得跟她很像,只不过是小了一个码子的沈嫣红。

摆下酒席,邵林福又让沈嫣红与袁巧雅各点了几样她们自己爱吃的菜。服务生倒好酒后,邵林福单刀直入地说:"嫣红姑娘,你为啥一定要我在永福里16号这栋房子?"

沈嫣红说:"喔哟,原来永福里我看上的那栋房子是福爷的啊。你们可能勿晓得。我原来也是好人家出生,祖上也留下些产业。可我阿爸勿争气。又抽鸦片又赌博,家产抽光赌光,十二岁就把我卖到荟芳里乐悦楼,十三岁就让我接客。但我跟姆妈讲,只陪酒赔笑陪打麻将,但不陪睡。不然我就跳楼去死。不管哪能讲,我也是富家小姐出身,勿能做这种太丢老祖宗脸面的事。我从小就知道,这世道是笑娼不笑穷。我虽给卖进这院子,但辱没祖宗的事我死也不能做。但进了院子,也就由不得你了。接客的事迟早会发生。我十四岁那年,这事就发生了。那个弄我的老爷五十几岁,胡子已经花白了。他发觉我还是个处女。不但给了我一只钻石戒指,还给了两根条子。我这才知道,男人是肯在女人身上花钱的。我就有了想发财的想法。我们家原来住的房子同永福里你福爷的那栋房子有些像,我听人家说,阿爸不但把我卖掉了,把房子也输掉了。有一天,他从烟馆里出来,一头摔在马路上,就再也没有起来。我姆妈无处栖身,成了一个拾垃圾的老太婆。我一直有个心愿,就是我要寻到我姆妈,让姆妈重新住上像老房子一样的房子。去年我认得了盛大少爷,盛大少爷就想让我从良,娶我做姨太太。我说只要你能把永福里16号这栋房子给了我,我就做你姨太太。福爷,来,我先敬你一杯酒。"

林福感叹地说:"原来是这样。那让盛兆霖买一栋像我永福里16号那样的房子不就行了,这对盛大少爷来说,不就是小菜一碟的事?"

"勿,"沈嫣红说,"我就要永福里16号这栋房子。"

"为啥?"

"福爷,你勿要问,问了我也勿会讲。"

邵林福说:"这房子盛大少爷弄勿到手你哪能办?"

沈嫣红说:"谁能把这栋房子弄给我,我就给谁做姨太太。"

邵林福说:"嫣红姑娘,你太实惠了。如果是个老头子,或者一个残疾人呢?"

沈嫣红说:"我要的是房子,不是人。我现在只有一个想法。只要能住上这样的房子,同亲姆妈住在一起,勿让姆妈再去拾垃圾,我愿意付出一切。我已经进了院子了,将来的日子会是个啥样子我心里很清爽。现在趁我还年轻貌美人家还想要我,我还有资本开条件的时候,把我想做成的事能做成,我也就无怨无悔了。"

阿德长叹一口气,说:"嫣红姑娘,人活得有想法总比没有想法好。我就听我姆妈讲过,人活在世上就那么短短几十年,开始那十几年,大人让你怎么活你就怎么活,到懂事体了,就要活出个念头来,发财也好,做官也好,总得让自己活在自己的想法里,这样活着才有意思。世上有些人,活了一辈子,不知道活在这世上做啥,只知道吃、睡、白相,那就白活在这世上了,啥本事也没有学到。我阿德虽然是个只会拨弄蟋蟀的白相人,但侬只蟋蟀是好是坏,我摸得到这中间的门道,虽然这点门道算勿得什么大事业,但也不能算白活在这世上。起码我死了后,我们新德里四周的人还会说到我,只要有人养蟋蟀,斗蟋蟀,也就可能会有人提到我,说我们这儿有一个白相蟋蟀的高手,叫贾怡德,阿德哥。"阿德说到这里还竖了竖大拇指,很是得意。

林福说:"这话勿错,这次阿德可就在斗蟋蟀上帮了我一次大忙。要勿我永福里16号那栋房子就改姓你沈,而勿是还姓邵了。"

阿德立马起身朝沈嫣红作了个揖说:"嫣红姑娘,对勿起了。"

沈嫣红笑了说:"这有什么对得起对勿起的,要是你不帮福爷的忙,那今晚我就勿可能陪你们喝酒了,我也成了盛兆霖的姨太太了。"

阿德说:"那这永福里16号的房子不会姓沈了,跟亲姆妈也勿能住在一起了。所以这个勿是我还是要赔的。你亲姆妈最近见过哦?"

沈嫣红眼圈儿红了,说:"自我十二岁进院后,再也没见过。我有时真的很想见见她。前些日子我听说有个拾垃圾的女人到荟芳里来打听过。但那女人一身破烂,背着个箩筐,一见就是个拾垃圾的,被人赶走了,说,这种地方是你拾垃圾的人来的地方吗?我想,弄勿好,这个人就可能是我亲姆妈。"说着,用手绢抹了把眼泪。

林福说:"侬姆妈叫啥名字?"

嫣红说:"大名叫赵芬兰。嫁给我阿爸后就叫沈赵氏了。"

袁巧雅在一边笑着,说:"福爷,阿德哥,你们叫我们俩来吃酒还是来查户口的呀!"

邵林福搂着袁巧雅的肩膀笑着说:"打住,打住,我们冷落了巧雅姑娘了。来,喝酒!"

袁巧雅说:"我给你们唱一支曲子哦。给大家助助兴。"

"绍兴戏会唱哦?"

"会。"

"筱丹桂咯筱腔哪能?"

"我最拿手的就是筱腔。"

"好,来一曲!"

那时,在妓女院当妓女也得学几门接客的本事,并不是只靠一张脸蛋,或者只靠女人身就行的。如果脸蛋儿漂亮,再会些琴棋书画,曲儿歌儿的,身价就窜上去了。那些嫖客们也不只是嫖个女人的身子,还想一起喝个酒儿唱个歌儿,谈点儿诗文词曲,总还要些精神上的享受,弄点雅的东西应应景儿。有些爱好文化的公子哥儿,更看重的是妓女身上的这些文雅东西。大家合在一起说笑弹唱,谈文作诗,凑上一桌情趣,比那睡觉更有一番韵味儿。仅仅只要个女人身子睡,家里有好几个姨太太,够睡的,但缺的就是妓女们身上的那些雅的情趣儿。用邵林福的话说,不像有些缠头,像种猪一样,只知道同成百上千个女人睡觉,只要睡上个女人就很满足,这同畜生有啥两样。

袁巧雅唱了一曲筱丹桂的《盘夫索夫》中的一段唱。邵林福连连鼓掌，说："筱丹桂的戏我也去捧过场，唱得嗲的呀，能唱酥人的骨头。可惜啊，出呐娘个逼，我邵林福身上缺的就是种文化。怪只怪阿拉爷娘让我读书太少。出来混，才知道有文化的人出呐娘就是勿一样。巧雅再唱一曲，让我邵林福今朝也雅一雅。"

阿德说："阿拉姆妈也喜欢听绍兴戏，可惜死得太早。来，巧雅，我也敬你一杯！"

两人听曲儿听得尽兴，酒喝得尽兴，调情也调得尽兴。

酒席散了后，林福叫了两辆黄包车把沈嫣红与袁巧雅送了回去。邵林福对阿德说："喝这样的花酒比与她们睡一觉要痛快得多是哦？"阿德勿答，男女之间的事，阿德尽量避谈。太勾起他的伤感了。十六岁做下的这下作事，让他一辈子痛苦，这真叫"一失足成千古恨"。好在他也有他排解痛苦的办法，从斗蟋蟀身上，也能找到自己的一丝儿乐趣。

"哈哈哈"，邵林福说，"今朝盛兆霖咯只瘪三要困勿着觉了。咯只瘪三做梦也勿会想到他的相好今朝陪我们玩了一个晚上。"

两人各坐上一辆黄包车，要回家。天已经渐渐开始透亮。阿德突然想起那林福在杏花楼见面时塞给他的那张八百大洋的票子，于是对黄包车夫说："去北京路。"

黄包车夫从一条小马路直穿向北京路。上海人都已习惯于起早，倒马桶的大粪车已从小路上走过，小马路的两边一片用竹刷子哗啦哗啦刷马桶的声音。四下弥漫着粪便的恶臭味。到了北京路，晨曦已经在马路上抹了橘黄的亮色。他看到一家刚挂上"林记三祥轴承商店"的招牌。于是叫黄包车在门前停了下来。三开间，木板门，整个北京路还静悄悄的。阿德想了想，就去拍门。一扇小门拉开，一双陌生的眼睛看看阿德："还没到开店的辰光嘞。"阿德说："我找林三祥，林老板。我是他表哥贾怡德。"

"林老板，"门里喊，"你表哥贾怡德找你。"

店里传出林三祥的声音："快开门，快开门。"

有一个穿对襟短褂的人从后门拐出来,打开门。林三祥站在门前,笑容可掬地说:"阿德哥,这么早来,有啥事体?"

阿德说:"有后门啊。还没到开门辰光让我从后门进好唻。"

三祥说:"你阿德哥来,我哪能好叫你从后门进呢?"

阿德说:"开张啦?"

三祥说:"前天店就开张了。"

阿德说:"那就开门大吉。"

三祥说:"谢谢阿德哥。"

阿德说:"开张生意哪能?"

三祥说:"开门红。"

阿德说:"咯就好。"

三祥说:"现在是机器时代,凡是要转动的机器,里面都需要轴承,所以也是个硬档生意,潜力也蛮深的。原来的唐老板要是还活着的话,这店怎么也不肯转让的。算我三祥运气好,碰上了。"

阿德说:"你不是说还欠人家八百大洋吗?"

三祥说:"是,一个月期限,所以这个月我怎么也得给他还上。"

阿德说:"我是给你送钱来的。"

三祥顿时感动得眼圈儿红了,说:"阿德哥,你是特地这么早早地给我送钱的啊?"

阿德说:"顺便路过。也是昨天额外有了一笔进账,你不是特别急着需要这八百大洋吗?再说也是亲戚,帮把手也是应该的。何况,我昨天的额外进账,阿晴也是有份功劳的。昨天我在杏花楼喝了一夜的酒,这票你去兑了赶快还人家吧。我要回去困觉了。"

三祥说:"阿德哥,你真有好兴致。"

阿德说:"什么好兴致,对我阿德来说,这种事引不起我多大兴趣。主要是陪个朋友,友情为重嘛。"

三祥说:"那我马上给你打个欠条。"

阿德说:"勿急。其实勿打条子也没关系。什么时候还都可以。"说着就出了门,那拉黄包车的还在门口等着。阿德一出店门就跳上黄包车。

三祥跟在后面说:"阿德哥,你走好。"

阿德坐上黄包车,背往后一靠,长长地打了个哈欠说:"江虹路新德里24号。"

车夫说:"好咪!"于是便一路小跑起来。晨风有点凉快,柔柔潮潮地拂面而来。

阿德一回到家,洗脸,吃早点。没想到三祥也接着走了进来。欠着身子递上欠条说:"阿德哥,这是欠条,你收好。"

阿德说:"三祥老弟,你也太小看我阿德了,作啥这么急吼吼的特地送来。"

三祥说:"亲兄弟,明算账。你阿德哥雪中送炭让我松了口气。我再不把欠条送来,我心里也不安啊。"

阿德说:"好了,好了,回去做生意吧。慢!"阿德拍出一块大洋说:"这一块大洋给阿晴的。让他买他想买的东西。你勿要充公了。"

三祥笑着说:"勿会咯。"

听到三祥的说话声,玉芹也揉着睡惺蒙眬的眼睛说:"三祥娘舅,阿晴哥他们来了哦?我想同阿晴哥他们玩。"

三祥说:"过几天我让他们来陪你玩。那阿德哥,我回去了。"说着匆匆走出门。

这时阿德又仔细端详了一下玉芹,发觉玉芹确实同沈嫣红有些像。不知为什么,阿德的心似乎被什么东西吊了一下。他想,我一定勿会让她走上那条路,说:"阿芹,吃早点。"

玉芹说:"阿爸,阿晴哥他们会上我们家玩吗?"

阿德说:"会的。过两天我去接他们来玩。但到九月份,学校开学,我要送你上学去,勿要光想到白相。"

六

　　阿德家的隔壁23号原先是一家商人买下的房子。后来那商人发了财,在瑞金路上买了一栋小洋楼,全家就搬去住花园洋房了。23号就租了,那姓崔的商人也很抠门,自己做二房东,每次收租金都由他们的管家来收。崔家的少爷小姐他们的身影在23号这栋石库门房里有时也偶然会出现。可能是从小在这儿长大,特来怀怀旧。怀旧也是人的一种本性,少爷长得很有点风度,小姐也长得很漂亮。穿上旗袍,玻璃丝袜,高跟皮鞋,走起路来一扭一扭的,很是婀娜多姿。阿德是看着他们长大的,但他们从不跟阿德搭讪,嫌阿德是个白相人,缺了点档次。他们看不起阿德。阿德也懒得理他们。姓崔的搬走后,搬进来三家人家,二楼三楼住着一个七十岁的老头,留着白白的山羊胡子,戴着副圆形的眼镜,据说是个很有学问的人,经常被请去震旦、同济大学讲课。老人叫万松年,因为有学问,很清高。

虽然背有些驼,走路也有点蹒跚,但眼珠子一直翻得老高,很少正眼看人。阿德见了他,总要点个头示好,因为阿德潜意识中似乎对有学问的人抱有尊敬。虽然万松年从不回礼,阿德也不在乎。在万松年看来上海的白相人跟无赖流氓没什么两样,少接触为妙。何况阿德老是托着个蟋蟀盆在弄堂里走来走去,万松年老先生更看不惯。但有一次阿德在弄堂口碰到万松年,他又习惯性地带着敬意朝万松年点了一下头,万松年突然同他说话了,大拇指一竖说:"你是位义士啊。"阿德明白过来了,就在前一天,他收养了玉芹。他就明白了他姆妈告诉他的,人活在世上能做好事要尽量做点好事。做好事是会得到别人好感的。像万松年这样根本看不起他的老先生都会夸他,可见大多数人在好坏之中还是有情感倾向的。万松年的太太十几年前就去世了,身边有个保姆,五十几岁,大家都叫她刘妈,刘妈二十几岁就在万家帮佣,万松年娶了太太后,刘妈就服侍万松年的太太。万松年的太太去世后,就继续服侍万松年。刘妈很勤快,买菜,烧饭,打扫卫生,洗衣服,万松年的长衫一直很干净。背有些驼的万松年也一直显得很精神。刘妈住二楼,万老头住三楼。老头的规矩很大,刘妈只有在打扫卫生时才能到三楼的房间,平时是不许去的。万松年有个儿子,三十几岁,经常来看望万松年,很是孝顺,在万松年跟前永远是毕恭毕敬的。但万松年对儿子似乎并不满意,因为他儿子做的行当他很不喜欢。在一个什么电影公司当导演。万松年是宁波人,骂:"娘稀呸,勿做做学问,去当什么导演!就是做做生意也比当导演强!在那些花男娇女堆里混,有什么出息。"在万松年眼里,做学问是第一流的人生选择,其次才是为官,经商了。而做戏子是最末流的。跟阿德这样的白相人没什么两样。甚至还不如阿德这样的白相人了。万松年的儿子叫万家伦,那肯定是他为自己改的艺名。他父亲万松年是绝对不会给他儿子起这么个名字的。万家伦说:"守旧,这就是老年人的代名词。但守旧而又顽固的老人往往又很可爱。他们的可爱就在于他们的守旧显得既不合时宜而且可笑。但我敬重我的父亲,因为他是个学问人。在许多社会问题上,他是很有见地的。人生的阅历与长期积累的学问,让他的见地很有深刻性与普遍性。我们年轻人是没法比的。正像一位哲学家讲过,同样一句话,八十岁的老人与八岁的孩子的理解是绝对不一样的。"

一楼住的是一位舞女,叫许丽珠,她十七岁那年就在仙乐斯舞厅当舞女。每当晚上,尤其是天气稍稍一暖和,她就穿着旗袍穿着高跟鞋,浓妆艳抹的笃笃地踩着弄堂的水门汀地,走出弄堂,招了辆黄包车到舞厅去上班。她的旗袍的开衩很高,有时穿着玻璃丝袜,在天气太热时索性玻璃丝袜都勿穿了,露着两条白皙的大腿,很是"肉感"。有人甚至说,有一天天在刮大风,她坐上黄包车,顶风吹来,一下把她的旗袍吹得翻了起来。她原来连裤衩都没穿,那屄屄都叫人看到了。那个有声有色说这话的人是一个瘪嘴老太婆。这是个见了男人与女人在一起说话都要骂的老太婆,因为看不惯她那"骚情"的样子,才恶意这么攻击她的。其实哪会有这种事,可能是为能更多地显露出大腿,那裤衩就被弄得很小,所以风把旗袍吹起来的那一瞬间,似乎看上去好像没穿裤衩一样。她的男人叫江时鑫,是一家小报的记者,人长得倒蛮清秀,就是个子有些矮,比许丽珠要矮上半个头。因为许丽珠长得很高挑,所以江时鑫就显得矮了。江时鑫因是小报记者,经常要去舞厅之类的地方挖一点桃色新闻,也进舞池跳跳舞,就跟许丽珠相识了。一曲舞跳完了,他就爱上她了,人家是"一见钟情",他是"一舞钟情"。舞跳完后,一般是陪跳一曲要给舞女一张舞票,而江时鑫一下给了她三张舞票,许丽珠也送了他几个媚眼,江时鑫的心酥酥的。于是天天去跳。他的热烈与钟情很快俘虏了许丽珠的心。相识两个多月,江时鑫就急着要结婚。结婚就要寻房子,刚好新德里23号要出租,整栋房租勿起,只好租一楼。后来万松年租下了二楼三楼。于是老学究与舞女住在了同一栋楼里。两家共用一间灶片间。有时刘妈与许丽珠在一起做饭时,许丽珠还偷偷地向刘妈透露过他俩的隐私,说你别看江时鑫个子矮,可在这方面勿比别的男人逊色,趴在上面一夜都不肯下来,有辰光真吃他不消。一生都没有结婚的刘妈听了,羞得捂着嘴咯咯地笑。江时鑫虽是小报记者,但在钱上面倒也蛮赚得动的。短短一篇文章,登在报纸上也只有这么一小块,但却有两三块大洋的稿费,一个月下来也有二三十块大洋的收入。在阿德收养玉芹的那一年,许丽珠由仙乐斯舞厅转到了百乐门舞厅。百乐门舞厅的舞票要比仙乐斯舞厅的舞票价位高,而在百乐门舞厅跳舞的男士们,似乎掼钞票要掼得更大方。所以她与江时鑫的日子也还过得很不错。

当然,住在二楼、三楼的万松年老爷子对阿德这样的白相人看不上眼,对一楼的这位红舞女更看不上眼,至于做小报记者的江时鑫,他更认为是一个出卖良心与灵魂的下作文人。虽然他们两家同用一间灶片间,但他万松年从不做饭,在灶片间忙碌的是刘妈。所以,他只有进出门过一下灶片间。对舞女与小报记者他从不搭理。他很后悔没把这栋楼包括一楼同时租下来。但一是他认为他与刘妈住二楼三楼就够了,再加一个一楼他们两个人住也太大了太空了。而从经济上看,也划不来,该节省点还是要节省点。太摆阔也是一种奢靡之风,作为一个做学问的人来说,那是绝不该有的。何况一楼人家是先租下来的,什么事都有个先来后到。这种规则他万松年是从来不肯去破的。

时光过得很快,眼睛一眨,又是一年。有一天傍晚,天气很热,八岁的贾玉芹从学校放学回家,带着两个女同学在家门口踢毽子玩。那天电影导演万家伦也来探望父亲万松年,崔家的管家来收房租,崔家兄妹也顺便一起来怀怀旧。万松年对管家特地一本正经地跑来收房租的事特别反感,他说,一到时候我就会叫刘妈去贵府去交的,几钿租钱难道我万松年还会赖?真是有失斯文。而江时鑫、许丽珠夫妇巴不得他们来收,省得租辆黄包车去交,这样可以省多少麻烦,还可以省一趟黄包车费。那天大家都在后门乘凉,说说话,解解闷气。住石库门房就这点好处,左右邻居只要有愿意交流的愿望,是可以相互交流的,不像住公寓房,左右隔壁住上一二十年,姓啥叫啥都不知道。

贾玉芹正在踢毽子。三年来,生活得很稳定。在贾怡德的关爱下,八岁的贾玉芹已经显出了她的天生丽质,也已显出她那身材比例比她同龄的女孩要高挑与匀称。许丽珠一把把她拉到跟前,看了看说:"阿芹啊,你这副身架子,要是当舞女,肯定是顶级的。"万家伦导演说:"那太可惜了,绝对是一个有潜质当明星的料。"万松年在一边用司的克(拐杖)击地说:"胡说八道!"然后对阿德说:"阿德,你勿好听他们的!什么顶级舞女,什么电影明星,那都是下三烂的职业！你既然当了阿芹的父亲，就不能让孩子将来往火坑里跳！"阿德说："万老爷，不会的。我阿德虽然自己是个白相人，但决不会让女儿去做这些下三烂的行当。"崔家少爷崔延年在一旁说："阿芹长大后，应该让她出国留学，见见洋世面，学学洋学问，将来是一位美女学者，那是能为你阿德哥身上增添色彩的。不过万老，"他对万松年说，"在国外，电影明星可不是什么下三烂的行当。有名气的电影明星，那是有相当高的社会地位的。连总统都要刮目相看的。"万松年用司的克又狠击了一下地说："在我看来，再大的什么明星，那也是戏子，是个下三烂。"万家伦导演对父亲的言论只苦笑着摇摇头，也不争辩。关键是不敢争辩，他一争辩，他父亲的司的克会毫不留情地往他头上砸下来。

贾玉芹继续踢她的毽子。刘妈喊万松年吃晚饭，万家伦导演要请崔家兄妹去喝上两杯，因为崔家兄妹已有准备在万家伦所在的那家电影公司有投资的意向，而且数目还勿小。贾玉芹送走两个同学，也回家吃晚饭。吃晚饭时，阿德看着玉芹，越看越觉得像那个沈嫣红，他叹了口气说："阿芹，吃鲑鱼，你不是爱吃清蒸鲑鱼吗？"阿德无论从心中还是从行动上，确实把阿芹已经看成了自己的亲生女儿。虽然他贾怡德是个玩蟋蟀的白相人，但他毕竟是人。所以他姆妈讲，做人有做人的道理，所有的人无论职业不同，社会地位有高低，贫富也会有很大的不同，但做人的道理应该是一样的。

阿德把一大块鲑鱼夹到阿芹的碗里。

"谢谢阿爸。"阿芹说。

阿德感到一种说不出的满足。善心是会给人带来幸福感的。

阿德感到奇怪的是，那天晚上，一辆雪佛莱小轿车停在了新德里24号门口。走下来的是盛兆霖大少爷。虽已吃过晚饭，天已是暮色，但天边还有一抹紫色的光线。跟班敲开阿德家的黑漆双开大门，葆娣叫："老爷，有人找。"阿德走到门口，吃了一惊，是盛大少爷。盛大少爷一见阿德忙笑容可掬地举手作揖，阿德也忙还礼。

阿德面上虽露笑容，但心里却在打鼓。忙说："喔哟，盛大少爷，你怎么会找到我这里的啊？"

盛大少爷说:"特地来拜会你阿德哥的。"

阿德说:"那快进屋里坐。葆娣嫂,泡茶!"

两人在客厅坐下。葆娣端上茶来。

盛大少爷说:"阿德哥,我有桩事体要求你啊。这事只有求你才能帮我解决。"

阿德说:"请讲。"

盛兆霖说:"我听说去年的这个辰光,你和福爷把荟芳里的沈嫣红请到杏花楼去吃过酒。"

阿德说:"是去年的事了,你还要计较?"

盛兆霖酸酸地说:"虽说是去年的事,但我心里的那种感觉还像昨天的一样。俗话说朋友之妻不可欺。福爷这样做是不是也太过分了?这一年来,我没有一天是睡好觉的。"

阿德这才发现盛大少爷的脸很有些憔悴,眼圈也是黑的。忙说:"福爷只是请沈小姐在杏花楼吃了一杯酒。吃好酒我和他各自回家了,并没有发生别的什么事。"

盛大少爷说:"就是这样,我心里也像被戳了一刀一样。反正你们这事做得勿够朋友。斗蟋蟀输赢就是再多的钱我也不在乎,但沈小姐的事,我盛兆霖是很在乎的!"

阿德说:"这我理解,面子上的事。"

盛大少爷说:"那也太刮我脸了。沈嫣红沈小姐是我的相好!"

阿德说:"那你就赶快帮她从良,娶回去当姨太太不是更好吗?只要人在院子里,有人肯出钱要她出局,她哪能会勿出局呢?"

盛兆霖说:"就为这事,我才下决心来找你阿德哥的。求你帮帮我的忙啦。"

阿德说:"这事我阿德怎么帮你?"

盛大少爷说:"只有你能帮我。"

阿德说:"我听勿懂。"

盛大少爷说:"现在我的心中只有沈嫣红沈小姐,为了她我食无味,睡无眠,她那张脸一天到夜在我眼前转。"

阿德想,他肯定得了相思病了。

盛大少爷继续说:"我都要为她发疯了。这一年来,我几乎天天去找她,劝她从良,我要把她娶回家。可她一口咬定,当我的姨太太可以,但一定要住进永福里16号那栋房子。我说买更大更好的房子。她说再好的房子也勿要,就要永福里16号那一栋。她是有意在考验我对她的忠心与诚意。女人这东西,心眼儿死起来,真是没有办法的。咬死后,怎么也不肯松口。我也几次去找过福爷。福爷说祖上留下来的,勿卖。其实那栋房哪里是他祖上留下来的呀。他也是赌输赢赌来的。你阿德哥这栋房子才叫祖上留下来的。"

阿德说:"盛大少爷,那你就多出点血。"

盛大少爷说:"我让福爷开价了呀。他只说,我勿卖。这不是要逼死我吗? 一个不给这栋房子不肯嫁给我,另一个死不肯开价。"

阿德说:"那你找我阿德也没用呀。"

盛大少爷说:"但福爷讲了,再赌一次。给我最后一次机会。"

阿德说:"赌什么?"

盛大少爷说:"斗蟋蟀呀。要不我今朝就勿来找你了。就是福爷因为有你这个后台,才答应再赌一次的。如果没有你这个后台,他的嘴也勿会这么硬。"

阿德说:"我可没有这么大的本事。"

盛兆霖说:"阿德哥你也勿要谦虚了。啥人勿晓得你蟋蟀阿德。"

阿德说:"那你要我做什么?"

盛大少爷说:"这次请你帮我,开什么价都行。"

阿德僵住了。

盛大少爷掏出支票簿,摊在桌子上,从衬衣上口袋里掏出一支开支票用的细笔说:"你开价,我现在就签给你。阿德,我的性命就在你手里,开个价吧。"

阿德一摆手说:"勿! 这事我勿能做。"

盛大少爷瞪大眼睛说:"哪能?"

阿德看到盛兆霖那副可怜兮兮的样子,也油然产生了一点同情心。说:"这样吧。我保持中立,你们另外找人,找虫。我阿德勿参与任何意见。我只能做到这点。"

盛大少爷说:"送上门的钞票你勿赚?"

阿德说:"有些钞票可以赚,有些钞票就勿能赚。尤其有损人格的钞票。赚了,良心是要受折磨的。请盛大少爷见谅。"

盛大少爷说:"既然阿德要做个仗义的人,我也不能用几个钱来抹黑你。"

玉芹下楼对阿德说:"阿爸,我要困觉了。"

阿德说:"跟爷叔说声晚安。"

玉芹朝盛大少爷一鞠躬说:"爷叔晚安。"

盛大少爷一把抓住玉芹,看了一眼,然后放开说:"阿德,这是?⋯⋯"

阿德等玉芹上了楼,进了她自己的房间后说:"我女儿贾玉芹。"

盛大少爷说:"阿德哥,你结过婚啦?"

阿德说:"没有。是我领养的女儿。"阿德把领养的过程略略地说了一遍说:"你是勿是觉得她长得有点像一个人?"

盛大少爷说:"长得太像了,就是小了一个模子。"然后站起来,说:"阿德哥,你只要保持中立,我盛兆霖说不定还有点希望。但你一定要说话算数。"

阿德说:"这点你可以尽管放心。这一次,我肯定啥人都勿帮。"

"那好,告辞!"盛兆霖作了个揖就出了门,然后回头又撂下一句话说,"阿德哥,你要记住,我盛兆霖也勿是随便可以让人白相的人!"

七

阿德也勿晓得邵林福什么时候对文化突然有了兴趣。去剧院捧角,甚至于还凑着当个票友,还要上台露个脸,虽然只是个跑龙套,在台上站几分钟过过戏瘾也觉得蛮畅快。以后又到学校去捐钱,到什么画展去抬场子,还结交了一些画坛上的朋友。去年春节,万家伦导演给父亲万松年来拜年磕头,遇见阿德,他还告诉阿德,邵林福对拍电影也感兴趣了,成了新晨电影公司的主要投资人之一。还天天去电影公司看一看,有时甚至于一待就是一天。有一次他遇见阿德对阿德说:"文化这东西,里面是奥妙无穷,奥妙无穷啊!我现在就喜欢跟文化人搭讪。我们这些粗人,也要沾点文化的光啊,必将受益匪浅,受益匪浅啊。"说话也有点文绉绉的了。阿德觉得蛮滑稽咯。

晚上阿德睡觉时觉得这件事不能耽搁,他马上得见到邵林福。于是第二天吃好早点他就去找邵林福。阿德知道,这些日子邵林福正热衷于拍电影的事。于是决定先到电影公司去找他。黄包车把他拉到新晨电影公司门口。两扇黑漆铁皮大门,门上有一轮半圆形的铁架牌子,上面嵌着一个个圆形的铁皮,那圆形铁皮上一行字:"大众新晨电影有限公司"。阿德上去敲门,右大门上挖了一个小窗口,小窗口的小门打开问:"寻啥人?"

阿德说:"我想找一下邵林福。"

那门房说:"到新亚大酒店吃酒去了。"

阿德就又坐上黄包车,赶到新亚大酒店。他在门口站着,心想饭局是不能去闯的,人家会认为这人是找个找人的借口跑来蹭饭吃的。什么样的酒席自己没有吃过,要是让人有这么个怀疑,那我阿德也太丢人了!

等了不到十分钟,酒席散了。福爷有点微醉地走下楼来。万家伦导演首先看到阿德,忙笑容可掬地说:"阿德哥,你怎么在这儿?"

阿德说:"我是来找福爷的。"

万家伦说:"我也正有事体要找你阿德哥商量。刚好你来找福爷,就由福爷以后慢慢同你说吧,反正这事不急。"

"你找我啥事体?"邵林福问阿德。

阿德说:"到你府上去说吧。"

两人各自坐上黄包车,来到邵林福的公馆。

邵公馆是一栋三层洋房,里面房间很多。阿德一进二楼那宽敞的书房,发现里面挂上了好几幅新画,其中还有一幅西洋画,似乎是用油漆一块一块抹上去的。阿德还上去摸了摸,说:"西洋人怎么用油漆画画的?"福爷说:"这叫油画,勿好近看,要站远一点看。"阿德退后几步,画的是一个少妇,很漂亮。

福爷很较真地说:"最近我同文化人打交道,相当受益,人与动物的区别在什么地方,你晓得哦? 人有文化,动物没有这文化。这区别就在文化上!"

"这我倒听说过。"阿德说。

"有啥事体,讲。"

这时娘姨送上茶来。阿德忙谢过说:"盛兆霖大少爷昨天吃过夜饭来找过我。"

"他找你干什么?"

阿德把事情一五一十告诉给邵林福听。把去年斗完蟋蟀他们让沈嫣红陪酒的事盛大少爷很有点责怪的话也说了。邵林福一听就火了,一拍桌子说:"我把永福里16号那栋房子送给沈嫣红,然后我娶她做三姨太。勿上台面!沈嫣红是院子里的人,你盛兆霖招得,我邵林福就招勿得?谁让你斗蟋蟀输给我的呀!"

"福爷,"阿德说,"他说你答应他再斗一次蟋蟀,博最后的输赢?"

"说了。"

"所以他求我帮忙。并且让我开多少价都行。"

林福说:"那你就开价,把他家开的公司,开的那几爿纺织厂,面粉厂统统作赌注,看他敢勿敢?为了个女人倾家荡产,值得吗?"

阿德说:"男人有时是会为女人疯狂的。可惜我阿德已经没有可以为女人疯狂的福分了。"

"那你准备怎么办?"

"我对他说,你给再多的钱,这个忙我也不能帮。这种败义的事我阿德是决不能做的。我最多只能保持中立,谁的忙也不帮。"

邵林福背着手在书房里来回踱起步来。最后一拍桌子说:"阿德哥,我的忙你一定得帮!就因为有你,我才敢应他叫的板的。"

"可我已经答应他保持中立了。做人勿能说话不算数呀!"

邵林福一脸的严肃,说:"阿德哥,你得帮我啊!这么重大的一件事,房子,钞票都是小事情,面子才是大事情。树活一张皮,人活一口气。在我看来,丢面子的事比丢性命的事还要重大,宁丢命也勿能丢脸。为了面子丢掉性命的人在我们江湖上有的是。"

"这我懂。"阿德说。

"阿德哥,我弄勿懂,你为啥不近女色?"

阿德苦笑了一下说:"我勿是勿近女色。在这世界上哪有男人勿喜欢女人的?问题我喜欢也没有用。"

"为啥?"

"福爷,勿瞒你。十六岁那年,我就去了一次四马路,想勿到就弄了一次,就染上了病,几天后小便尿勿出,流脓还流得一塌糊涂。请医生看了,吃了不少药,还打了什么针。病是慢慢好了,但那个东西唉……勿好意思讲。"

"硬不起来了?"

"看到女人也想,就是举勿起来了。"

"我找个老中医给你诊诊脉。这种病西医勿大管用,要靠中医慢慢调理。"

"如果真能看好,福爷你就是个给了我大恩大德的人了。"

"这个忙我一定得帮。阿德哥,那我这个忙你帮不帮?"

阿德说:"我想了,这个忙就是帮,也不能明里帮,得另想个办法,所以让我考虑一下。"

福爷说:"阿德哥,这次我同盛兆霖这只瘪三交手,我勿让他倾家荡产,也要狠狠地伤伤他的筋骨。出呐娘个逼。挖起我的墙角来了。要勿是你来告诉我,我就输掉了脑袋也还蒙在鼓里呢。"然后又一拍桌子说:"阿德哥,这样子,如果你这次帮我赢他,我就把永福里16号那栋房子给你。我再找人把你那花柳病治好。你就把沈嫣红娶过来当女人。你得有个家,玉芹得有个姆妈。哪能?"

可阿德还是说:"福爷,我再考虑考虑。"

"勿够朋友!"林福不悦地说,"阿德哥,勿要忘记,我邵林福同你贾怡德可已是生死之交了。"

"这是我阿德的荣幸,"阿德说,"但我还得想个两全之策。勿要让我阿德立即就陷入不仗不义之中啊!福爷,你说呢?"

"可以。你再回去考虑考虑。想个两全之策更好,但决不能让我在这次交手中输!"

"好哦。"阿德说。

阿德回到家里一夜没睡,只听房间里一地的蟋蟀盆里的蟋蟀叫了一夜。不知何故,阿德会突然想到沈嫣红,她的身世令阿德同情,她的娇美甜润的笑容也让他难以释怀。阿德长叹了口气,想了一夜。第二天醒来,他看看同他一起吃早点的玉芹。就暗暗下了决心,觉得这件事值得去做。人活在世上,总还得做几件能让自己积点德的事。主意定了,他人也突然感到轻松了许多。

盛大少爷竟会一早就来找他,说:"阿德哥,还没吃早饭吧?"

"吃过了。"阿德说,"现在这个辰光哪有不吃早饭的。只有像你盛大少爷这样有福气的人,困懒觉可以困到现在。"

"那就喝杯咖啡去。"

阿德看到门口停着那辆黑色雪佛莱车,就说:"有啥事体哦?"

盛兆霖说:"还是要有劳你阿德哥。"

阿德说:"勿是讲好了吗?我保持中立。"

盛兆霖说:"在我与福爷斗蟋蟀之间你保持中立,但你帮我挑上几只虫总可以吧?"

阿德说:"这不是变相帮你忙吗?"

盛大少爷说:"你只帮我挑虫,你也可以帮福爷挑。但在虫与虫之间斗的时候,你勿用表态。输赢与你无关。"

阿德想了一下说:"这倒可以,只帮你挑虫。但在比赛时,哪只虫与哪只虫斗,我勿说勿出主意,连看都不看。你们管你们去斗,哪能?"

盛大少爷说:"我就是这个意思。"

阿德坐上雪佛莱车,直奔装潢得富丽堂皇的丽都咖啡厅。

在一间宽敞的雅厢里,盛兆霖的四个跟班也站在那儿,一边的长茶几上,已经摆了十只蟋蟀盆。

"包艾"端上咖啡与点心来。盛大少爷还客气地起一起身说:"阿德哥,请用。"

阿德哥喝了口咖啡,然后打开一只只蟋蟀盆来看。边看边点头。

"哪能?"盛大少爷眼睛紧张地盯着他问。

"都是好虫。"阿德说,"盛大少爷,能一下觅到这么些好虫不容易啊。花大价钱了吧?"

"为了能赢,花点钱是应该的。再说,买虫的钱再贵也是小钱。"

"对盛大少爷来说,当然是这样。"

"我是想让你看看,哪只虫最好。"

"都好,但有一只黑头黄翅金背的最好。可以称得上蟋蟀中的五虎上将。"

"哪只?"

"喏,这只。"

阿德放下蟋蟀盆,盛兆霖就一摆脑袋,对身后一个跟班说:"辛苦费给德爷!"

阿德站起来说:"分文不能收。盛大少爷,谢谢你能看得起我。不过这只虫的好坏你可以验证的。告辞了!"

"要不吃了中午饭走?"

"勿,家里还有事。"

盛兆霖说:"那用我车送你回家。"

阿德说:"我还是坐黄包车回去吧。坐在车里太闷,坐黄包车可以透透外面的新鲜空气。"

阿德走出丽都咖啡馆,发现有一双眼睛一直在跟着他,接着一辆黄包车就到他身边说:"德爷,请上车。"

"作啥?"

"福爷找你。"

黄包车把阿德拉到杏花楼。一进门,邵林福的一个跟班就把他领进二楼的一间包厢。里面有三个人已经坐在那儿,满桌花花绿绿的菜肴,香气扑鼻。除了林福外,还有荟芳里的沈嫣红与袁巧雅。一般夜里才吃花酒,想勿到中午林福也会请他吃花酒。肯定又是那件重要的事要关照他阿德。林福还是不放心。林福让袁巧雅坐在他边上,沈嫣红边上是空的。一见阿德进来,沈嫣红就哆溜溜地说:"阿德哥,快坐到我身边来呀。福爷让我孤单了好长一段辰光。"婊子们在应酬上真的是没得说,职业上的需要嘛。但阿德见了沈嫣红后倒是很是喜欢。不但她的身世令阿德同情与怜悯,尤其是她迷人的长相,所谓怜香惜玉,怜的惜的就应该是这样的一种女人。一双眼睛云里雾里,两片嘴唇艳而不俗,高高的鼻子又很小巧。一笑起来,就像开着的一朵芙蓉花。怪不得盛大少爷不惜代价地要把她弄到手。虽说阿德不能占有她,但与她坐在一起喝酒,与她能调笑一番,倒也是件愉悦的事。

于是阿德就在她身边坐下,沈嫣红的那白嫩的胳膊就紧贴了上来。

林福说:"盛大少爷请你喝咖啡去了?"

阿德说:"福爷,谁都逃不过你的眼睛。"

林福说:"在上海的这块地盘上,我只要盯上他,不管啥人都勿要想从我的眼皮底下溜走。"

阿德说:"福爷的眼线多啊。"

林福说:"又跟我的事有关?"

阿德说:"让我鉴定一下他买的几只虫的好坏。"

"哪能?"

"都是好虫,尤其那只黑头黄翅金背,不俗。"

"你实话实说了?"

"当然。说假话是要敲掉我自己的饭碗的。行里都有行规,虽然白相蟋蟀算不上什么真正的行当,但只要有人买,有人玩,那就会有行规。就是以前没有,也会自然地形成一个。福爷的帮里帮规不是也是很严的吗?就是绿林上,也有绿林的规矩。"

"说得不错。我就喜欢你阿德是个懂规矩的人。我就看重阿德你这一点。"

阿德说:"谢谢福爷看得起我。今天还请了嫣红小姐来陪我吃酒。盛大少爷晓得了,醋缸子又要翻了。"

嫣红一噘嘴说:"我与他还啥都不是他吃什么醋呀。要讲喜欢,我倒宁愿喜欢你阿德哥。他只不过多了几个钱罢了。"

阿德说:"钱可以让这个世界都变样子。"

嫣红说:"我勿在乎。阿德哥你坐到现在,只顾得上说话,连酒也没喝一口,来,我先敬你一杯。"

林福说:"再给阿德哥一个kiss。"

嫣红说:"给一个就给一个,困觉我都勿怕,给一个kiss怕啥?"

嫣红啪地在阿德脸上亲了一下。

林福与巧雅都哈哈地大笑起来。这一亲也亲得阿德很销魂。

福爷说:"沈姑娘,你不要看勿起阿拉阿德哥。比起钞票来,钞票当然没有盛大少爷多,但阿德哥的为人,盛大少爷是没法比的。如果要讲跟人,那你嫣红姑娘跟阿德哥比跟盛大少爷勿晓得要强到哪儿去了。"

嫣红说:"福爷,你这话我有点听勿懂。"

福爷说:"我只是随便这么一说,来,吃酒!"大家一起碰酒。

阿德怕冷落了袁巧雅,说:"巧雅姑娘,是勿是再唱上一段筱腔?那晚听了你的那段曲子,那声音一直响到现在。"

袁巧雅说:"阿德哥,想勿到你也会开花腔,使得人心里甜滋滋的。"

福爷说:"阿德哥,世上没有勿变的事体,也没有做不成的事体,关键是看你想勿想去做,是勿是存心要去做。"

阿德听出福爷话里有话,说:"福爷教导得很是。但不知你指的是勿是那件事。"

福爷说:"不光是指那件事。我问你,嫣红姑娘你喜欢不喜欢?"

"哪能会勿喜欢呢?这么年轻貌美的姑娘,人见人爱,只是我阿德没这个福分消遣。再说,夺人所爱,也勿是我阿德所为。"

福爷说:"嫣红姑娘,盛大少爷爱你,你也爱盛大少爷吗?"

嫣红说:"这可叫我怎么说呢。我是一个烟花女子,活在世上就是让你们这些男人高兴,消遣着玩的。谈不上什么爱不爱的。"

"同盛兆霖也只是这种关系?"

"是。"

"那出呐娘个逼你阿德就用不着什么夺人所爱不夺人所爱这种话了。你只要把我的这件事办成了,我就可以成全你阿德!"

沈嫣红说:"喔哟,你们讲的是啥事体啊?这么严肃。"

阿德说:"福爷,我们不谈这事。吃酒,你福爷的深情我永记心中。"

福爷说:"阿德哥,我现在只说一句,这件事不但关系到我邵林福,也关系到你。同样也顺便扯到嫣红姑娘。你阿德哥一定要掂量清爽!"

　　阿德说:"我阿德心里有数。嫣红姑娘,我们俩一起敬福爷一杯。"

　　聪慧的嫣红嫣然一笑说:"好。"

　　两人敬了福爷一杯。嫣红在阿德耳边轻声地说:"福爷是想让你娶我?"

　　阿德也悄声地说:"没有的事!福爷只是抬举我说句笑话而已。我哪能敢,再说,我阿德这么个人,也勿敢去得罪盛大少爷啊。"阿德举起杯子说:"巧雅姑娘,我敬你一杯。唱上一曲哪能?福爷听筱腔听得上瘾,我阿德上次听了一下,也上瘾了。"

　　福爷说:"对!也让阿德哥过把瘾。"

　　吃了酒,送走了两位姑娘。只留下他俩时林福说:"我这桌酒的意思你明白了哦?"

　　阿德说:"福爷,你放心,我有数了!"

八

走出杏花楼,阿德叫了辆黄包车,直奔离大场不远的张家巷。那儿已是上海的郊区了。四下是一片已快要成熟的金黄的稻田,横七竖八的小河浜。天气虽热,但乡下的微风徐徐拂来,十分的凉快。几栋白墙青瓦的房子,一轮用竹篱笆围起来的宽敞院子,两扇木门上贴着两幅已被风雨与阳光搓磨旧了的门神,门口还挂着个木牌,上面写着"稻香园"三个字。阿德敲开院门,光着脑袋,右边的太阳穴上有块很大的很光亮的疤痕的癞头阿伲笑着出来开门,一见是阿德,忙作了个揖说:"喔哟,阿德哥,侬今朝哪能大驾光临了啦?"

阿德说:"先去弄杯凉开水,给车夫吃,这么大热天,拉了老半天的车,勿要中暑了。"

癞头阿伲说:"那就让车夫也请进来坐。"

阿德说:"让他在树荫下乘乘凉,弄杯水给他吃吃就行了。我有事要同你商量。"

院子边上有棵大柳树,癞头阿伲从屋里拿出一壶用井水浸得冰凉的茶水与一只杯子,拎出去对黄包车夫说:"你先在这儿树底下乘乘凉,喝杯水,等会儿还要把德爷拉回去。德爷是勿会少给你车钱的。"

"晓得。"

癞头阿伲回到院子里说:"阿德哥,你又想我的好虫子了?"

"勿错,有哦?"

"算你有福,前几天得了两只好虫,就是价格上恐怕要辣手点。"

"只要虫好,价钿侬尽管开。"

"你阿德哥历来痛快。"

癞头阿伲从屋里捧出两只蟋蟀盆。阿德打开看,心头一惊一喜,有一只虽然相貌平常,但却是只拼到死的货色。就是说,这种虫子一咬上口,到临死了还会再出口咬,宁死不屈的。另一只样子非常健壮,背色也好,黑亮黑亮的,但勿一定是盛大少爷的那只黑头黄翅金背的对手。

"开价!"

癞头阿伲伸了伸手指。

阿德说:"两只都是这个价?"

"对!"

"你在敲我竹杠。"

"也有好几个来看过的。但都出不起这个价。杀多价我不干,我说宁愿让它们死掉,我也勿能出手。虫子也有虫缘的。只要有这缘分它就会给你带来财运。一分价钿一分货。对你阿德哥我出的这个价已经是最低价了。有缘,阿德哥你就拿走,缘不到,就给我留下。只要是有缘的来,迟早出得了手的。"

"阿伲,出呐娘,你真会说话。好!就按你的价成交。装竹筒。"阿德满心的喜欢,想到了永福里16号那栋房。拥有了那栋房,就拥有了沈嫣红这位美人。这样的美人在身边看看也喜欢。他是个男人,虽说不怎么济,但那种欲望总是有的。困勿成觉,搂着她也让人愉悦与喜欢。

阿德从裤带里解下钱袋,一满袋沉甸甸的袁大头扔给癞头阿伲。阿伲接上手,掂了掂说:"不少吧?"

阿德说:"你数数,还多了两块呢。"

"既然这样,就勿数了。你阿德哥我还会信勿过啊!"

癞头阿伲掂弄着沉甸甸的袁大头,也是咧着嘴满心的喜欢。觉得阿德做事体上路。

阿德坐上黄包车回到家里,天也黑了。吃罢晚饭,阿德在二楼房间里研究买来的这两只蟋蟀。放进龙盆里,左看右看看了半天,然后满意地盖上盆盖,放到桌柜上。然后吩咐葆娣说:"我这间房间除了我,谁都不要进,你也勿要进去打扫卫生,卫生有我自己打扫。"

"晓得了,老爷。"葆娣说。葆娣知道,房间的蟋蟀盆里又有珍贵的东西了。阿德怕上次"玉头"逃走的事情再次发生。

阿德看看那两只龙盆发起了愁。这两只虫怎么送到邵公馆去呢?因为他发觉在他家周围或者弄堂总有几双陌生的眼睛在窥视他。那肯定是盛大少爷派的眼线。

第二天下午邵林福敞开裰子,扇着扇子大摇大摆地来到新德里24号阿德家。阿德把林福让进客厅。阿德轻声对葆娣说:"门勿要关。"林福与阿德坐下后,果然看到门外有两双眼睛在往里面瞄。

林福问:"哪能?"

阿德说:"有两只好虫。你讲哪能给你好。其中一只相貌一般,背很黑很光,但是只斗勿败,只要勿死,它就一直会咬下去。如果你拿去斗,无论如何要让它斗下去,伤残了,只要勿死,它就会斗下去。你要记住,中途决不能放弃。也勿能让它停一停,让它歇口气再斗。只要一停一歇,它就完了,千万记牢。"

"晓得。"

"现在我是发愁哪能给你。"

"我林福当然不能让你阿德做一个不讲信用说话不算数的人。你看这样行不行?你把虫装在竹管里,我拿回去。"

"勿行。"阿德说,"你就是竹管放在口袋里,一出门人家就会发现。"

"出呐娘,盛大少爷我倒勿怕,我拿出去怕啥。我就是勿能让你阿德做这说话不算数的人。"

阿德想了想说:"这样吧。你到花园路的蟋蟀摊去,假装在蟋蟀摊上买蟋蟀,到时会有人把这两只虫卖给你的。那个人认识福爷,他会暗地里招呼你的。"

"不过虫你要怎么给那个人?"林福问。

"这你就不用管了,我想办法就是了。"阿德说。

"好!就这么的。盛兆霖这只瘪三其实也派人盯我的梢呢。我亲自到蟋蟀摊上去买更好。让他们看看这次同他斗蟋蟀,我没有靠你贾怡德。"

"我也是这意思。那就这么办!"

太阳又西斜了,林福走出门口,阿德送了出来说:"福爷,实在请你原谅,我阿德真要有好虫能勿卖给你吗?实在是没有,又让你空手走了一趟。"

"出呐娘,你阿德哥也真有点勿够朋友,我已经跑了三趟了,还请你在杏花楼吃了酒,连一只好一点的虫都没有给我物色到。还是我自己想办法吧,告辞了!"

"福爷,对勿起,真是太对勿起了。"

门口的这些话让在屋里的葆娣听了觉得可笑。他们家老爷与那位帮里的老大福爷演的是出什么戏呀?

说来也巧,林福刚一走,林三祥就带着老二阿晴来了。三祥说:"阿晴想来看看玉芹妹妹。我呢,是来归还阿德哥的八百大洋的。"

阿德说:"用着就是了,我又不缺钱花,急什么?"

三祥说:"无债一身轻。借的总是要还的。还清了,人也就轻了。"三祥说着,递上票子说:"利息也算在里面了,你看算得对不对。利钱是按照钱庄上的利率算的。"阿德说:"本钱还我就可以了,作啥还要按钱庄上的利率算呢?那也太高点了。"

三祥说:"阿德哥,那是应该的。你这八百大洋送得及时,真正可以说是雪中送炭。利该高一点的。"

阿德说:"亲戚间帮忙是应该的,你也太放在心上了。要说实话,这笔钱还是你家老二阿晴送上门来的。如果找勿到那只玉头,哪有这么笔钱啊!就是不还也没啥的。"

三祥说:"阿德哥,你说得也太客气了。八百大洋,一个五口之家,可以宽宽舒舒地吃一年呢。对我来说,就这笔钱,让我的生意顺顺利利地开张,就这么不长的时间,在上海滩上也总算是站稳了脚跟。"

这时葆娣开出了夜饭,说:"老爷,让三祥老爷与阿晴一起吃夜饭吧。"

阿德说:"那就饭桌上谈。"

三祥说:"就是想来蹭阿德哥一顿夜饭吃。阿晴说,吃好夜饭,做好作业,还可以同玉芹妹妹玩一会儿。"

阿德看到阿晴背着书包,就一笑说:"功课也带来啦?好小人。"

不一会儿,阿芹也背着书包回来了。见了阿晴,两个人拉着手不肯放。

阿晴问阿芹说:"你有作业哦?"

阿芹说:"有呀。"

阿晴说:"那吃好夜饭,我们一起做作业。"

阿芹高兴地说:"好!能同阿晴哥一起做作业,太高兴了。如果能同阿晴哥上一个学校就更好了。"

这时三祥对阿德说:"三个小人里,老二最懂事。现在已经会给我记账算账了,老大阿天不安分,明年就要上中学了,小小年纪,议论多得勿得了,什么国富民强,就要靠老百姓觉醒。一早起来,就要买上两张报纸翻过来翻过去地看。老三一觉醒来,只知道白相,整天野在外面。只有这个老二,安分守己,有时还会帮着店里做生意。"

阿德点头说:"咯好,咯好。来吃饭。"

三祥说:"今晚我陪阿德哥喝两盅。好长时间没这么轻松过了。"

阿德坐下,三祥才坐下。阿晴与玉芹也高兴地坐上桌子。葆娣为他俩烫上黄酒。阿德想了想说:"你与阿晴来得刚好。今晚我有桩事体要请你们办一下。"

三祥说:"阿德哥,你尽管吩咐。"

阿德说:"吃了饭再讲。来,喝,这陈年的花雕,我也好长时间没喝了。"

三祥喝了一口说:"好酒。"

阿德说:"福爷前些日子送来的。他说这么好的酒,他自己都没舍得喝。"

三祥说:"就是买你那只叫玉头的虫子的福爷?"

阿德说:"对。"

三祥说:"肯定他又有求于你。"

阿德说:"赶上架的鸭子飞不下来了。吃菜吃菜。清蒸鲑鱼,葆娣嫂的拿手菜,也是我们阿芹最喜欢吃的菜。"

阿晴和阿芹匆匆吃完饭,就钻到玉芹的房间去做作业与玩耍去了。

阿德与三祥继续喝酒。

阿德说:"生意还可以哦?"

三祥说:"蛮好。真的蛮好。我发觉在上海做生意,只要守规矩就可以。勿佴(二)勿三倒吃不开。"

阿德说:"我们这上海,是个讲法律、讲规矩、讲王道的地方,胡来是不行的。行有行规,帮有帮规。锦江饭店的董竹君女老板开川菜馆时,吃饭的人特别多,连帮会的大佬杜月笙都去捧场。但也是依次排队吃饭。"

三祥说:"这些日脚生意做下来,我也发觉只要守规矩,讲信用,说话算话,事情就好办得很。我现在要货,一张条子开过去,货准时送到。但货到付款,我也不会耽搁。只要相互间有了信任,生意也就勿难做了。但是相互挤对的事情也时有发生。"

阿德说:"生意上的挤对那也在所难免。是同行挤对你是哦?啥人?"

三祥说:"我斜对面有一家有五个开间的盛祥五金行。那里也同时在做轴承生意。"

阿德说:"那是盛兆霖,盛大少爷家开的。他们家是财大气粗,后台又有官方背景,所以你当心点,勿要与他当面冲撞,或者有意跟他们别苗头。老老实实做自己的生意,不要去惹人家,也就勿会有啥事体。大家都在上海滩上混,勿见得人人都是仇人。火拼的日子有,但大多数人也都喜欢安稳过日脚。所以同一行的大公司、小公司、大店、小店同时并存做同一种生意的有的是。大鱼吃小鱼,小鱼吃虾米,话是这么说,但小鱼,虾米活下来的也有的是。就是要看哪能设法活了。"

三祥说:"我晓得了。谢谢阿德哥指教。"

阿德说:"自己当心点就是了。像我这样的白相人,平时是与人无争的,但还是要时时当心才对,何况你这样开店做生意的人。但你看那些小贩小摊,甚至拉黄包车出苦力的,活得也蛮好。人活在这世上,勿要做自不量力的事就是了。该小心处尽量小心。"

外面在下雨,细细的雨丝飘散在空中,弄堂里的几盏路灯本来就暗。阿德想了想说:"你和阿晴回去时,帮我带样东西出去,我明天一早派人到你店里去拿。"

三祥忙说:"好的,啥东西?"

阿德说:"两只虫子。"

三祥说:"蟋蟀?……"

阿德说:"是咯。这就叫该小心还是要小心。其实也可以明当明地做,但能勿得罪人时就尽量勿要得罪人。当然这事与你没有啥牵涉,纯纯粹粹是我阿德的事。"

三祥点头说:"好。但来拿东西的人要凭你的条子。"

阿德说:"咯当然。"

两人又喝了几盅酒,说了一会话。夜已深了。阿德把两只虫子灌进竹管里,放进阿晴的书包。玉芹把阿晴送到门口说:"阿晴哥,有空再来玩。"

三祥撑起伞,牵着阿晴,走出湿漉漉的弄堂,招了一辆黄包车回家去。阿德一直送到弄堂口,看到三祥与阿晴坐的黄包车消失在细细密密的雨幕中,他也松了口气。两只竹管放进书包里,怎么也看不出来的。虽然阿德感觉到他身后有两双眼睛在闪。

花园路摆蟋蟀摊的人中,有一半以上都是同阿德有深交的人,有资格同蟋蟀阿德能交往上的,那在摆蟋蟀摊里也就算是有身份的人了。其中有一个叫阿毛头的跟阿德跟得最铁。阿德往往把他不想要的二流三流的虫子让给他,让他蛮有赚头,发了点小财,成了摆蟋蟀摊里的体面人。阿毛头把阿德看成是自己的再生父母,是一个死心塌地跟着阿德的人。阿毛头当然也认识邵林福福爷。

　　阿德一清早,自然要到花园上去转一转,应酬一下让他鉴别蟋蟀的人。就像古董鉴定商鉴定古董的真伪一样,也很是有点吃香的。所以他阿爸讲得对,不管哪个行当,你只要在这方面有与众不同的专长,总会有你的饭吃。阿毛头自然跟随在他的左右。阿德像很随意地跟阿毛头吩咐了几句以后,就说,你去练你的摊吧。

　　吃过中午饭,邵林福又扇着折扇,大摇大摆地来到新德里24号,喊:"阿德哥。"阿德听到福爷的喊声忙出来,点头说:"福爷,里面请坐。"

　　邵林福摇着扇子说:"勿进去了!哪能?"

　　阿德说:"福爷是啥意思?"

　　林福说:"虫呀!你给我弄的虫呀!"

　　阿德说:"你想要好一点的虫,那是要辰光慢慢地找的,弄只好虫,也是可遇不可求的事。你立马三刻要只好虫,我到哪儿去给你找?"

　　林福说:"我跟盛大少爷约的斗蟋蟀的时间是明朝上午,你是蟋蟀阿德,你勿给我弄只虫,我到哪儿去找取?"

　　阿德说:"那就求求盛大少爷,改日子。"

　　林福啪地合起扇子在阿德肩上敲了一下,说:"让我邵林福答应了的话再吃回去?那不是面子夹里统统掼光了?我邵林福还哪能在这世上混下去?"

　　阿德说:"那你只好到花园路的蟋蟀摊子上去碰碰运气。我去年卖给你的那只玉头,就是在那里蟋蟀摊上淘来的。"

　　林福说:"你这儿就没有一只虫可以让我应付应付场面的?"

　　阿德说:"实在没有!"

　　林福说:"出呐娘逼,我邵林福看来这次要倾家荡产了。"

　　阿德说:"一栋房子的事,哪能说得上倾家荡产呀!"

　　林福说:"你阿德哥出呐这次跟盛兆霖是穿了连裆裤了,是哦?"

　　阿德哈腰说:"勿敢。"

林福对手下说:"走!只有到花园路上去碰碰运气了。"

邵林福领着两个跟班,大摇大摆地去了花园路的蟋蟀摊。摆蟋蟀摊的人有不少认识邵林福,忙把自己的好蟋蟀推荐给他。邵林福一下子买了十几只。自然也包括阿毛头"推荐"给他的两只。而且在邵林福的耳边轻言了一句:"阿德哥的。"那声音极轻,只有林福听见,连两个跟班都没有听见。

九

　　花园路78号那天很热闹。都知道盛兆霖盛大少爷要同邵林福赌一次数额相当巨大的斗蟋蟀的比赛。他们俩带的蟋蟀肯定有场恶斗,会斗得相当精彩,哪怕是蟋蟀斗得不怎么样,但这笔巨大的输赢也相当的刺激人。邵林福还是那栋楼,沈嫣红沈姑娘想要的。而盛大少爷则赌上了他将近一半财产的赌注。这场赌博在赌注上有点不公平,但盛大少爷非要把他的一半财产押上。一是不下那么大的赌注邵林福不干,二是表明盛大少爷要那栋房子的决心。其实是在向沈嫣红姑娘表一份诚意与决心。你看,为了你,我盛兆霖可以倾家荡产。

　　盛大少爷那天是一副志在必得的架势。因为他今天也相信他的虫必定能斗败邵林福的虫,在蟋蟀摊上买的虫,再好也好不到哪里去呀。这些天,他派他的十几个手下盯着阿德的一举一动,包括邵林福在内,难道是白盯的?

盛大少爷穿着白绸短袖衬衣。两边两个跟班穿着黑绸短袖衬衣。天气虽热但依然穿着宽裆黑绸裤,腰间绑着宽宽的绑带。邵林福带着两个跟班,跟班捧着两个蟋蟀盆进来。盛大少爷站起来,作了个揖,说:"福爷,送房子来啦?"

林福也作了个揖说:"不敢。就是白送,那也只有跟我林福的虫斗过了再说。"

盛大少爷说:"那看看你的虫。"

林福让跟班把两只蟋蟀盆打开让盛兆霖看。盛兆霖看过笑了笑说:"这样的虫也敢拿来跟我的虫斗啊。"

林福说:"那我也看一下你的。"

盛兆霖只带来一只虫。就是那只黑头黄翅金背,盛兆霖在家试过,连着斗赢了十一只好虫。所以盛兆霖信心满满。说:"输赢只斗一次。福爷,你用哪只虫斗?"

林福故意犹豫了好大一会,这才说:"那只虫实在是没有啥卖相。"

盛兆霖说:"福爷,你真想白送我房子啊?"

林福说:"我看盛大少爷沉在沈嫣红姑娘身上,如此钟情,快得相思病了。"

盛兆霖说:"得相思病还说不上,但我盛兆霖是个情种,这倒不假。嫣红姑娘勿能弄到手,我盛兆霖就白活在这世上了。"

林福说:"盛大少爷,有些事是可以用钞票解决的,但有些事用再多的钞票也未必能成。"

兆霖说:"那靠什么?"

林福说:"命!"

兆霖说:"那我今天命中就有!"

林福说:"让两只蟋蟀决一雌雄后再说。命有时是靠上天决定的。我知道你盛大少爷在阿德身上花了不少心血。我今朝让他来,他死活勿肯。出呐保持中立回避了。但我那栋永福里16号的房子是勿是属于你盛大少爷,那就让两只蟋蟀最后说话。"

盛兆霖说:"废话少说,开始!"

两只蟋蟀放进斗盆里,林福的那只明显不如盛大少爷的那只黑头黄翅金背蟋蟀。大家心里都在想,看来福爷的那栋房子是想白给盛大少爷的。

相斗一开始,那只黑头金背明显地占了上风,咬得又勇又狠,而林福的那只细长条则是且战且退,但却顽强不屈。兆霖的那只叫,林福的那只也叫。斗了不到一分钟,林福的那只虫的大腿被咬掉了一只。兆霖一拍大腿说:"我赢了!"林福说:"慢!斗败了再说。"那只细长条拖着一条大腿继续斗。不到两分钟,另一条大腿又被咬了下来,兆霖说:"我赢了!"林福说:"慢!还在斗呢。"那只细长条只用前面的几条细脚拖着长长的身子继续斗。黄翅金背叫,它也叫。突然间,奇迹发生了,那蟋蟀拼命往上一扑,又一口咬了上去,黑头黄翅金背转身想逃了,而细长条一口咬住黑头黄翅金背的大腿不放,黑头黄翅金背狠狈地用力一跳,留下那条被对方咬着的腿,跳到了盆外,仓皇而逃。已经没有两条大腿的细长条振翅欢唱起来。盛大少爷绝望地一脚把跳到他皮鞋上的那只蟋蟀踢了下来。锃亮的皮鞋上留下了一撮蟋蟀屎。气得盛大少爷想去踩,但蟋蟀一瞬间从人群的小腿林中消失了。

林福说:"盛大少爷,哪天去你的府上合适?"

盛兆霖有些狼狈,但依然气派地说:"三天以后我派人送到府上去!"

"那一言为定!"

"我盛兆霖勿会赖你的。"

邵林福回到家,他打开那只为他赢来如此巨大财富的蟋蟀盆,那只蟋蟀已经僵死在盆里了。邵林福顿时垂下泪来。后来,他在金店定做了一只金盒子,把那只虫经过处理后,放在了金盒里。很多很多年后,听人说,在林福死时,他让人把那只金盒同他一起装进了棺材里。他曾对阿德说:"出呐,有时人活在这世上,还不如一只虫!"

天气变冷了。马路两旁的法国梧桐那些枯黄了的树叶纷纷飘落下来,在风中吱溜溜地在人行道上滚动。新德里24号的楼再也听不到蟋蟀的叫声了,而隔壁23号的舞女穿着裘皮大衣,两手插在也是裘皮的暖筒里,里面穿着旗袍,脚下蹬着高跟鞋,一到晚上准时朝弄堂口走出:"黄包车!"跳上黄包车,迎着寒风在枯叶飘落中,准时到百乐门舞厅,陪那些西装革履,光面油头的,有的瘦得像根电线杆,有的胖得像只柏油桶的男人们搂在一起"蓬嚓嚓"。

自从那次斗了蟋蟀以后,邵林福好长时间没有在新德里24号露面了。阿德也不去找,好像没有这桩事体似的。虽然盛大少爷输得很惨,但这类赌博在上海滩上已见怪不怪了,真正赌注下得大的输赢会让你根本勿相信,那些钱不过就不算钱,那些财产也不算啥财产。只是一些人手中长面子寻刺激的玩物。

下了一场冰冷冰冷的细雨,西北风呜呜地叫了一夜。上海一下子变得阴冷阴冷的。几个月过去,邵林福终于出现在新德里24号的门口。

"阿德哥。"邵林福穿着蓝绸面貂毛皮的背心,喊了一声。

阿德忙开门,见是林福,忙说:"福爷,请进!"

天气太冷,风太大,邵林福一进门,那两扇黑色大门就关上了。

邵林福在客厅坐下,葆娣沏上茶,林福说:"等急了哦?"

阿德很沉着地说:"我啥也没有等。只知道你福爷赢了,心也就落下了。"

邵林福从袖子里抽出一张厚厚的纸。往桌上一放说:"永福里16号的房契,属于你贾怡德的了。我邵林福是说话算数的!"

阿德说:"勿敢。"

林福拍了一下桌子说:"阿德哥,收下!我邵林福是那种说话不算数的人吗?你要不肯要就是看勿起我邵林福。再说,这栋房子也是该你阿德得的。阿德,明朝你上我家来。我把那老中医明天请到我家里来给你号号脉。我姨太太娶过来已好些年了,但就是怀不上,结果我把那老中医请过来,号了号脉,开了点药。嗨,不出几个月,肚子就鼓起来了。我大老婆出呐勿会生。这是我邵林福的第一个小人。"

阿德忙说:"福爷,祝贺了!"

邵林福说:"明天来吃顿中饭。我还有桩事体要求你。"

阿德说:"尽管吩咐。"

林福说:"阿芹上学去了哦?"

阿德说:"早就去了,现在可能快要放学了。"

林福说:"这事是你隔壁万家伦导演求我的。我邵林福不但是他的那家新晨电影公司的股东,另外也是这家电影公司的保护人。他们的保护费也交了,收了人家的钱就要给人家办事,我又投了股,那我也得给自己办事。所以我有这两重身份,这事怎么也得办。"

阿德说:"这跟玉芹这孩子有什么关系?"

林福说:"当然有关系。你听我说,万家伦手头上现在有只电影脚本。这脚本的故事万家伦给我讲了讲倒是蛮感动人的。尤其是里面那个小女孩的事,太让人心疼了。这只电影脚本能勿能拍成,能勿能在电影院中立得住脚,小女孩这个角色太重要了。而万导演说,这个角色非玉芹莫属。"

阿德说:"万家伦的意思是让玉芹去演戏?"

林福说:"是这个意思。"

阿德说:"这怎么可以?我阿德虽然是个白相人,但我们家世代也都是出过读书人的,世代也有书香的传统。让我的女儿去当戏子,万万不可!不行,这我不能答应。"

林福说:"阿德哥,这你就不懂了。过去把演戏的人说成是戏子,现在演电影的人叫明星,叫演员。你看看,做广告、剪彩、陪市长、部长出席各种活动,社会地位也是蛮高的。尤其是当了明星,那也是日进斗金的。现在你女儿有这么一个机会,错过了多可惜啊!"

阿德摇摇头说:"不行。在我看来演电影也是戏子,戏子跟野鸡没有啥两样。隔壁万老先生就跟我说过,玉芹长得这么好,既然你收养了她,就让她往好里走,千万不能把她往火坑里引。俗话说,红颜薄命,我不能让她走上这条道。"

林福说:"可我答应万家伦的。"

阿德说:"福爷。对勿起,这我不能从命。要是你送房契来是这个意思,那你就把这房契收回去。"

"阿德哥。两码事,两码事。你阿德哥误解我了。房子我是答应赢了盛兆霖就送你的。一言既出驷马难追。勿要让我林福为难,收下!玉芹的事,你考虑考虑再说。告辞了!"林福显然有些不悦,阿德这次没给他面子。

西北风叫得刺耳。阿德把邵林福送到门口。阿德同赶来听消息的万家伦照了个面。阿德狠狠地瞪了万家伦一眼,然后进屋把门砰地关上了。出呐,小看我阿德了。虽说那是我阿德的养女,但她是我女儿,看低我女儿也就是看低我阿德。让我女儿去当戏子,瞎了你的眼了。勿是看在你老子做学问的万松年的面子上,我非扇你两记耳光不可!砰的一声关门声,让走出两步的邵林福也很不自在,苦笑着摇了摇头。万家伦看到阿德那神态,也知道这结果了。林福朝万家伦无奈地苦笑了一下。万家伦却很洒脱,说:"福爷,这么冷的天让你白辛苦了一趟。走,我请你到新亚吃杯老酒去。"

阿德走回房间,闷闷地独自喝了两杯热茶,看看桌上林福的那张房契,心想,刚才这样得罪了福爷,似乎也不太好。人家也是一片好心。他翻开房契看了看,眼中就出现了沈嫣红那甜甜的笑容。嘴角上那两粒深深的酒窝,真的很漂亮很迷人。怪勿得盛兆霖吃她吃得这么痴情。他阿德见她也动了心,就有了一种很想要为她办点事的想法。他想到这里,把房契塞进绸面的棉长褂里,出了门,叫了辆黄包车,直奔四马路而去。到了荟芳里乐悦楼门口。门前霓虹灯闪烁着,映在人的脸上,人脸一红一绿一蓝的,看上去每个人的面孔都变得很狰狞。一般来说,天色已晚,街面也就清静下来,但这四马路荟芳里这样的地方,却越来越显得闹猛,黄包车三轮车川流不息。有来会姑娘的各色人物,还有姑娘被邀外出应局的。进进出出,似乎十分的繁忙。而那些小汽车的喇叭也嘟嘟嘀嘀地乱叫。阿德跳下黄包车,付过车钱,正准备朝乐悦楼走去。但他看到有一个衣服褴褛的老妇人的身影站在门口仰着脸朝灯光闪烁的楼上看。门口站着的一个穿着对襟黑棉袄的守门,用力推开那老妇人,喊:"走,走,走,这里勿是你站的地方。"那老妇人走到一边,走到离乐悦楼十几步远的灯光照不到的地方又站定,仰头往那楼上看。阿德想起什么,走到那老妇人跟前说:"老妈妈,你寻啥人?"

老妇人说:"我啥人也不寻!"

"那你站在这里看什么?"

"老爷,这事你勿要管。"

"你阿叫沈赵氏?"

老妇人看了阿德一眼说:"你认错人了。"说着,转身就走了,接着阿德听到一阵呜呜的哭声。阿德长叹了口气,转身走回到乐悦楼,走进门去。

老鸨迎上来说:"阿德哥,想会哪一位姑娘?"

"嫣红小姐。"

"对勿起,盛大少爷请走了。"

阿德从口袋里掏出一把大洋对老鸨说:"明天晚上,我约了。"

"对勿起,这个月盛大少爷都揽下了。"老鸨要把手中那把大洋还给阿德。

阿德推开老鸨还过来的钱说:"明朝中午我要见她一下总可以吧?这钱姆妈留下。"

老鸨想了想挂着笑脸说:"那明天中午让嫣红小姐请你吃中午饭。德爷,我们这儿的规矩一般中午是不接客的。不像那些勿三勿四的院子,啥辰光都接客,乱了我们这行的规矩。"在上海滩上,什么时候都有贬别人撑自己面子的货色。

"福爷不是中午也请过嫣红小姐吗?"

"所以我才答应你德爷呀。要是别人我可不敢答应,盛大少爷是要怪罪我的。"

真怪罪假怪罪啥人晓得。但给人面子的话她就得这么说。在上海滩上驳人面子的事顶好勿要做,那是会种下仇恨的。

阿德走出乐悦楼,正要叫辆黄包车,又看到那个老妇人在不远处站着仰头看着乐悦楼那一扇扇灯光敞亮的窗户。老妇人的脸也在霓虹灯的照射下变得一红一绿一黄一蓝的。阿德发觉她的那张老脸似乎有点像沈嫣红,年轻时恐怕也是个美人胚子。但她那身破烂的单薄的衣服,让人看着感到不忍。阿德也站在没有灯光的远处看着她。她看了一会,就转身走了。阿德跳上一辆黄包车,对车夫说:"慢慢地跟着那女人,不要叫她发觉。"

"晓得,老爷。"黄包车夫说。看阿德的那身打扮,车夫以为他是帮会的人。帮会里的人要做的事情你最好勿要打听,否则是要吃"轧头"的。尤其是黄包车夫们三轮车夫们,尤为知道这中间的规矩。

寒风嗖嗖,那老妇人也加快了脚步,马路上行人十分稀少。不久,就到了南市区那大片大片的棚户区,棚户区里的小巷特别的窄小,只好过一辆黄包车,一条小巷快要到尽头时,那老女人推开小小一间已歪歪斜斜的棚户房,走了进去。阿德对黄包车夫说:"勿要停,走过去。"路过那间小棚户房时阿德只是斜眼看了一眼,门牌号就记在心中了。黄包车夫走出小巷,拐入大马路。阿德才说:"去江虹路,新德里24号。"

阿德是个有心人。心想能帮别人一点忙时总还可以帮的。尤其是自己喜欢的人,俗话说"救人一命,胜造七级浮屠"。他姆妈就是信佛的,他阿德勿信佛,但姆妈讲过的话他还是记得住并愿意去做的。

中午时,阿德赶到四马路荟芳里乐悦楼,姑娘们都习惯于困懒觉。因为基本上天天都要过夜生活,还常常要闹通宵。所以哪怕没有夜生活的日子照常还是要困懒觉,那是习惯了的缘故。但那天沈嫣红却起得很早,因为姆妈说阿德哥约她中午吃中饭。虽然在福爷的宴请下,她与阿德一起吃过两次花酒,但对阿德的印象很好。虽是白相人,但很懂规矩不野蛮也不乱来。比有些公子少爷强多少。有些公子少爷表面上文质彬彬,但骨子里却像野兽一样,在酒席上他都会勿管三七二十一地捧着你的脸咬,上床的事更说不得,自认为已经付过钞票的,就像买下的货一样。一进房间迫不及待地就扒衣服占你身体,实实在在就是一只狗一头猪。阿德就是坐在你身边也没有过分的举动。她欣赏像个人的男人,她喜欢接阿德这样的客人。

中午阿德穿着蓝绸缎的皮长袿,戴着顶貂皮帽来了。蛮有风度。

楼下姆妈喊:"嫣红,德爷来了。"

嫣红忙走到自己的房间门口迎接。阿德一见,眼睛顿时又一亮,好些日子不见,觉得嫣红长得比以前越发的漂亮水灵。

嫣红一个万福说:"德爷,昨天让你空跑了一趟,实在勿敬得很。"

阿德说:"我事先没有约嘛。我有件事想同你商量。"

嫣红说:"那快进屋。屋里有火盆,稍稍暖和点。"

两人在嫣红的屋里坐下。嫣红的屋子不像是妓女接客的房间,倒像是一间千金小姐的闺房,布置得还很雅致。阿德让老鸨到饭店要了一席菜,由他付账。老鸨答应着去了。

嫣红说:"德爷,你寻我有啥事体?勿会是男女间的事吧?昨晚盛大少爷非要留我过夜,我都没答应。"

阿德说:"以前也没有过?"忙又说,"喔哟,对勿起,这话我不该问。"

嫣红说:"有过。我本来就是做的这个行当。用勿着瞒人。"

阿德说:"那昨晚?……"

嫣红说:"他老是说话不算数。早就说要让我从良,把永福里16号那栋房子给我,让我当他的姨太太,弄到今天都没有实现,说是家里堆着金山银山的富家少爷,那么一栋石库门房子的事都办不下来,明放在那儿骗我,吊我胃口。"

饭店里的伙计挑着饭盒,把菜送了过来。菜还是热热的,一盆一盆端到八仙桌上,嫣红为阿德倒了温温的还冒着热气的黄酒。说:"阿德哥,请。"阿德噘着嘴唇抿了一口说:"嫣红姑娘,我要问一桩大概不该问的事。"

嫣红也抿了一口酒说:"请讲。"

阿德说:"你为啥一定要永福里16号这栋房子?别的再好的房子也勿要?"

嫣红眼圈一红说:"因为这是我们家的房子。当时永福里这条弄堂的房子一盖好,我外公就把这栋房子买下了,我姆妈结婚时,外公就把这栋房子作为陪嫁送给了我姆妈。外公死后,我阿爸又抽鸦片又赌博,负债累累,我阿爸把这栋房子抵了债,姆妈知道后,伤心得像发了疯,阿爸抽鸦片抽死了,我十二岁就进了荟芳里乐悦楼,十三岁开脸接客。姆妈成了捡垃圾的老婆子。有一次姆妈哭着见了我一面说,阿红,你做了这样的人,都是你阿爸作孽,姆妈无能。但姆妈唯一的愿望就是把永福里那栋房子弄回来,能重新回到那栋房子去住。因为我前些日子得到你外公留给我的一封信。信里写了啥,我不能跟你讲。但你千万要把这事记在心上,寻一切机会弄回永福里16

号这栋房子。"

阿德说:"你外公的信里会写点啥呢?"

嫣红说:"姆妈勿讲,我哪能晓得。"

阿德说:"斟酒。"

嫣红为阿德又斟上酒。阿德一口干了,然后从袖笼里掏出一板硬纸,往桌上一拍说:"这是永福里16号的房契。你拿上,房就归你了。"

嫣红一惊,拿起房契翻开细细地看了看,说:"真是永福里16号的房契。"

阿德说:"这还会有假? 福爷亲自给我的。"

嫣红说:"真是福爷给你的?"

阿德说:"我阿德骗你做啥?"

嫣红感动得泪一串串滚了下来。然后给阿德与自己都斟上酒说:"德爷,来,干一杯!"

两人干了杯。

嫣红用手绢抹去泪,然后轻轻把房契推给阿德说:"德爷,这房契我勿能要。"

阿德吃惊地说:"做啥?"

嫣红说:"无功不受禄。"

阿德说:"咯你要做啥?"

嫣红说:"娶我,让我做你姨太太。我说过的,谁把永福里16号这栋房子给我,我就嫁给谁。你勿肯娶我?"

阿德很窘,说:"这事?……"

嫣红说:"阿德哥,你勿是男人啊?"

阿德说:"你也瞎三话四了,我堂堂男人哪能勿是男人呢?"

嫣红站起来,去把门关上,说:"你现在就证明给我看。"

阿德犯愁了,他硬不起来。说:"大白天的,怎么能做这种事?"

嫣红说:"有些男人管你什么大白天或者半夜三更的,找上你就要做这种事。"

阿德说:"我阿德勿是这种人。要娶你做太太,也让我好好想一想,因为我阿德一次婚都没结呢。要娶你,就是做我太太,勿是姨太太。"

嫣红说:"我只能做你姨太太,把太太的位置留着,你找到合适做你太太的,你再娶回来。像我这样的人,哪配做你太太呀。"

阿德说:"嫣红姑娘,让我想想好哦?"

嫣红说:"那你把这张房契先收回去。想娶我时,就拿这张房契再一起来约我。"

天气很阴冷,西北风呜呜地叫着。阴沉沉的天空飘下了雪粒。阿德从乐悦楼出来,叫了辆黄包车说:"西江路97号,邵公馆。"

邵林福见到阿德,还没等阿德说话,劈头就骂说:"出呐娘,你阿德真是勿给留面子,让我为难到现在。万家伦天天在找那个小女演员,怎么找也比勿了玉芹的。就是不相上下的也可以啊。可就是不相上下的也找不到。"

阿德也只好应话说:"关键是玉芹勿是我亲生女儿,如果是亲生,我就咬咬牙,让她去演一次,为你福爷的面子。就因为勿是亲生,我就怕人家讲:看阿德收养的女儿,让她当戏子了,到底勿是亲生咯呀。我阿德受不了这种指责。"

这时林福才把阿德领进客厅,坐下后林福说:"阿德哥,这样吧,就让阿芹演上这一次,哪能?去电影公司都有我林福来接送,有我保护,给我一个面子,勿然这部电影就拍勿成了。万家伦是个做事很顶针的人。他说做一部电影不容易,要么勿做,要做就要做好。"

阿德很为难地说:"好吧。阿芹今年已经九岁了,也懂事了,我还要征求她自己的意思。"

林福高兴地咧嘴笑笑,好像心头放下了一块大石头。林福是个情愿丢命勿肯丢面子的人。说:"那好,一言为定,明天一早我就去接阿芹。"

阿德说:"等她同意,你再来接。另外上学怎么办?"

林福说:"万家伦有安排的。小演员都是这样。脱掉的课他们负责补上。学知识比啥都重要,这点我林福懂。"

阿德说:"福爷,我来找你是另外有桩事体。"

林福说:"你阿德从来都是无事不登三宝殿的。你既然帮过我几次忙,这次又给了我面子,有什么事你尽管说。"

阿德说:"我是为沈嫣红的事来的。"

林福说:"准备娶她?"

阿德说:"你哪能晓得?"

林福说:"一猜就猜出来了。我早就看出你对嫣红姑娘有那么一点意思了。我送你永福里16号的房子,就是为了成全你的这个意思的。你难道没有这种感觉?有恩必报,有福同享,这也是我林福做人的原则。"

阿德说:"福爷,我告诉过你,我……"

林福打断阿德的话,说:"我晓得,我晓得。你讲的是你心有余而力勿足。勿要紧的,有些男人是有这种毛病。有色欲却没有色劲。我林福对女人的欲念也没有那么强,一个姨太太就够用了。姨太太多要伤身体的。但有些男人出呐娘逼劲头会那么足,有七八房姨太太,还要到院子里去弄妓女。就出呐娘没有个够。有人说,畜生不知羞,但却知道够,而人虽知羞,但却不知道够。等一歇叶锡扬老先生来给我姨太太看病,你顺便也让他号号脉。夜饭就在我这儿吃。"

阿德说:"饭我是勿吃了,号号脉倒可以。"

林福说:"你准备把永福里16号送给嫣红姑娘?"

阿德说:"有这个意思。但我把房契送去她不要。非要我娶了她她才要。"

林福一竖大拇指说:"烟花弄里的女人,勿见得都是污糟糟的女人。也有仗义明白事理的女人。人与人做的行当勿一定就搭界了,好像烟花弄里的女人都是坏女人。人家只是为生计所逼。你勿要看那些有头有面的女人,其实龌龊得很!姨太太在外面偷野男人的事有的是。"

叶锡扬老先生来了,一头白发,却没有留胡子,脸色红润很精神,说是八十有一了,穿着石青色的绸缎面子长褂。说话声音也很雄重浑厚。他为阿德号脉,微微一笑说:"阿德哥,年轻时恐怕有点风流?"

阿德只是一笑,默认了。

"勿要紧咯,"叶老先生说,"吃我几帖药,试试。不敢打包票,但多少可能会有点用。有些男人,出生时底气就足。一生欲望都很旺,七八十岁了,还要天天做阴阳。但有些男人出生时底气就不足,再加上年轻时又有点风流,就会落下像你这样的病状。那个光绪帝传说就是这样。"

阿德说:"我可不敢跟皇上比。"

叶老说:"不管皇上还是平头百姓,人跟人都是一样的。在医生眼里,只有人,没有爷。"说着,站起来,"我去给太太号号脉,看看胎坐得阿好。"

林福说:"辛苦了。"

叶老先生进了小客厅。

阿德就说:"福爷的意思,是让我娶嫣红姑娘。"

林福说:"我早就有这个意思了,这样,阿芹也好有个姆妈。有了老婆你阿德哥这个家才像个家。我把永福里16号的房子给你,就是为了成全你同嫣红姑娘。你阿德哥也勿要摆清高。你看嫣红姑娘时的那眼神,出呐娘逼,你以为我林福看勿出来啊!"

阿德想想,玉芹是该有个姆妈。玉芹虽然是他领养的,但现在他对玉芹也真有了父亲与女儿之间的这种感情,看来人的感情在长期相处中,也是会慢慢成熟起来的。阿德说:"好哎,既然福爷赏脸,我领这个情,我娶嫣红姑娘做我女人。"

林福说:"你娶了嫣红姑娘,我林福也去了一桩心事。"

"为啥?"

"我欠你的情总算还了。"

"我就是怕盛大少爷可能勿肯罢休吧。"

"这怕什么?"林福说,"他有本事就他娶呀。你有本事就你娶。啥人娶上就是啥人的本事。在这世上,是凭运气和本事吃饭的,光钞票多勿见得有用。他再有钞票,斗蟋蟀还是输在了我福爷的手下。时运勿济那也是没有办法的事情!"

阿德在天黑前回到了家里,看到阿芹已经放学回来,正在做作业。吃晚饭时,阿德才把隔壁23号万松年的儿子万家伦想让她去拍电影的事同玉芹讲了,问她愿不愿意去。九岁的贾玉芹可能已开始有点发育了,胸部微微开始隆起。个子也长高了不少,她吃着饭睁大眼睛说:"阿爸你的意思呢?"

阿德原先想说,按他的意思他是勿想让她去的。用万松年老先生的话说,戏子跟妓女没啥两样,万松年老先生是个有学问的人,对有学问的人他阿德是由衷的尊敬与佩服的。但他想到今天林福的请求,林福对他阿德又那么上路,他就不该表态来左右玉芹的想法。于是说:"阿芹,你九岁了,也读了三年书了,你可以自己做主。我可以告诉你,你去拍电影,有林福伯伯接你送你,这个电影呢,是又有万家伦伯伯做导演,你看哪能?"

玉芹高兴地说:"那我去!我们班的张老师就喜欢看电影,她隔上一些日子就要上大光明去看美国电影。她男人是五金店的小开,但她非要靠自己挣钱来养活自己。她说,女人靠男人养活是最没出息的,我去拍电影,也可以靠自己养活自己了。阿爸,我这话没让你生气哦?"

阿德点点头,想勿到读了几年书,小小年纪自己都有自己的想法了,但玉芹这话又让阿德感到稍稍有些伤感与不安。说:"那好吧,我跟林福伯伯去讲一下,这事定下来后,我再跟你去学校,同你们老师去请个假。"

"我明天自己去跟张老师讲。听说我要去拍电影,张老师肯定会准假的。"

阿德说:"那你做好作业早点困觉。阿爸还要出去一趟。"

没想到晚饭最后一口咽进肚子里,林福就在门口喊了:"阿德哥,我是邵林福呀!"

阿德忙去开门。林福拎着几包中药横了进来。他把药往桌上一放说:"叶老先生给你开的药,今晚就让葆娣嫂熬上喝。阿芹的事情哪能?"

阿德说:"可以的。"

林福说:"喔哟,高兴高兴。我林福到底是个有面子的人。阿芹,明朝一早,林福伯伯就来接你去电影公司。"

阿芹说:"林福伯伯,我还没向学校请假呢。"

林福拍拍自己的额头说:"噢噢噢,你看我这脑子,你还在上学呢。行,明天请了假,后天早上我就来接你!"

阿德说他要去乐悦楼走一趟,林福说:"那我勿耽误你了,快去!快去!"

阿德与林福同时走出弄堂口。林福说:"阿要我陪你去?"

阿德说:"勿用了。我自己的事情自己做。要是你想见一见巧雅姑娘,那就一道走一趟。"

林福一摆手说:"出呐娘逼,我林福没有这么骚。你走哦!"

黄包车走进四马路,顿时一片灯光灿烂。拐进荟芳里,来到乐悦楼前,阿德跳下车,先在门口扫了两眼,看看有没有那个衣服褴褛与沈嫣红长得有点像的老妇人,他没有看到。于是就走进乐悦楼。老鸨一见阿德忙笑迎上来说:"阿德哥,你阿是要找嫣红姑娘?"

阿德点头说:"对。"

老鸨说:"你早来一步就好了,刚刚被盛大少爷接走。"

阿德说:"告诉嫣红姑娘,从明天起她用不着接客了!"

老鸨说:"喔哟,阿德哥。这勿是你说了算咯,我们这儿是乐悦楼,勿是你屋里相的女人。人家出钞票她接客,我们吃的就是这么一碗饭。"

阿德说:"我要让她从良。"

老鸨说:"娶她走?"

阿德说:"对咯。要多少钞票,你递张单子出来。"

老鸨说:"提单子是小事体。首先要嫣红姑娘肯。盛大少爷早就肯付她从良的钞票。但嫣红姑娘勿答应,再有钞票也没有办法。"

阿德说:"我已经同嫣红姑娘商量过了,她已经同意了。"

老鸨说:"那我要听她亲口告诉我。你阿德哥说了也勿算。"

阿德说:"明朝中午我来。姆妈,从明天起她用不着再出面接客了。这话你一定要告诉她。"

老鸨一笑说:"可以,可以。只要你钞票出得合适,让姑娘能够勿做这种生意,从良重新做人,也是积阴德的事。"

阿德说:"那就讲好了。钞票上,你只要肯出单子就行。我会让你满意的。"

老鸨说:"我也勿会狮子大开口的。只要让我勿亏本,再有点赚头,我晓得像我这样的人是上不了天堂的,但积点阴德,下地狱勿要太受苦就可以了。"

"那一言为定!"

阿德哥走出乐悦楼,举手要了辆黄包车,眼光再朝四周扫一扫,仍没见那老妇人。他就让黄包车再往南市区去一趟。南市区棚户区的小巷的名字也特别的怪,什么草鞋湾路,泥塘路,尖嘴角巷,烂泥河巷……那些小街小巷也没有几盏灯,光线暗淡而凄惨,在冬天的寒风中摇曳着幽幽的黄光。要不是阿德很想办件事,否则阿德才不会来这种鬼地方。尤其在这种阴风阵阵的冬天晚上。

草鞋湾路154号,昨夜阿德已经认准了的。他跳下车,对黄包车夫说:"你等我一等,等咯辰光我也会给你付钱的。"黄包车夫说:"老爷,用不着这么客气。我等就是了。"

棚户区的房子基本上都是用木板搭起来的,稍微考究点的还用石灰草泥糊了糊。但那位老妇人的房子只是用木板拼了拼。木板间还有很大的缝隙,阿德发现里面点着煤油灯,那黄澄澄暗幽幽的光线从板缝中透了出来。这么冷的天,住在这种房子里,上海这种阴森森的冬天肯定很难熬。他去敲门,里面传出老妇人的声音:"啥人啊?"

阿德说:"请开开门好哦?"

老妇人说:"有啥事体哦?"

阿德说:"当然有事体。请你开门我再讲。"

等了好长一会,那老妇人才窸窸窣窣来开门。老妇人一看是阿德,就说:"你这个人老盯着我这么个老太婆作啥?"

阿德说:"我只问你,你是不是叫沈赵氏?"

老妇人说:"我勿叫沈赵氏,你找错人了。"

阿德说:"你是不是有个女儿叫沈嫣红?"

老妇人说:"我没有这个女儿!"

阿德说:"你是不想认这个女儿,还是根本就没有女儿?"

老妇人说:"你这个人到底问这些作啥?"

阿德说:"我告诉你,我现在是永福里16号这栋房子的主人。我要娶的女人叫沈嫣红。我想寻个女人到我永福里16号去做娘姨。要是你肯,你就来寻我,要是就像你讲的那样,既勿是沈赵氏,又没有沈嫣红这个女儿,那就算我没有寻对人。好,对勿起,这样深更半夜地打扰你了。"

阿德转身坐上等着他的黄包车,那老妇人突然喊了一声:"我到啥地方去寻你?"

阿德说:"明天中午在乐悦楼门口等我。"

阿德回到家,已是深更半夜了,葆娣也没有睡,似乎一直在等他。他一进家,葆娣就喊:"老爷,中药熬好了,趁热喝了吧。"

药已放在了八仙桌上,阿德端起碗,药很苦,但阿德一口灌了下去。

第二天快中午时,阿德坐了黄包车去四马路荟芳里乐悦楼。老鸨忙迎上来说:"昨天夜里嫣红姑娘回来得早,我把你说的话转给她了。她今天早早地起了床,要了早点在她房间里等你呢。"阿德正要匆匆上楼,老鸨又叫:"阿德哥,你等一歇。喏,你要赎嫣红姑娘我出的单子。你看看,我是手下留情的。"阿德接过单子也不看就塞进了口袋里。

阿德轻轻敲开嫣红姑娘房间的门。嫣红见是阿德,笑了一下,但又变得满脸严肃。那见面一笑是接客时习惯了的笑容,所以那笑是一种虚笑。而后来的一脸严肃却是正儿八经的严肃。她说:"阿德哥,你真要娶我?"

阿德说:"你勿相信?你姆妈已经把赎你出去的单子都给我了。"

嫣红盯着阿德的眼睛,两行泪便顿时流了下来,说:"永福里16号的房子也真的给我?"

"不错。房契就在这里。"阿德又从袖笼里抽出房契放到桌上。

嫣红扑通跪了下来。朝阿德磕了三个头,说:"我勿是在做梦吧?"

阿德把嫣红拉了起来,说:"嫣红姑娘,你能嫁给我,是我阿德的福分。连盛兆霖这样的阔少爷都没有这个福分。"

嫣红重新坐下,突然想起什么,喊:"翠娣,端茶!"然后抹去脸上的眼泪说:"昨天盛兆霖磨了我老半天,我就是勿肯答应。我想了,嫁给你阿德哥比嫁给这个白相惯女人的盛兆霖要强,要可靠得多。姆妈给你的单子让我看看好哦?"

阿德这才想起刚才老鸨给他的单子。他从口袋里掏出来,看了眼,然后递给嫣红。嫣红看了后说:"她这竹杠敲得也太大点了。"

阿德说:"为了你,我愿意掏这笔钞票。"嫣红扑了上去,紧紧地抱住了阿德。

"阿德哥,我有福,我碰到了你这样一个好人!"

嫣红又坐下,在镜子前稍稍收拾了一下脸,阿德看看她,觉得她长得真的太漂亮了。怪勿得盛大少爷那么吃她。阿德说:"嫣红姑娘要是同意嫁给我,我把姆妈的单子付清后,就明媒正娶地把你娶回家。"

嫣红说:"勿要!我讲过的,我只能做你的姨太太。我这个已经被勿少男人糟蹋过的女人,没有那么高的奢望。我把这儿的东西收拾收拾,衣裳,首饰,咯些东西,该清的账清一清,过上几天你就过来接我,直接接我到永福里16号,你现在住的房子我是勿去的。一辆黄包车就可以了。好哦?"

阿德说:"酒席总要摆几桌哦?勿然也太亏你了。"

嫣红说:"你的贴心朋友,还有我的几个小姐妹,在新亚,锦江或者杏花楼摆上两桌就可以了。"

阿德说:"那就按你吩咐的办。"

刮了几天的西北风已扫了尾,阴沉了几天的天空也放晴了。虽然仍有些冷,但已是阳光明媚,气温也稍稍有点回升了。阿德走出乐悦楼,看到门前站着那位老妇人。那老妇人穿着不是那么褴褛了,特意穿了干净衣服。头发也梳得很光滑,后面还打了个发髻。那模样似乎就是一个年老的沈嫣红。要想在有钱人家里当娘姨,自然要收拾得干净点,别让人嫌弃了。

老妇人手上拎着一个很大的蓝布包,似乎这就是她全部的家当。她看到阿德从乐悦楼走出来,忙迎上去哈着腰叫了声:"老爷。"

阿德说:"肯在我们家做娘姨?"

老妇人说:"阿是在永福里16号?"

阿德说:"勿错。"

老妇人说:"我愿意。"

阿德说:"那就跟我走。"

阿德没想到事情会这么顺,于是要了两辆黄包车,一人坐一辆直奔永福里16号而去。

上　篇

十

邵林福也是个有心人，在他决定把永福里16号的房子给阿德之前，就派人打扫收拾了一遍。人只要一进去就可以住。家具都是以前的家具，没有人动过。这栋房子实际上已经成了"赌资"，赌过来赌过去，一直没有人进去住过。房子的命运有时同人的命运是很相似的。人在倒霉时做啥啥勿成，房子没人住时，不断地换主人，就是没人去住。

阿德打开房门，天井，客厅，餐厅，灶片间，东西厢房，都是原来的样子。老妇人也急忙跟了进来。老妇人看到后愣住了。一切都是老样子没有动。老妇人一下跪倒在地上伤感而辛酸地大声哭起来。

阿德说："你叫沈赵氏。"

老妇人说："是。"

阿德说："沈嫣红是你女儿？"

老妇人点头"嗯嗯"了两声。

阿德说："以前你为啥不承认？"

沈赵氏说："是我勿敢承认啊。我这命也太苦了。"

阿德说："这几天我就要把嫣红姑娘接过来。"

沈赵氏说："你准备娶她，做你姨太太？"

阿德说："我还没有女人。她是我第一个女人。不过我收养了一个女儿，叫贾玉芹。已经九岁了。住在江虹路新德里24号。这房子是我为了娶嫣红姑娘弄回来的。因为嫣红姑娘说，谁送她这栋永福里16号的房子，她就嫁给谁。她讲了，她是为了你才一定要这么做的。"

沈赵氏说："那你一定花了不少钱。"

阿德说："别人想花很多钱买下这栋房子，但没有买下来。我一文钱也没有出，这栋房子就归我了。什么事都有个天意，天意不顺，你怎么也得不到。天意顺了你了，你不求也能得到。从今天起，你就住在这儿吧。"阿德掏出两块大洋说："这是这几天的生活费。你把整栋房子好好收拾干净。过几天我就把嫣红接过来住。"

沈赵氏说："你还要走？"

阿德说："我说了，现在我住在新德里24号。我女儿住在那儿。我还有事，我先走了。"

沈赵氏送到门口说："老爷，你是个好人，你是个好人哪。你是个我要千谢万谢的好人。"

阿德说："用不着这样。我阿德只是个白相人。人活在世上，做点好事是勿会有错的。好有好报，恶有恶报，我阿德信。你留步哦。"

太阳当空，天气变得越发的暖和了，阿德想了想，就坐上一辆黄包车到了邵公馆。门房讲会里有事，福爷上会所去了。说是老大今天要开香堂收徒弟，作为帮会里一方地段的头目，福爷自然要去参加的。不过已去了不少时辰了，恐怕也该回来了。阿德说那我就在这儿等一等，这件事对我来说太重要，我要讨福爷的一个主意。

果然，不多久林福回来了。虽然太阳当空，但风还是有些寒，毕竟还没有到春暖花开的时候，尤其是坐着黄包车，迎着寒风而来，脸孔冻得通红，清鼻涕也滴滴答答地流,一进门就喊:"快沏碗热茶。出呐娘,都过了六九了,天气还这么冷。"

阿德说:"今天天气暖和多了。"

福爷说:"我回来的时候,刚好顶风。那个黄包车夫是个二十几岁的年轻人,跑得飞快。太阳虽然高照,但是个顶面风,刺得面孔生疼。哪能?寻我有事体?"

阿德说:"我同嫣红姑娘谈妥了。她答应嫁给我,乐悦楼的姆妈把赎单也给我了。"

林福说:"要多少?"

阿德递上单子。林福看了一眼,说:"出呐娘逼,这女人的心也太黑了!付她一半就足够了!"

阿德说:"人无价,就这个数字吧。讨价还价要是扯勿拢,事情闹不成,多煞风景。再说,让嫣红姑娘的身价高点,也是我给嫣红姑娘一个面子。再说这笔钱我阿德也出得起。要讲起来,勿是我阿德出钱娶嫣红姑娘,倒是盛兆霖给我的钱让我去娶嫣红姑娘,我何乐而不为呢?更何况是你福爷赏给我的福分。"

林福说:"嫣红姑娘该是你阿德哥的,命中如此,我只是做了件顺水推舟的事。那你俩的事啥辰光办?"

阿德说:"我本来想明媒正娶。拉开场面热热闹闹地办一场。但嫣红姑娘勿愿意,她说她只能给我当姨太太,太太的位置得留给个有体面的女人。因此不用明媒正娶,到时雇辆黄包车,拉回到永福里16号,然后摆上两桌酒席,请像你福爷这样的朋友,还有她的几个要好姐妹聚一下就行了。"

林福说:"这个女人懂事体,晓得自己的身份。人活在这世上,就要懂得自己的身份。有些女人做了姨太太却拼命想当太太,当了太太,又想把整个家全握在自己手里。还要吼得自己的男人围着她转。她要指东男人就不许向西。出呐娘逼这样的女人绝对勿能要。"

阿德说:"那就按她的意思摆上两桌。另外我还想寻个好日脚,福爷你看啥日脚好?"

"后天！我看过日历了,宜婚娶。"

"那好。还有一件事,这件事盛大少爷肯定会晓得,要是他找我来闹怎么办?"

"怕啥！有我呢。要不,你索性下只帖子给他,让他也来吃你们的这杯喜酒,如果他懂事体,说不定也会送份厚礼呢。要是勿吃相,那就敬酒勿吃吃罚酒,真要白刀子进红刀子出,我邵林福也勿是吃素咯！"

阿德说:"有你福爷这话我就放心了。那我就送只帖子过去。我以礼相待总勿会错。礼多人不怪嘛。"

两人喝了一会茶,说了一会话。林福说:"世上的事也真怪,就是斗了几回蟋蟀,把盛兆霖一半的家产斗到了咱俩的手里,盛兆霖盛大少爷相中的女人不但没得到反而马上要成为你阿德的姨太太了。啥人能想得到呢？啊？啥人能想得到?!"说完,林福一捂肚子哈哈哈地大笑起来。

阿德想到自己还有好多事体要办,况且喜酒就订在后天。就站起来说:"福爷那我先告辞了。阿芹也该放学了。看看她学校的假请好了没有。福爷,明朝一早你就来接她去电影公司吧。"

"阿德,你做事体上路啊！"林福一听更高兴了。他面子上又有光了。

太阳已经偏西,风又变得寒冷起来。阿德坐上黄包车回到新德里24号,发觉一辆雪佛莱小车停在他家门口。他的心头一惊,出呐,是盛兆霖找到他门上来了。车前站在寒风中的盛兆霖的两个跟班,鼻子虽然冻得通红,但依然腰板站得笔挺。这就是大户人家培养出来的"教养"。就是门房,也知道主人陪着客人来了要站得笔直,主人送客人走时也要扮出一副笑容可掬的样子。

阿德跳下车,一位跟班说:"阿德老爷,盛大少爷已经在贵府恭候你很久了。"

阿德赶忙进门,心想,既然要娶沈嫣红,盛大少爷这一关迟早会竖在眼前的。但水来土挡,火来水淹,他阿德也做好了迈这一关的心理准备。天色已开始昏暗,风也加重了些寒意。盛大少爷见阿德进门,忙站起来说:"阿德哥,勿好意思。擅自闯入贵府,不敬得很。"说着作了个揖。

阿德忙还礼说:"盛大少爷再次屈临寒门,真是我阿德的荣幸。外面冷得很,是不是请外面站着的两位兄弟也进来喝杯热茶?"

盛大少爷说:"今天我要同阿德哥商量的是我俩之间的私事,最好勿要局外人在场。就我俩单独谈,可以哦?"

阿德想了想说:"那到我书房去谈,你看哪能?"

"再好不过了。"

"葆娣嫂,"阿德叫,"沏两杯新茶送到我书房。"

上二楼时玉芹从她房里冲出来说:"阿爸,我在学校把假请好了。张老师还特地问,拍的是啥电影?"

阿德说:"你先回房里做作业,你的事到吃夜饭时再讲。我同这位伯父有事要谈。"

玉芹很听话地返回她房间里。

阿德把盛兆霖让进书房,葆娣一时沏上茶来,两只杯子冒着热气,掀出一股茶叶特有的清香。阿德把门关上。盛兆霖就说:"阿德哥,听说你要娶乐悦楼的沈嫣红。"

阿德说:"有咯桩事体。"

盛兆霖说:"沈嫣红是我盛兆霖的女人,你该晓得哦?"

阿德说:"你盛大少爷经常去找沈嫣红陪你吃花酒的事我早有耳闻,但让沈嫣红陪酒的人不只有你盛大少爷,让她陪酒的商贾名流有的是,这就说不上她是谁的女人了。"

盛兆霖说:"但我要娶她!"

阿德说:"要娶她的人恐怕不止你盛大少爷,听说还有好几个。有一位六十八岁的瞿府老爷子要出几万银子收房。但这事听说也没弄成。"

盛兆霖说:"都是出呐娘的永福里16号这栋房子!"

阿德说:"是呀!咯个女人就这么死心眼,你同福爷斗蟋蟀,不就是为了赢这栋房子吗？"

盛兆霖说："阿德哥，做桩好事体，把这栋房子卖给我，我知道这栋房子现在在你手里。你要多少钞票，你开口。"

阿德说："盛大少爷，你出再多的钱我也勿能卖，因为卖掉房子，我就把沈嫣红也卖掉了。我可以勿要永福里16号这栋房子，但沈嫣红这个女人我一定得要。所以永福里16号这栋房子我也绝对勿能卖。"

盛兆霖说："阿德哥，你是个勿讲信用的人啊。"

阿德说："这跟信用有啥关系？"

盛兆霖说："你讲过，我同福爷斗蟋蟀时保持中立。"

阿德说："我保持中立了呀。"

盛兆霖说："你表面上保持了中立，其实你在暗地里帮了福爷的忙。"

阿德说："证据呢？"

盛兆霖说："我正在查。我迟早会查清楚的。否则，福爷勿会把永福里16号这栋房子白白给你。"

阿德说："福爷是因为我看上了嫣红姑娘，又可怜我三十几岁了还没有女人，才把那栋房子给我的。因为没有那栋房子我要勿上沈嫣红。"

盛兆霖慢慢地呷了口茶，很绅士地站起来说："阿德哥，既然谈勿拢，那我就告辞了。后会有期！"

阿德说："我迎娶沈嫣红那天，特地摆了两桌小酒，到时我把帖子送到府上，恭请光临。"

盛兆霖一笑，说："阿德哥，你撕破了我的面子，还要把我的里子也翻出来出丑。但我盛兆霖也是在场面上混的人，我是个懂规矩的人。你们的酒席，我一定参加。"

"天都黑了，用了便饭再走吧。"

"不打扰了。"

阿德把盛大少爷送到门口。盛大少爷钻进小轿车，一摆手说："留步！"

汽车放了一阵臭屁开走后，阿德在门口站了好大一会。他白得了永福里16号这栋房子,又要娶沈嫣红这么个漂亮女人,是祸是福,也真说不清。那只能走着看了。人生出呐娘逼,谁也拎勿清,只有两腿一伸见阎王时,才能验清这一生中的所有事的祸祸福福。

吃夜饭时,阿德温着黄酒慢慢地喝。玉芹倒有声有色地说到张老师听说她要去拍电影时的惊喜。张老师说:"你真要去拍电影啊?我好像有点勿相信。"

"阿爸,"玉芹说,"你最好明天再到学校去亲自帮我请个假。我小人说,她好像勿相信。"

阿德说:"好,我明朝去学校讲。玉芹,阿爸要告诉你一桩事体,就是阿爸想为你找个姆妈。"

"作啥一定要找个姆妈啦?"

"阿爸不能老是单身呀。总要结婚咯呀。"

玉芹眼泪汪汪的。不说话。

阿德说:"哪能啦?"

"阿爸,"玉芹说,"把我扔掉不管的女人就是我的一个后妈。阿爸,你虽然勿是我的亲阿爸,但待我像亲阿爸一样。我勿喜欢有个后妈。"

阿德说:"她不跟我们住在一起,她有她的房子住。我只是想告诉你一下,让你知道这件事。"

"真勿住在一起?"玉芹睁大眼睛说。

"真勿住在一起。她也不想住到这里来。这样总可以哦?所以你也勿要勿高兴。"

"咯倒可以。"

"但见面总会要见面的。所以阿爸想关照你一下,对她要有礼貌,从辈分上讲,她毕竟是你姆妈。"

"阿爸,我晓得了。是阿爸的女人,怎么说也是我姆妈。"

玉芹有这样个态度,阿德也放了心。刚吃过夜饭就有人按门铃。葆娣匆匆去开了门。竟是万家伦。

万家伦一进门站在天井里,就大声作揖说:"阿德哥,谢谢你,谢谢你,你真是救了我的命了。"

阿德忙走出客厅把万家伦迎进客厅来,说:"就让女儿去演个戏,也扯不上救命的事。"

"救场如救火,救火就是救命。你真答应让阿芹去演电影了?"万家伦还怕有什么不牢靠。

"我让阿芹今天在学校请了假了。"

"阿爸明天还要去学校再讲一下。老师有点勿相信。"

"那明天我同你阿爸一起去。我递张片子给你们老师。"

"阿拉张老师经常同她男人上大光明看美国电影,一有新片子他们就去看。看回来第一天就要同别的老师讲,有时还要同我们学生讲一讲。"

"美国电影统治了整个上海滩,这是我们中国电影人的耻辱。我万家伦就想好好地弄部中国自己的电影出来,能在上海滩上也立一立足!"

"万先生是个爱国人士啊!"阿德说。

"爱国人士还称不上。只不过有这么一份心。如果中国人每个人都有这么一份心,中国的事情就好办得多了。可惜的是,现在的中国人,只知道赚钞票,只要能赚钞票,什么爱国心不爱国心,国产勿国产,根本就没有放在心上。还有那些官僚,只知道捞钱娶姨太太,醉生梦死,哪管得了你什么国产不国产,不少国家在各方面都能兴旺起来,但他们却不管这些。中国有这么一批官员,正在出呐毁掉我们中国,毁掉我们中华民族!"

阿德说:"那万先生能这样做,显得更为可贵。我阿德是个白相蟋蟀的废人,但爱国心多少还是有一点的。所以阿芹,你跟了万伯伯去拍电影一定要听万伯伯的话,把电影拍好,让国产电影也能出一点光彩。"

万家伦说:"阿德哥,你虽然讲你是个白相人,但你却多少是个有点素养的人。收养阿芹而且又待阿芹这么好,没有素养的人是做勿到这一点的。中国要兴旺,人的素养是最重要的。不管是从事什么行当,只要每个人都有了好的素养,那中国才能有希望。我想拍部好电影,祈求的就是提高人的素嫣红嗲溜溜地在阿德耳边说："今晚住在16号吧？"

阿德说："今天吃了酒后，我们就是夫妻了，今天当然住在16号。"

其实阿德昨天夜里就没睡好觉。想到嫣红要成为他的太太了，下面那东西挺了一夜。到早上起了床，才软了下来。

想不到来捧场的朋友还真勿少。先到的当然是林福这个热心人，他把一切都已安排得妥妥当当的，还特地带了四个跟班，楼下站两个，楼上站两个。人虽不是很多，但那排场却拉开了。给人一种隆重喜庆的感觉。

万家伦导演也来了，说："阿德哥这杯喜酒我是一定要来喝的。"说到贾玉芹，万家伦说，正让一个场记帮她在熟悉台词，说阿芹这小姑娘真聪明，有些东西一学就会。于是就说起昨天他阿爸万老先生到电影公司大闹摄影棚。他拉着阿芹的手说："家伦，我告诉你，你要当这个导演，我管勿了你，但你拍电影拉了那么些男男女女在这里鬼混，弄得人不像人魔不像魔，讲的都是些对社会不满的事体，那是在叫人堕落！"

万家伦说："阿爸，我们的电影虽然有时也谴责一些社会上的丑恶现象，但我们同时也在宣传人的良知，歌颂人性光辉的东西。所以你这话不对！"

万老先生说："你们这些成年人，自己能对自己负责了。但阿芹这小姑娘还小，是个被父母抛弃了的小姑娘。"

阿芹说："万爷爷，我有阿爸。"

万老先生说："但勿是亲的。所以我有责任把她领回去。勿能让这么纯洁的小姑娘在你们这个行当里混！"

万家伦说："阿爸，你太落伍了。你是个研究学问的人，思想怎么这么守旧啊？"

万老先生说："守旧怎么啦！我万松年就是要守旧，要保持传统。你看看现在这个社会像个什么社会？官僚腐败，地痞流氓横行，那些狗屁勿通的人占着高位不拉屎，弄得人思想混乱，道德沦丧，全是因为不守中华民族的传统造成的！阿芹，听万爷爷话，回去，好好上学校读书去，勿要再来拍这种什么狗屁电影！"

万家伦想把阿芹拉回来。万老先生转身就在万家伦的肩胛上狠狠地拧养。而有些人却拍那些钩心斗角的电影，拍那些色情的片子，就是把人在往歪路上引了。人的素养就会越来越差。"

阿德说："万先生，你说的这些话我还勿大懂，但我听出来你在做的事一定是件好事。"

万家伦说："阿德哥，你能这么理解我真是我的万幸。那好，明天一早我同你去趟学校。然后阿芹就跟我一起去电影公司。"

阿德说："邵林福福爷明天一早来接。"

万家伦感动地说："有你们这些热心人这么帮我，我的事业必成！"

十一

那晚万家伦在父亲万松年那儿,万家伦因为玉芹答应拍电影,他要拍的电影就可以很快开机了,因此兴奋了一夜不曾合眼。但这事他对他父亲万松年老爷子绝口不提。知子莫如父,知父也莫如子,万家伦知道一提要让隔壁24号的贾玉芹小姑娘去拍电影,万老爷子就会一百个反对。甚至闹得这事就可能弄砸。

贾玉芹上的小学叫冠广小学。离新德里并不远,十几分钟就可以走到。但万家伦还是雇了两辆黄包车同阿德一起去了学校。

张老师叫张玉茵,是位蛮有气质的小家碧玉,小眼睛小鼻子小嘴巴,一见人就笑,笑得就像一朵花一碟蜜。一看就是位很开化很文明很时尚的女人。

"好事体呀,好事体呀。"她说,"这样的机会勿是人人有的。"

万家伦递上名片,张玉茵老师拿着名片看了又看。

"可能要脱段辰光的课。"阿德说。

"勿要紧,勿要紧咯呀。"张老师热情地说,"脱掉的课我想办法给她补。贾玉芹咯爸爸,你看这样好哦?每个礼拜一、三、六的晚上我去你们家给贾玉芹补课。不知道打不打扰?"

"咯再好不过了。"阿德说,"就怕辛苦张老师了。"

"张老师补课的辛苦费由我们电影公司出。"

"勿必,勿必。教学生是当老师的天职。何况贾玉芹已经把一年的学费交过了的。"

林福是个说到做到的人,阿德、万家伦一起去了学校,前脚刚走,邵林福后脚就坐着黄包车赶到了。葆娣也已经把玉芹收拾得干干净净在门口等着了。林福一到,就把玉芹抱上黄包车。而这时万松年老先生也刚好吃好早点笃着司的克回家来。贾玉芹忙说:"万爷爷好。"

万松年说:"阿芹,你这是要去哪儿?"

贾玉芹说:"我去拍电影呀。林福伯伯来接我去电影公司。"

万松年说:"你学勿上啦?"

贾玉芹说:"我已经跟学校的张老师请过假了。"

林福说:"万老先生,是你们家家伦先生要拍的电影。要让阿芹去演电影里面一个小姑娘的角色。"

林福很客气地解释了一句,手一挥,让黄包车赶快走。黄包车夫拉着他们就消失在了弄堂口。气得万松年目瞪口呆,自语着说:"难道拍电影比上学还重要?世风日下,世风日下啊!"

阿德与万家伦从学校出来,万家伦直接去了电影公司,阿德就去了永福里16号。一进门,沈赵氏就匆匆从二楼下来说:"阿德老爷,这两天我又把房子收拾了一下,你看看可以勿可以?"

阿德说:"沈赵氏,我有话要问你,你要给我说实话。沈嫣红是勿是你女儿?"

沈赵氏犹豫了一下,说:"是。"

阿德说:"那我以前问你你为什么勿肯承认?"

沈赵氏一下变得很尴尬,一时不知说什么好。

阿德一看她显得那么窘迫,就忙说:"好了,以前的事就不要再说了。等过两天,我要把沈嫣红接过来,做我的女人,那你就是我的岳母。"

沈赵氏忙摇着手说:"勿敢当,勿敢当呀。"

阿德说:"敢勿敢当,你都是我的岳母。哪有让岳母在家做娘姨的。房子是收拾得勿错,但娘姨你再也勿能做了。"

沈赵氏急了,说:"你在草鞋湾路寻到我,勿是要我到永福里来做娘姨的吗?"

阿德说:"过几天你就是我岳母了,哪能再可以叫你做娘姨呢?要是叫外人知道,我阿德就是个勿晓得大小勿懂得规矩的人了。"

沈赵氏说:"勿让我做娘姨让我做啥?"

阿德说:"这几天我忙,没有空。你先去给我寻一个娘姨来,要干净点,五官端正点,勿要弄个丑八怪来,看了连饭都让人吃勿下去。"

沈赵氏说:"我老家有个人,也来上海了。现在正没有生活做,那人比我小两岁,长得蛮干净,做生活也蛮利索的。"

阿德说:"这事我就让你做主了。"

沈赵氏听了很感动,阿德真的把她看成丈母娘了。

阿德从永福里16号出来,又直奔四马路荟芳里乐悦楼。

沈嫣红真的是很听阿德的话的。自从阿德那天下午把老鸨开的单子上的款一次性签出支票付清后,又多给了老鸨几天的住宿费说,麻烦还要让嫣红姑娘在你这里住上几天。但你不许逼她再接客!

老鸨喜笑颜开地说:"你把赎金都付清了,她就是她自己了,我怎么还敢让她做那种事呢?你阿德哥做事这么上路,我虽说挂着妓院老鸨的污名,但我做事也勿会勿守规矩呀。所以这点你可尽管放心,哪怕多住几日也没关系。几顿饭我还管得起。"

老鸨总还是老鸨,有些阔佬虽然听说嫣红付了赎金,已经从了良,但越是这样,想沾一沾嫣红姑娘的念头却越发的强烈。现在还有机会,嫣红真要从乐悦楼出去,这种机会勿可能再有了,于是宁愿出大把大把的钱,想再一沾嫣红姑娘。老鸨当然更是见钱眼开,上楼来劝嫣红姑娘,沈嫣红说:"姆妈,我已经是阿德哥的人了,哪能可以再去做这种事体啦。我要再去做,勿但对不起阿德哥,也对勿起我自己哦?"

"喔哟,"老鸨说,"以前做过那么多次,现在再做一次有啥关系啦?给我姆妈一个面子好哦?"

"姆妈,我是想给你面子。但我的良心不允许再给你面子。污浊了这么些年,突然有人把我从污泥里救出来,好让身子干净干净了。我要再往污泥里跳,我自己都觉得我勿是个人了。是个勿要面孔勿要清白勿懂良知的人了。你要再逼我,我现在就离开这里去永福里16号寻阿德哥去。"

老鸨听出嫣红这话在暗骂她,于是脸一阵黄一阵红一阵青的。只好去回绝那位愿意再加倍掏钱的阔佬。出呐娘个逼,这个世界不是所有的人都是见钱眼开的。

这事让沈嫣红也很是生气。这世界怎么会是这样?从了良了,想要好好做个良家妇女,也会有人来骚扰你。心里暗暗伤感。这时听到阿德上楼来了。

说来也怪,喝了三天叶老先生开的药,阿德发觉自己的身子真有了些变化,就是今天清早一醒来,发现下面那个东西变硬了而且还翘了起来。这让阿德很惊喜。他又可以做个真正的男人了。他的心情也顿时变得特别的愉快。他在上楼时,想到要见嫣红姑娘了,他那下面的东西竟又变硬了,心情也变得特别的激动。

嫣红姑娘听到阿德的脚步声,站在了门口,笑眯眯地看着阿德上楼梯,阿德发觉嫣红姑娘虽然化的是淡妆,但比任何时候都要漂亮。楼梯刚走完嫣红就走上前来伸出她那柔软而润滑的手,阿德握上去,全身就像触了电一样。那东西在下面的裤裆里抬得老高。

进了嫣红的房间,嫣红轻轻地把门关上。阿德有些气喘吁吁,变得异样的激动。

"你哪能啦?面色这么红。"

"没什么,没什么。上楼时走得急了点。"

阿德很想这时就上床,同嫣红做那件阴阳事。但阿德一想,在这儿与她做阴阳事,那他阿德就是在嫖娼,而勿是做夫妻。被别人知道勿是他阿德太没出息了吗?那也是很丢面子的。嫣红是他女人了,要做也得回家去做。怎么做都行,谁也不会说什么的,人还是要做得文明点,人毕竟是人勿是畜生。

嫣红说:"阿德哥,明朝你就接我出去吧。"

阿德说:"出啥事体啦?"

嫣红说:"你已经赎我从良了,我现在再住在这儿算什么?房子再漂亮,饭菜再好吃,首饰再高档,这儿总还是妓女院。"

阿德说:"啊呀,都怪我,都怪我。我就没往这上头想,是你提醒了我,那好,今天你就把东西收拾收拾。明天一早我就来接你。"

嫣红激动地点头说:"好的。"突然泪如泉涌,她双手捂着脸伤心地哭了起来,似乎在说:"天呐,我终于要脱离苦海了!"

阿德坐到黄包车上,离开了乐悦楼。在黄包车上阿德老觉得沈嫣红那张漂亮的脸蛋在他眼前闪。心里就充满了幸福感。想到盛兆霖这样的阔少爷,想尽办法都没有弄到手,而他贾怡德没有费多少劲竟就成了他的姨太太了。这怎么解释也解释勿通,只有缘分这一说了。这女人是你的就是你的,别人怎么抢也抢勿去,这女人不是你的,你再抢也抢勿到手,世上的事有时往往就是这样。阿德美滋滋地这么想着,黄包车已经进了新德里,眼看就要到24号了,发现万松年老先生牵着贾玉芹站在了门口。阿德以为发生了什么事,赶忙跳下车付了车钱。问:"阿芹怎么这么早就回来了?"

万老先生一脸严肃地说:"是我把她领回来的!"

"怎么啦?"阿德说。

"还怎么啦?"万老先生用司的克捣着水门汀地面说:"我不能眼睁睁地看着你把孩子往火坑里推!"

阿德说:"万老先生,是你儿子托林福千求我们万求我们,并且还给我们下了保证,一定会保护好阿芹的。"

万老先生说:"是我儿子也不行。他要当那个狗屁导演我勿管,但我勿能看着我隔壁邻居的小姑娘让他往火坑里领。"

阿德说:"那万老先生的意思是?"

万松年说:"让她好好读书。千万不能再让她去拍什么电影这种教人邪恶的狗屁玩意儿。"

阿德无奈,平时伶牙俐齿的他一时都不知如何说好了。

万老先生说:"今朝,我把阿芹领回来交给你阿德,我是在尽一个邻居一个老人的责任。我只领这一次,下次你这个当阿爸的还要往那火坑里送,我就勿再管了。喏,领回屋里去!"

阿德牵过阿芹的手说:"万老先生,到电影公司去拍电影,又勿是送到妓女院里去当姑娘,也算不上是往火坑里推哦?"

"在我万松年看来电影公司跟妓女院没有什么两样!只勿过一个公开,一个是半公开。你看看哪个电影明星勿是被这个权贵白相就是被那个阔佬包养,最后的命有的比妓女院的妓女还要悲惨。有不少人说红颜薄命,红颜薄命。好像红颜一定命薄,好像长得好的女人的命就是苦。勿对!红颜只要自己好好过,勿往那条路上走,她的命勿见得就薄。她们的命都是让那些为非作歹的权贵们弄薄的,其实她们的命并不薄。让阿芹好好读书,哪怕做一个知识女性,也比当明星当妓女强啊!"

万老先生说完,转身进了屋。

阿芹抬起头问阿德说:"阿爸,我电影公司还去勿去啊?"

阿德想了想,说:"你想去哦?"

阿芹说:"想去咯。"

阿德说:"那还去吧。已经答应人家的事是勿能半路变卦的。做人要讲信用。"

阿芹说:"阿爸,为啥万老先生说电影明星跟妓女没啥两样啊?"

阿德把阿芹领进门说:"那是万老先生的看法,其实是勿一样的。"

阿芹说:"明朝林福伯伯还会来接我哦?"

阿德说:"林福伯伯要勿来接,就阿爸送你去。"

十二

在上海滩上有一句话叫"讲出的闲话要算数"。这似乎也已成了在上海滩江湖上衡量这个人可信不可信能勿能打交道的一个标准。

第二天一早,邵林福仍来接玉芹,对阿德说:"阿德哥,昨天万松年老先生到电影公司要领走阿芹时,那话讲得要多难听就有多难听。万家伦导演也挡勿牢,只好让他领走。儿子总是抗勿过老子。今朝哪能?戏已经开始拍了,阿芹我能勿能领走?"

阿德说:"领去哦。万老先生要怪罪,就怪罪我阿德好了。昨天他已经在我跟前放话了。但已经开的码子哪能好刹住勿做呢?要不对你福爷,对万家伦我也没法交代呀。何况阿芹自己又来得咯想拍电影。不过万老先生也真是一片好心。怕这条路让阿芹这么走下去,会有不测。"

阿德的话里林福也听出音来了。其实阿德心里也很忐忑,他也怕阿芹将来会有什么。林福就说:"阿德哥,这样吧。我索性认阿芹当我的过房女儿。我当她的过房爷,你看哪能?"

林福的话很清楚,只要他活着,他也会好好地保护贾玉芹的。阿德就说:"那当然好。阿芹,快叫林福伯伯叫干爸。"

阿芹很乖巧,忙叫了声:"干爸。"

林福点头牵着阿芹的手,说:"阿德哥,那我们去电影公司了。"

林福领走阿芹时让万老先生看见了,他好像有意在二楼窗口往下看的。从那以后,大约有将近两年时间,这位老先生没有同阿德说一句话。有时无意中碰见,阿德虽然恭敬地喊一声:"万老先生。"而万老先生就像根本不认识阿德似的从阿德身边走过。阿德也不计较,同这样有学问的老先生计较,就有些讲勿过去了。人家不但有学问,而且还高你一个辈分呢。

林福与阿芹一走,阿德就赶往四马路荟芳里乐悦楼去接沈嫣红。

沈嫣红的东西真也勿少。有两个大布包,一只大皮箱,还有一只小首饰箱。嫣红说:"阿德哥,阿要看看我的东西?"

阿德说:"女人的私房钱,男人是不该看不该问的。到男人要动女人私房钱的脑筋时,说明这个男人已经落魄了。你放心,我阿德这辈子决勿会想看你的私房钱!你积的这些私房钱啊,"阿德摇摇头,"勿容易啊!"

阿德那充满同情的口气让嫣红感动到鼻子有些发酸。

阿德又说:"本来想再雇个娘姨,把房子收拾得干净点,明天中午在杏花楼请大家吃杯酒,再接你回永福里的。"

嫣红说:"再雇个娘姨是啥意思?"

阿德说:"你去了就知道了。"

上海滩冬天的天气也是变化无常的。从黄浦江上吹过来的潮潮的风吹了一阵后,天空又变得阴沉沉的了。不久就下起了细细的雨丝。阿德在乐悦楼门口要了一辆黄包车,又要了一辆三轮车,三轮车的座位要宽敞一点,可以坐沈嫣红以及放下她的两大包服装行头和一只大皮箱。沈嫣红拎着她的小首饰箱搁在腿上。阿德坐黄包车在前面领路。拉黄包车的人脚力相当好,一路小跑起来比三轮车都快。黄包车在前面跑,三轮车在后面跟,那三轮车夫双脚也蹬得飞快,气喘吁吁地怎么也追不上黄包车夫,黄包车夫只要小跑几步,就把三轮车甩得老远。其实坐黄包车比坐小汽车都舒服,背往后一靠,二郎腿一翘,香烟一叼,车夫在前面跑,你还可以同车夫拉拉家常,海阔天空的随你聊,黄包车夫拉的人又多又杂,各种新闻轶事比小报还要多,而且说起来有声有色的,比看小报有趣生动得多了。你闭着眼睛慢慢听就是了。

到了永福里的弄堂口,阿德让黄包车夫停一停,等等后面的三轮车。三轮车夫呼哧呼哧地跟了上来,阿德回头看了看坐在三轮车上的沈嫣红一眼,发觉沈嫣红突然显得很激动,左看右看的。那双眼睛也湿润了。

永福里的石库门房是西班牙式的。弄堂比较宽,可以通汽车,有的房子还设有车库。房墙上还雕着花纹图案。所以这里的房子比阿德住的新德里的房还要考究。因为每栋房子的面积都比较大,所以弄堂也显得比较深。虽说只是16号,但也要深入小半条弄堂才到。

阿德下车,再走到后面扶着嫣红从三轮车上下来,沈嫣红激动得手都在抖,她要开始新的体面的生活了。

阿德付了黄包车夫与三轮车夫的车钱就去摁门铃。开门的是一个陌生的女人,阿德知道可能是沈赵氏新雇来的娘姨,但沈嫣红却惊呆了,说:"阿珍阿姨,你怎么会在这儿?"

这位阿珍长得白白净净的,尤其她那鼻子,长得特别得挺。

那阿珍朝沈嫣红看了好一会,这才肯定地说:"嫣红啊!你就是小嫣红啊?"

嫣红含泪点头。

阿珍一把抱住嫣红哭了起来。

嫣红说:"阿珍阿姨,你怎么会在这儿的呀?"

阿珍说:"是你姆妈让我回来的呀。"

"我姆妈?"沈嫣红更吃惊了,说,"那我姆妈呢?"

沈赵氏也走到了门口说:"嫣红,我在这儿呀。"

"这是怎么回事?"沈嫣红看着阿德说,感到一切都像做梦一样。

阿德倒很淡定,说:"回屋里去说,回屋里去说。"

原来这位阿珍从二十岁起,那时这栋房子还属于沈赵氏的时候就在这屋里做丫鬟了。后来由于变故没落彻底衰败后,阿珍回到乡下做农活去了。这次是沈赵氏连夜去乡下,把她接了出来。

知道了一切后,沈嫣红一下跪在阿德的前面说:"阿德哥,我一定做牛做马服侍你一辈子!"

阿德拉起沈嫣红说:"快起来,快起来,勿要这样。我阿德作为男人,做这点小事算个啥。何况是为自己的女人做。"

沈赵氏与阿珍也跪下磕头。阿德说:"你们要折煞我阿德了。都快起来哦!"

那晚阿德没有在永福里16号住,一是让她们母女主仆间叙叙旧。二是喜酒还没喝就住在一起,也显得他阿德在这事上有些急吼吼了。

太阳在东方刚露了点脸,那一长溜橘红色的霞光抹得弄堂上的屋顶上黄灿灿的一片。阿德上永福里16号去接沈嫣红一起去杏花楼。他请沈赵氏作为岳母一同去。但沈赵氏说什么也不去。沈嫣红也说:"姆妈还是勿去的好。丢人现眼的。"

阿德说:"这事只要摆正来看,也没什么丢人现眼的。我娶了你这样的女人,那不更丢人现眼了。但我阿德勿怕。既然做了,就敢担当!"

沈赵氏把头摇得像拨浪鼓一样,说:"勿去,勿去,杀我头我也勿能去。因为我去只会给你阿德丢脸,勿会给你长面子,让我这个捡过破烂的叫花子老太婆去做啥?况且去吃酒的人都是些有头面的人。"

沈嫣红说:"你给盛兆霖也下帖子了?"

阿德说:"前天派人送去的。"

沈嫣红说:"他那个帖子不该去送。"

阿德说:"福爷的意思。"

沈嫣红说:"给人家这个难看作啥?"

阿德说:"已经送了,他来勿来还勿一定呢。"

两人坐上一辆三轮车,直奔杏花楼。

了一下。

"还好。"万家伦说,"你阿德哥做事上路,又把阿芹送了回来。勿然我电影刚要开拍就要死在腹胎中了。"

接着是小汽车的喇叭声。林福说:"盛兆霖咯只瘪三来了。想勿到他还算有点风度。既然来了,那就以礼相待,走!去接一接。"

大家纷纷下楼。

大概是出于习惯,巧雅也拉着嫣红跟着下去接。沈嫣红今天是打扮得格外的漂亮。盛兆霖也是西装革履,风度翩翩。相互作过揖后,盛兆霖让跟班递上一个托盘,里面是一只红封袋与一只首饰盒,说:"阿德哥,区区小礼,不成敬意。"

阿德说:"谢谢盛大少爷的厚爱。"

但接着这一幕是谁也没有想到的。沈嫣红也上来朝盛大少爷行了个屈膝礼。但盛大少爷突然抬起手,狠狠地甩了沈嫣红一巴掌。还骂了一句:"你咯只婊子!"

大家都惊呆了。

但阿德与林福却没有什么表示。

他俩知道,不让盛兆霖出这口恶气,这事似乎也真过不去。盛兆霖总也要找个台阶下,尤其是这样一种场合。不来不行,不来那他盛兆霖也太小家子气了,来了呢?他要娶沈嫣红的事在他们这个圈子里人人知道。这不让他太尴尬了?

一个耳光解决问题,好像大家都有点觉得是这个样。沈嫣红恐怕也这么想,所以吃了一记耳光后,她没有哭,也没有生气,反而说:"盛大少爷,对勿起,是我薄了你的情,还望原谅。"

盛兆霖说:"嫣红姑娘,还是原谅我哦。因为打你一记耳光,我也就解脱了。否则,我都想去死了。希望阿德哥也勿要计较。"

阿德沉着脸伸手说:"那就请上楼。"

大家似乎也都没有把这事当成件事,但林福却有了自己的想法。

巧雅扶着捂着脸的嫣红上楼。嫣红不但没有哭,反而笑容可掬地招呼着大家。阿德看了感到很心痛。盛兆霖毕竟是上海滩有名的实业家的大公子，阿德也不敢太造次了。盛兆霖后来把他当时打沈嫣红一耳光的另一种想法也说了出来。他说当时他一看到她打扮得比平时更漂亮，又是全身的珠光宝气，他顿时醋心发作，觉得自己无论从哪方面都比阿德这个玩蟋蟀的白相人勿晓得要强到哪儿去了，她竟嫁给这个白相人，而勿嫁给他这个会继承千万家产的盛大少爷，而且他为了迎合她，不知道花了多少值钱的东西，她脖子上挂着的就是他送她的钻石项链。当看到那五克拉的钻石在他眼前闪光时，他就一个耳光甩了上去，也顾不上自己的绅士风度了。当众在别的男人跟前吃醋，那太失档次了。

　　林福当司仪，两桌酒席上坐满人后，林福说："在开席前，我邵林福先把一件事摆平了。今天是阿德哥贾怡德的好日子，也是沈嫣红沈姑娘的好日子。千里姻缘一线牵，他俩牵上了，这是上天安排的，上天不这样安排，他俩就走不到一起。既然他俩的结合是上天安排的，那他俩就没有错也说勿上错。在座来祝贺的人，都是阿德哥与嫣红姑娘的朋友，既然是朋友，那就要以朋友来相处。所以我下面要做的一件事，是要请诸位原谅的，勿是我邵林福有意要搅局要煞风景。"林福说完，走到盛兆霖跟前，也一个耳光甩了上去。

　　盛兆霖一惊，捂住了脸。

　　林福说："阿德哥是我朋友，嫣红姑娘现在是我朋友的太太，不是乐悦楼的姑娘了，所以刚才你打嫣红姑娘一个耳光，你盛大少爷是个有身份的绅士。你要当绅士，你就得守住你绅士的风度，就勿应该做有失风度的事。现在我林福求你盛大少爷一件事。向我朋友阿德哥的太太沈嫣红姑娘道个歉。拿出你的绅士风度来。"

　　盛兆霖整了整领带，面带笑容地走到沈嫣红跟前说："贾太太，对勿起。刚才我盛兆霖对你粗鲁了，我感到很惭愧。"

　　嫣红这才哭了，但又忙抹泪笑着说："没关系，刚才我说了，我薄了你的情，主要还是跟你盛大少爷没缘，勿是我勿肯。"

　　"两清了！"林福喊，"开席，上酒！"

酒过三巡后,巧雅唱了一曲越剧段子。万家伦讲了一段笑话。阿德走到盛大少爷跟前敬了杯酒。盛大少爷话中有话地说:"刚才你的太太讲了一句实在话,勿是她不肯,是没有缘。我盛兆霖吃进了,勿计较了。但那次赌蟋蟀你阿德哥食言了,没有保持中立,同福爷连档,让我悲惨了一趟。这笔账我盛兆霖是吃勿进去的。我会同你阿德哥算的。"

阿德说:"嫣红嫁给我贾怡德,靠的是缘分。斗蟋蟀输与赢靠的是运气。该你输的时候,我贾怡德中立,你也输;该你赢的时候,我贾怡德勿中立,你也会赢。你又不是没有赢过。"

盛兆霖说:"这事没有完。有机会,我还会同你再斗一次蟋蟀的。不过我盛兆霖勿急,君子报仇十年不晚。"

这边,万家伦也来给盛兆霖敬酒。意思是电影公司的资金还勿是很充裕,如果盛大少爷有意思的话也请盛大少爷投点资。

盛兆霖说:"投这么一点点钱没有意思,要开我自己单独开一家电影公司,一切由我说了算。只给别人捧捧场,那也太小儿科了。"话还没有说完,崔延年也上来给盛兆霖敬酒。崔延年是阿德过去的邻居,现在是万顺电影公司的股东,万家伦说阿德今天娶姨太太,是乐悦楼的红牌沈嫣红。崔延年说几年前跟贾怡德是邻居,沈嫣红他也有一面之交,怎么也得来贺一贺,送一份礼,不要失了过去做过邻居的情分。

崔延年给阿德敬过酒后,就频频地给沈嫣红敬酒。似乎也对沈嫣红特别地有了好感似的。这样的场面,沈嫣红见得多了,所以也是应酬自如,很有分寸。也不失现在已从良,成为别人的姨太太的身份,阿德看到眼里很是喜欢。

那天虽说是阿德与嫣红姑娘的喜酒,但却也像喝花酒一样的热闹。毕竟嫣红的那几个小姐妹巧雅等几位姑娘还是风尘中的人。盛大少爷竟也一直陪着大家一起喝。虽是冬天,但大家都喝出一头的油汗。盛大少爷说,再上两桌热闹热闹,由他付账。但林福一看天色已昏暗下来,忙说:"就到此为止吧。得送阿德哥与嫣红姑娘进洞房了。要热闹以后再热闹哦。"盛大少爷跟跟跄跄地走到林福跟前说:"福爷,你真够朋友!阿德有你这样的朋友,是他的福分。但我与你的事,还没有完,啊是?"

林福说:"盛大少爷,你讲没有完,那就没有完。我邵林福奉陪到底。不过嫣红姑娘从今天起,就再也勿会有你份了。"

盛兆霖摇着头说:"勿见得,真的……勿见得。"

盛大少爷醉醺醺地被跟班扶下了楼。林福朝阿德一挥手说:"阿德哥,领着嫣红姑娘回吧。我还要同万家伦一起到电影公司,领阿芹回新德里去。"

林福也喝得不少,也有点醉,但这件事他倒还记得很牢。

走出杏花楼,马路上的路灯已在熠熠闪光。天色也已暮气沉沉的了。

大家作揖告辞,阿德领着嫣红坐上三轮车,回到永福里16号。阿德有些心跳加速,今晚要进洞房,同嫣红睡在一起了。他只有十六岁时在四马路荟芳里仙浴阁同那个也与嫣红年纪差不多大的叫阿芳的女人有过一回。但以后只有痛苦的回忆。虽然见了漂亮女人他还是很喜欢,但却渐渐地退去了那种欲望。这些天来喝了叶老先生的药,这种欲望又变得强烈了起来。今晚,他要与这样一位漂亮的女人睡在一起了,未免显得很是兴奋与激动。

沈赵氏毕竟是大户人家出生的人,很有眼色,有些事想得也周到。阿德与嫣红回到永福里16号,一进门就看到饭厅里已摆好一桌饭菜。

沈赵氏说:"德爷,我自作主张弄了一桌饭菜。今天是你与嫣红的喜事。我们家里人也该一起庆贺庆贺,不知我这样做可有冒犯?"

阿德说:"就该这样。这是我的疏忽,忘了交代你了。来,入席!"

阿珍为大家斟上温好的黄酒,沈赵氏颤抖着手,端起酒杯说:"德爷……"

阿德说:"你是长辈,就叫我阿德好了。这样更像一家人。"

沈赵氏说:"我这样叫你行吗?"

嫣红说:"阿德哥和我们已经是一家人了。"

阿德说:"这话对。"

沈赵氏顿时从眼里滚下了两行热泪,说:"我做梦也勿会想到我赵芬兰会重新住进永福里16号这栋房子。阿珍是晓得的,那时我二十岁,这弄堂的房子正在盖的时候,当时我阿爸在上海生意做得很大,所以就定下了这栋房子,等盖好后,我们就从湖州搬到上海,搬进了这栋房子。当时阿珍只有十岁,跟着一起来了。我姆妈是我阿爸的大房,阿爸就把这栋房子给了我姆妈。在我结婚时,姆妈把这栋房子的产权赠给了我。姆妈对我说,宁可人死掉,这栋房子也不能转到外人手上,除了自己的子女!还一再说,听懂我的话了哦?我姆妈在临死前又关照了我一句。可是嫣红的阿爸不争气。结婚时还是好好的一个人,但后来抽大烟勿讲,还热衷上赌博。把所有的财产赌个精光。我就对他说,再也勿能赌了,再赌我就同你离婚!但我没有想到的是,他还是偷偷地赌,把我的这栋房子也赌掉了。有一天有一群人闯进我们家,那时嫣红只有十二岁,他们把我们赶出了家门。其中有一个人对他们说家具一件都不能损失,咯个小姑娘也勿能走,那也是钱。嫣红阿爸为了还赌债,把嫣红也卖给了妓女院。我和阿珍被赶出了家门。阿珍回到湖州乡下老家,我成了捡垃圾的老太婆。没有想到,阿德,是你让我又回到了永福里16号,让嫣红跳出了火坑。今天阿德你和我女儿嫣红成了夫妻了。我祝你俩白头到老,永远恩爱。我说了这么多话,只有一个要求,阿德,人活在这世上,千万勿能赌。你能答应我哦?"

阿德拿着酒杯,思考了半天,说:"嫣红姆妈,我没有赌瘾,但我是个白相蟋蟀的人,我就靠白相蟋蟀吃饭。别人勿赌,我哪来的钱?所以你的要求,我真的没法答应。我只能答应的是,我就是再赌也勿会再拿这栋房子去赌,因为这栋房子产权已经归嫣红所有,我已经没有权力去处理。所以这栋房子只要嫣红勿动,房子就永远属于嫣红。我就是倾家荡产,也勿会打这栋房的主意。这点我阿德可以保证。嫣红姆妈,你看可以哦?"

嫣红说:"姆妈,我看可以。你勿能因为痛恨阿爸做下的事,而敲了阿德哥的饭碗。你勿让阿德哥赌蟋蟀,他靠啥吃饭呢?"

沈赵氏说:"做点别的生意勿可以吗?为啥一定要赌斗蟋蟀呢?"

阿德说:"恰恰这是我阿德的强项。让我做生意,我做勿来。再说做生意,要跟别人低头哈腰,我阿德也做勿来。我阿德活在这世上,勿跟别人狠三狠四,但也勿向别人低三下四。嫣红姆妈,你提醒得对。但我能做到的我就说能做到,勿能做到或者根本没法做到的事,我也勿能骗你。嫣红姆妈,你看可以哦,可以,就喝了这杯我与嫣红的喜酒,要是勿可以,我也勿强求。"

"姆妈!"嫣红说。

"只要这栋房子永远归嫣红,你决勿会再转手别人,我答应。"沈赵氏说。

沈赵氏举起酒杯,一口干了。那喝酒的姿势很是优雅。于是阿德也一口干了,嫣红也干了。

二楼那间最大的屋子是卧室。边上有一间书房,墙上挂着些字画,还有一长条红木书案,上面还搁着文房四宝。嫣红说,想勿到房子换了四个主人,这里面的东西竟然都没有动,也没有缺少。可见那四个主人都是敬重读书人的。懂得保持这房子的琴棋书画,也就是保持了人的典雅品位。那是从骨子里真正尊重文化,尊重读书人的人才能做得到的。甚至包括像林福那样的人。

卧室大多都是老式家具,有些比较陈旧了,太师椅,藤条躺椅,茶几等,都是从乡下搬家搬回上海的,都是红木家私,稳重而结实。但床上的用品倒全是清一色新的。被子,床单的颜色全部不怎么鲜艳却显得很雅致,色泽还是很热烈的,像个新婚的气氛。

关上门后,沈嫣红说:"阿德哥,我服侍你睡下吧。"

阿德说:"我自己脱吧,从小自己脱衣裳穿衣裳我习惯了。"说着,很快脱光衣服,他会马上想到他十六岁时同阿芳的那个晚上。而沈嫣红前些日子还是在烟花场上混着的女人,阿德心里会突然有种恐怖的感觉,那场病让他到现在还不太像个男人,他下面稍稍有些硬了,但那欲望却变得不像前些日子那么强烈了。沈嫣红关了灯才脱光衣服,钻进被子里,沈嫣红很主动,也很熟练,很快把阿德逗得性起了,但阿德还是很紧张,用力一进去,瞬间就放了出来。阿德感到很失望。阿德想等一些辰光,再来一次,但那一晚上,怎么也硬不起来了。沈嫣红宽慰地说:"勿要紧的。好多男人第一次都那样,有的没有进去就出来了。过上几天就会好的。再说这几天你也太辛苦了。睡吧,要想来了,你就拉醒我。从今晚起,我永远是你阿德哥的人了。"说着翻身紧紧地拥抱着阿德。但阿德轻轻地推开了她,他还不习惯跟女人这么抱着睡。这说明他这个人的男性激素还不强。不像新德里23号的小报记者江时鑫,一晚上就趴在女人身上不肯下来。

阿德没有像沈嫣红说的那样慢慢地好起来,虽然又去让叶老先生号过脉,继续服叶老先生开的药方,但一进入房事阶段,不是早泄就是阳痿。叶老先生建议他去看看心理医生。但阿德决不肯去。这种事体怎么好跟别人讲的啦,多勿好意思啊。

阿德平时在老房子新德里24号住。到礼拜六与礼拜天才到永福里16号来住一两夜。虽然每次都要隔上六七天,每次想要做阴阳时,几乎没有一次能做得很爽的。但沈嫣红也勿怪阿德,反而宽慰他说:"勿要紧的。我已经勿靠这个吃饭了。"她的意思是以前她所要做的事就是要弄得服侍得男人高兴,那才能弄到更多的钱,而现在就用不着了,她只要有阿德哥就可以了。而阿德反而有一种亏待沈嫣红的感觉。但总的来说,日子过得还算顺畅,沈嫣红也变得丰满,成熟,越发漂亮与妩媚了。

中篇

中　篇

一

　　岁月如梭,辰光过得真快啊,一眨眼工夫,七八年就过去了。断命上海的天气却没有多大的变化。一到梅雨季节,雨就淅淅沥沥地下个不停。四川路上有轨电车在当当当地驶过,街面上有家唱片店正在放"毛毛雨下个不停,微微风吹个不休"那样的歌。路面很滑,万松年万老先生走路已勿如以前那样的矫健了。那时他的两条腿与他的司的克一样的硬朗,走起路来那皮鞋与司的克敲着水门汀的地上嘣嘣嘣地响。而现在,司的克还捣得水门汀地很响,皮鞋的声音却不那么响了。岁月是最不饶人的。黄梅雨下得很紧,弄堂口有一汪浅浅的水流向阴沟里。阿德从黄包车上刚跳下,朝弄堂走去时,见到撑着伞已经走进弄堂口的万老先生脚下一滑,往后一倒摔了个仰天大跤。阿德连忙奔上去,扶起万老先生说:"万老先生你怎么啦?"但万老先生怎么也站不住了。看来这一跤摔得不轻。万老先生头脑很清醒,忍住疼痛,很平静地说:"阿德,送我去医院。"

阿德在门口拦了辆三轮车,送他万老先生去了离新德里不太远的冠生医院。

"你是老先生的儿子?"医生问。

"勿是。"阿德说。

"老先生有儿子吗?"

"有。"

"那请他儿子来一下。"

"怎么啦?"

"可能腿骨折了。要拍片子,要是确诊后还要动手术。"

"那我去叫他儿子。"

"快去叫吧。"

"阿德你勿要去叫。"万老先生听了后说。

"怎么啦?"

"就是把他叫来有什么用?"万老先生说,"医生,该怎么治你们就怎么治。你们是医生,治病是你们的事,跟我儿子没关系。我儿子是拍电影的。怎么治病他是外行。"

"老先生,"医生说,"我的意思是,在拍片,动手术前是要交一定的费用的。"

"你们这家医院是先收钱,后治病?没有钱就见死不救?医院不是救死扶伤的地方吗?"万老先生发火了,"没见过你们这种医院的。"

"老先生,勿要生气。如果真是病危病人,我们肯定是先救人,没有钱也救人再说。作为医院,作为医生,救死扶伤这点还是懂得的。勿然我们开这家医院作啥?我当医生作啥?"

"该付的钱我统统会付的。快给我治病,疼煞我了。"

"老先生,先给你打针止痛针,好哦?不过住院手续总还需要办一下。"

"我去办!"阿德很干脆地说。

办完住院手续,万老先生被安排在了病房里。阿德就坐上黄包车直奔万家伦的电影公司。由于在下雨,黄包车放下挂在前面的黑帆布的防雨帘子,车夫戴着蓑帽披着蓑衣,在雨中奔跑着。而那黑帆布的防雨帘上只听到噼噼啪啪的雨声。自阿芹进了电影公司拍电影,万老先生没有阻止住,这好几年,万老先生见了阿德就虎着个脸,没有给阿德好脸色看。阿德也不计较。后来电影拍成了,甚至于主要放美国电影的大光明电影院都放了,轰动一时。导演万家伦也就有了名气。在上海好几家电影院放映后,阿芹也一下火了,都说咯个小姑娘演得真好,人也长得漂亮。而第一个报道这部电影的就是23号一楼当记者的江时鑫,而且还给阿芹拍了几张照,不但上了报纸,还在王开照相馆里作为摄影艺术照在橱窗里摆放好几年。后来又有几家电影公司来找阿芹拍电影,都被阿德一口回绝了。说阿芹年纪还小,读书上学是最主要的,怎么说阿德就是勿同意。万老先生知道这事后说:"阿德是个说话算数的男人。"而现在十七岁的阿芹上女子职业学校,今年也要毕业了。出落得亭亭玉立,气象万种,见过她第一眼后,绝对会想再回头看她一眼。林福说:"像年轻的沈嫣红,连走路的样子都像,但比沈嫣红长得更漂亮。新德里5号,她的那个把她打出门的婶婶,见到这么一个鲜丽大方,有如此气质的侄女,不知有何感想。"刘家外婆说:"还好让阿德哥领养了,要是还是在她婶婶家,哪会有现在这样出息,在咯种人的家里,就是只凤凰也会养成一只鸡的。"新德里5号阿芹的婶婶听了气得要吐血。

　　拍了几部畅销的电影后,新晨电影公司也火了。电影公司的门面,摄制棚都修建得更大更阔气了。在细雨绵绵中,阿德跳下黄包车,门口停着辆雪佛莱小轿车,那像是盛兆霖盛大少爷的车。他怎么也会在这儿?

　　阿德走进电影公司大门,大门有条小路直通摄制棚,路的左边有一栋四层的房子,门房问:"寻啥人?"

　　阿德说:"我找万家伦,万导演。"

　　门房说:"寻他有啥事体?"

　　阿德说:"万导演的阿爸摔了一跤,腿摔断了。让他快去医院看看。"

　　门房说:"那你快去讲,在楼上。"门房也很着急地指指楼上说。人活在世上勿容易,人人都该有这样的同情心。

阿德上到二楼，就见到了盛兆霖从一间大办公室出来，阿德忙作了一个揖说："盛大少爷，你好。哪阵风把你吹到这儿来的？"

后面紧跟着万家伦与一个面色红润的胖子。

万家伦说："阿德哥，你怎么来了？"

阿德说："就是来找你的。"然后把情况一说。万家伦说："那快走！"

盛大少爷也在边上听到了，也忙说："那快去，那快去！"

在上海滩上人人都知道，有关"人"的事情就是最大的事情，好像谁都是这样。

万家伦拉着阿德下楼时，盛兆霖喊了一句："万导演，你千万得留在我们公司啊。"

"再讲，再讲。"万家伦一面回话，一面同阿德下了楼。

雨仍密密麻麻地悬在空中。他们上了一辆三轮车。三轮车放下挡雨的帘子。阿德问万家伦："哪能桩事体？"

万家伦说："盛兆霖把这家电影公司买下来了。"

阿德说："怪勿得他要讲让你留下来的话。电影公司勿是发展得好好的吗？作啥要转让给盛兆霖啦？"

万家伦说："赌呀！一夜之间，万贯家产就输光了。"

阿德说："搞电影的人也赌啊？"

万家伦："吃喝嫖赌，人类几千年来的通病。吃喝嫖还不要紧，反正只伤个人自己，但赌伤害的面就大了。不但连累自己，把家人通通牵进去了。所以历代政府都提禁赌。但禁勿住。就像嫖一样，曾国藩曾大人在收复秦淮河地段时，有人就提出要把烟花业停了。曾大人说，留着吧，几百年来就是这个样子的。不过阿德哥，说不定我还得求你帮忙。"

阿德说："我能帮你什么忙？"

万家伦说："到辰光再说吧。"

三轮车到了医院门口，万家伦跳下车喊："阿德哥，谢谢你。"

阿德说："让老爷子好好养伤。有啥要我帮忙的尽管讲。"然后对三轮车夫讲："去江虹路新德里24号。"

中　篇

　　回到家,发现门口停了辆崭新的福特小轿车,阿德有些吃惊,心想什么人到他们家了。阿德跳下三轮车,付了车钱。只见阿晴与阿芹走了出来。十九岁的阿晴西装革履,很福气很潇洒很英俊。这些年阿晴与阿芹经常有往来,但阿德与三祥之间已很少往来了。只听阿芹不断提起三祥娘舅与阿晴阿哥。说是三祥娘舅生意越做越大,北京路那店的门面由两开间扩大到五开间外,还另开了一爿分店,两年前又正式成立了三祥五金责任有限公司,凭着宁波人的精明与人脉,生意做得很顺畅,发了财了。不但盖起了花园洋房,还买了辆福特牌轿车。据阿芹讲,阿天阿哥已上大学了,而阿晴阿哥中学毕业后,索性在店里帮着三祥娘舅打点生意了,而阿朗弟弟还在上中学。

　　一听到阿德的声音,三祥急急地从屋里出来。阿德忙说:"快进屋,外面的雨下得太大。"

　　没想到是三祥到上海来开店已经十年了,这两天是开店十周年纪念日,所以在新亚饭店设了一桌酒席,只请阿德哥一家赴席。其他商业上的朋友昨天已经都请过了。今天是家宴,所以他三祥特地亲自来请。说,没有你阿德哥的扶持,就没有我林三祥的今朝。三祥说,听说阿德哥有家室了,是否请嫂子也一起去。

　　阿德一摇手说:"勿,我和阿芹去就可以了。"

　　三祥知道阿德哥的女人是从妓女院出来的。让这样的女人以阿嫂的身份出现,阿德大概觉得有点儿勿上台面。据阿晴告诉他,至今为止,连阿芹阿德都没带她去见过这个要称作"姆妈"的人。世事就是这样,有些印记一旦印到身上,一辈子也脱不了的。所以才有"一失足成千古恨"的话。但阿芹还告诉阿晴,虽然她阿德阿爸从勿带她这个"姆妈"抛头露面,但待这个姆妈非常的好。阿爸从来勿缺姆妈的钱花。阿德是很有心计的人,有些家里的人最好勿要在一起,一旦生活在一起就免不了会有矛盾,有了矛盾就会吵架,一吵起来什么话也会说出口。有些伤人的话只要说出口就一辈子也收不回来了,那也就会无休无止地吵下去,家里就永远勿会有安宁了。与其这样,不如不见面,不接触,眼不见为净。何况他这个女人曾经有过那么个身份。沈嫣红也曾提出想见见阿德的这个养女,去上一次新德里24号。但阿德说:"勿要去,也勿要见。"沈嫣红说:"你还是看勿起我!"

阿德说:"勿是看勿起你。我已经让你做我女人了,哪能是看勿起你呢?但有些东西一旦粘到了身上,就永远也抹勿掉了。我阿德让你做了我的女人,但我阿德眼中的你与别人眼中的你,能会是一样吗?一旦别人的眼神里有那种勿大对头的东西,你心里会勿舒服,我阿德心里也会勿舒服。你生活圈的人,你都可以见,福爷,万家伦等等。哪怕是崔延年,甚至盛大少爷。但你的生活圈外的人,最好勿要见。包括新德里24号里的人。不要自找勿自在。"沈嫣红听了,心里虽然不畅,但觉得也蛮有道理。

在上海滩上,人与人之间的相处,各色人等的交往,那可是门大学问。从小就在上海滩上长大的人,一直在学这门可以对上海人来说是最重要的学问。

"那葆娣嫂也一道去哦?"三祥说。

葆娣摇着手说:"勿勿,我是个不能上台面的人,勿能去。真咯勿能去。谢谢三祥老爷。"

湿漉漉的马路在车轮下溅起一片片的水花。雨点在路灯四周闪着晶莹的水光。阿晴车开得很稳,在雨幕中可以看到一栋楼上闪着"新亚"两个字的霓虹灯。

在一间很宽敞的包房里,阿天与阿朗已经在了,阿天还带着一位长得很漂亮但也很泼辣精明的女朋友。剪着齐耳的短发,叫乔鸣凤,在席间,阿德与三祥寒暄了几句后,再也无话好说,五金生意上的事阿德勿懂也勿感兴趣。而三祥除了五金生意上的事也无别的什么话。他不看电影不看书甚至报纸也很少看,虽然店里订了一份《申报》,但他看看广告与一些花边新闻,以及街面上传的重大新闻外,对其他的也不闻不问,关心的只是生意上的事。所以在席间,阿德,三祥成了配角,而阿天,阿晴,阿朗,阿芹还有那个乔鸣凤倒谈笑风生,成了主角。最健谈的大学生阿天,滔滔不绝,慷慨激昂。

他说:"看看我们时下的中国,民不聊生,生灵涂炭,官僚腐败无能,贪赃枉法,这如何是好?我们能让这种恶劣之状态继续下去吗?国家兴亡,匹夫有责。所以阿晴,你勿要只管做生意,不关心时事,勿关心社会,勿关心天下之大事。"

阿晴说:"阿哥,我现在只会跟着阿爸做五金生意,把公司经营好。你说的那些事我没有辰光去关心。"

阿天说:"唉!正因为我们中国有太多像你这样的人,才会变成现在这样。"

三祥听着阿天的话感到不舒服,说:"没有你阿晴弟弟这么操劳,你吃什么,穿什么?还能上什么大学?"

阿天说:"这是你们剥削劳苦大众的结果。阿爸,你开店十年,是剥削压迫许许多多的劳苦大众才有今天的。所以你赚的每一文钱,都沾着劳苦大众的血汗。"

三祥一拍桌子说:"你给我滚出去!"

阿德说:"谬论。这种谬论不知是哪儿跑出来的。"

乔鸣凤说:"是从苏俄那儿传送过来的。但我与林觉天都信仰这一理论。所以请伯父们不要生气。信仰自由嘛。"

三祥说:"我不信。我只知道做生意吃饭。所以阿天,你勿要在我跟前讲这种东西。就算我剥削了劳苦大众赚的钱,但你也花了其中的一份。"

阿天说:"阿爸,那我从今天起,再也不会拿家中的一分钱。不觉悟前拿了就拿了,但一旦觉悟了,再拿就是口是心非,就是畜生无异了。"

阿德听着感到不顺耳,但却说:"听上去也好像有点道理。不过阿天你还在上大学,不拿家里的钱你吃什么?怎么维持生活?"

阿天说:"我自己打工养活自己。"

阿德说:"你替谁打工?"

阿天说:"有让我做生活的人呀。"

阿德说:"替那些剥削你的人?那你拿他的钱,不也沾着劳苦大众的血汗吗?所以阿天,你这套理论讲勿通,讲勿通啊。来来来,吃酒,吃酒。"

阿芹也忙站起来跟着阿爸打圆场说:"对,对。三祥娘舅,我敬你一杯,祝贺三祥五金有限公司成立十周年。"

林三祥狠狠地瞪了阿天一眼,说:"阿天,你也真勿懂事体,我高高兴兴地请你阿德娘舅和阿芹来吃顿纪念酒,你却搅得我们不高兴。来,阿德哥勿要管他,我们喝我们的!"

　　阿德一笑说:"小人有小人自己的世界,你勿去多管他们就是了。孩子大了,你想管也管勿动的。"

　　阿晴拉了阿天一把,阿天也就不再说什么了。

　　不过那顿酒却吃得有点儿闷,似乎有什么不祥的征兆似的。

中 篇

二

第二天一早,万家伦就来拜访阿德哥。一进门就作揖说:"阿德哥,谢谢,谢谢。"

阿德说:"用勿着,举手之劳的事。万老先生可好?"

万家伦说:"腿上上了石膏。医生说,在医院养上些日子,就可出院了。阿爸让我一定要来谢谢你。另外,我正也有事要求你。"

阿德说:"那请坐。葆娣嫂,沏茶。"

万家伦说:"阿芹在家哦?"

阿德说:"上女中后,就要求住校,礼拜六才回来一趟。"

万家伦说:"阿德哥,你真了勿起啊。把个阿芹养得这么好。弄堂里人人都在讲,阿德哥心肠好,有眼光。女儿出落得像个仙女下凡似的。"

阿德说:"万先生,勿要给我戴这么高的帽子,我吃勿消。有事就讲,是勿是又想动阿芹的脑筋?"

万家伦端起茶来呷了一口说:"你已经晓得盛兆霖盘了我们的电影公司。要讲呢,盛兆霖是个花花公子,吃喝嫖赌都来。但他又是个文化人,毕竟是个读过大学的人。勿晓得他通过啥关系,弄到了大文豪施冰先生的一只电影脚本。到底是大手笔写出来的东西,相当好。因为他刚接手电影公司,所以想打个开门红。他说,勿鸣则已,一鸣惊人,他想鸣上声巨响,拍出只大红大紫的电影来。本来,盛兆霖盘上电影公司后,我并勿想在他手下做,想走。因为对这个人我有点看勿惯,连林福和崔延年先生也都撤了股。但我一看这只电影脚本后,我就勿想走了。而他为了挽留我,让我把这只电影脚本拍好,他给我开出了很高的报酬。他说,如果这只电影红了,再给我加钱。其实钱在我看来倒是小事情,关键是这只电影脚本我非常吃。你要晓得,在我看来做导演的要是能拿到一只好脚本,弄勿好就可能可以吃一辈子。所以阿德哥,你这个忙一定要帮我。"

阿德哥说:"你讲的这些电影上的事,我阿德勿懂。但听你这么一讲,就是说拍这只电影,对你个人很重要,是哦?"

万家伦说:"对,对,是这个意思。"

阿德说:"让我怎么帮?"

万家伦说:"戏里的女主角我想让阿芹来演,只有让她来演才是最合适的。"

阿德说:"你还是再找哦。小时候阿芹已经演过一回戏了。勿能再去演了。"

万家伦急了,说:"就是因为阿芹演过一回戏而且很成功,所以我才想再请她来演。求你了,我万家伦真的求你了。"

阿德发现万家伦的眼神,为了这事他会下跪求他。

阿德心软了,说:"那得征求阿芹的意见,我说了勿算,阿芹已经十七岁了,这些事该由她自己来做主了。"

万家伦高兴地说:"阿德哥,有你这句话就行。我去找阿芹说,可以哦?"

阿德说:"但你勿许死缠硬磨甚至硬迫。"

万家伦说:"不可能的事!只要阿芹有一点点不情愿的意思,我立马就撤!"

阿德想了想说:"可我还是很担心。俗话说得好,人怕出名猪怕壮,尤其像阿芹这样的小姑娘,出名勿是什么好事情。"

万家伦说:"出名有啥勿好。所谓是人怕出名猪怕壮这样的话都是那些吃不到葡萄说葡萄酸的人说的话。不也有句老话吗?雁过留声,人过留名。谁不愿意出名。况且活在这世上,能出名的也只有几个少数人,大多数的人都是浑浑噩噩的白活了一世,谁又能记住他?"

阿德说:"浑浑噩噩过一生也蛮好。只要平平安安就好。人是出名了,但担惊受怕地活在世上,其实也没多大意思。"

万家伦呷了口茶说:"好茶!哪儿弄来的?"

阿德说:"前几天杭州亲戚送来的清明前摘的龙井新茶。当然好喝,我这儿还有些,带点去。"

万家伦说:"还是留着你慢慢喝吧。我带去请那些不会品茶的人喝,也是牛饮水,白糟蹋了这么好的茶。说来说去,各有各的理,就像这茶一样。会喝的人品的出味来,勿会喝的人也就糟蹋了这茶了。人活在世上也是一样,出名有出名的味道,那些出勿了名的人就没法品味到的。在这世上,能品得到出名的味道的人真的不怎么多。所以对大多数人来说,都是想让自己出出名的。有些人到外面是游玩,到了某一景点还要刻上某某某到此一游,那意思也是想让自己留下一个名。其实你某某某把名字刻再大,谁又知道你是一个什么王八蛋呀。如果你是李白,那刻上李白到此一游,倒是人人都知道的。所以人出不出名那是大不一样的。"

阿德说:"福兮祸所伏,祸兮福所倚。那你就找阿芹说一说好了。"

万家伦说:"凭阿芹的相貌,凭她的聪明,再说这个脚本又写得好,我万家伦只要再在导演上下点功夫,这部电影放出来,阿芹肯定会大放异彩,我万家伦也跟着一起光彩。阿德哥,勿瞒你,推出一个大明星,那是一个当导演的最最希望最最得意的事。所以阿德哥,你能这么支持我,我万家伦要给你鞠躬磕头了。"

阿德说:"万先生,那你就折煞我了。阿芹如果命中真有这番荣耀,那我挡也挡不住。但我阿德心中总有一种不大怎么好的预兆。就这样吧，听天由命了。"

阿德送走万家伦，万家伦一是为救万老先生的事，二是为阿德答应阿芹拍电影的事，万家伦还点头哈腰千恩万谢的。不管怎么说，万家伦拍过几部电影了，在上海滩上也稍有名气了，能跟阿德这个白相人这样，也让阿德觉得很有面子。人就是这样，不管你的社会地位怎么样，有时也会处在有人求的位置上，也能当一次爷，这也是常有的事。所以人总有求人的时候，也总有帮人的时候。所以人类社会需要的是相互支撑。如果只把自己保护得好好的，面对任何人都拒之千里的，断绝了人与人之间的交流，那你活在这个世上真的是很没劲的。

住在永福里16号的沈嫣红已经习惯了乐悦楼的那种日子，一旦这么孤单地待在一栋楼里这么生活着，感到极其的无聊。阿德勿会陪着她去逛街，沈赵氏也不怎么愿意陪着她逛马路，所以她只有一个人打扮化妆好自己，坐上黄包车去逛大马路，二马路，四马路。逛一次马路总要大包小包地买一些东西回来。在乐悦楼的那段辰光，她积了不少私房钱，光盛大少爷塞给她的钱她都花不完。但一个人出去逛马路，也总是太无聊太没劲。她没有想到的是有一天，袁巧雅满面春风地敲开了永福里16号的门。

"喔哟，巧雅姐，你哪能来啦？"

"特地来看看你呀。"

"喔哟，快进快进。"

沈嫣红热情地把袁巧雅引进客厅。

"阿珍阿姨，倒茶。"

袁巧雅告诉沈嫣红，她也离开乐悦楼了。

"从良啦？"

"对。邵林福，福爷帮的忙。因为福爷喜欢我，他勿是想跟我困觉，他是喜欢听我唱一曲筱腔。抽时间就会寻我来听我唱一段。他一定要把我赎出来，是因为他想听我唱一曲时，往往我出局在外面，寻勿到我，心里就感到很懊丧，所以他决定把我赎出来，想听一曲时，就能马上寻到我。他听筱腔实在有瘾,就像抽大烟一样。有时候还要寻一个人,一起陪着吃着老酒听。"

"巧雅姐,咯你现在住在啥地方?"沈嫣红问。

"离你这儿勿远,有轨电车坐上两站路就到了。"

"福爷给你买的房?"

"崔延年先生的房子。"

"怎么住他的房子?"

"崔延年先生欠了福爷一笔钱,就拿朝阳里32号一间房间作抵押。福爷说,这么破旧的一间房间,我暂时收着,到你有钞票了还是还我钞票吧。房子我再还给你。崔先生说,那也行。这间房子是我们家刚从乡下到上海来住的,家境好了点就买了新德里23号那栋房子,再后来发了大财,就住进了花园洋房。因为是从小在那间房子长大的,也有那么点感情。所以福爷先押在你那儿也行。欠你的那点钱,到时我一定还你,房子到时我也收回吧。所以这间房间既是崔先生的,也是福爷的。"

从崔先生家可以看出,只要在上海好好做生意,都慢慢会发的。夹着一把破雨伞进上海滩,不出几年就成大财主大富翁的已不是什么新鲜事了。

"那间房子蛮大的。"巧雅说,"还有自己的卫生间,朝南开的窗,很干净很敞亮的。当然比不上你嫣红妹妹的这一栋这么好这么讲究的房子了。"

"那是阿德哥的,勿是我的。"嫣红说。

"我听说阿德哥已经把房契给你了呀。"巧雅说。

"我是他的女人,是这栋房子的女主人,他把房契给我是让我保管。我从来没有把这栋房子看成是我沈嫣红的。现在我和我姆妈能住进这栋房子,已经心满意足了。心中没有想占有的奢望。你与崔先生现在还有往来哦?"

"在乐悦楼时,崔先生与我有过几个晚上的情谊的,这你也晓得。崔先生也曾打过你的主意,但你拒绝了。"

"那时我被盛大少爷包了。阿德哥来寻我几次都寻勿到,只好约在中午见面。我哪有时间同他往来!"

"咯个人还勿错。做事体蛮上路的。到底是留过洋的人,有点绅士派头的。听说我来齷齪了(月经)就说,那就休着吧。那晚的钞票照付。每次他脱衣服时,都要对我说,巧雅姑娘,把脸背过去好哦,勿让我看。然后让我关了灯才上我的床。你讲这文勿文气。而且做的时候他也特别的温柔,让你觉得你就是勿收他钞票都愿意同他做。"

沈嫣红听了捂着嘴笑了。

沈嫣红想,有教养的人与没教养的人真的是勿一样的。同样是一件男女交合的事,但不同的人都有不同的做法。她沈嫣红就遇见过一个很粗野的人。进了门就迫不及待地用蛮力把你剥个精光,然后自己也脱个精光。一点温存都不给你,劈开你的腿就大做起来。就像饿极了的老虎大口吞食一样。同样是人,却有这么大的不同。色念人人都有,但做起来,人就像人样子,畜生做起来就是畜生的样子。唉,教养啊,对一个人来讲真的很重要。

"到现在,崔先生还经常到我这儿来搓麻将,有时一搓就搓到大天亮。崔先生搓起麻将来也很守规矩,从来不赖牌。"巧雅说。

"那啥时候我也去你那儿打上几盘麻将。老一个人在家真厌气。逛马路也是一个人逛,也勿啥味道。"沈嫣红说。

"阿德哥勿来陪你?"

"他住惯新德里24号,说住在我这儿不习惯。他一般礼拜六或者礼拜天来一次,住上一两天。"

"作啥要到我那儿去搓啦。我把崔先生带这来,你再找一个人好了。你这儿这么大房间,我那儿只有一间房,太小了点。"

"那好呀。勿缺人,我姆妈从小就会搓。要是阿德哥来了,也可以一起白相呀。"

"咯再好也没有了。"巧雅说,"明朝我就约崔先生过来。"

"巧雅姐,咯你现在靠啥开销呢?福爷或者崔先生给你钱?"

"嫣红妹,你勿要瞎想。福爷其实是个蛮正经的人,只喜欢听我唱曲子,从来勿跟我困觉。咯个人特别讲究,喜欢干净。你想想他朝我们乐悦楼开条子要姑娘,只是吃花酒,听曲子,白相开心,没有寻哪个姑娘去困过觉。我是看出来了,这个人有洁癖,嫌我们这些人脏。所以你同他打交道尽管放心。勿像有些男人啥样的女人他都敢去舔……"

"好了,好了。勿讲了,太恶心了。"嫣红说。

"福爷路子广,为我在四川北路上寻租了一个门面房。让我开了爿南货店。崔先生帮我进的货。我把乡下的一个十六岁的侄子弄出来帮我立柜台。过年过节或者礼拜天忙时我也帮把手。平时他一个人就足够了。"

"那你是找了两个好男人了。"嫣红说。

"哪有你男人好呀!"巧雅说,"你嫣红比我有福。自从我从乐悦楼出来,崔先生就再也没有沾过我。"

天色暗下来了。嫣红把巧雅送出门。巧雅回过头来说:"那就说好了,明朝我约崔先生来搓麻将。"

三

　　蟋蟀还没有由卵变虫，估计还要再过两个星期，虫才会成熟，到那时，阿德就有事情可做了，有时会忙都忙不过来。但在蟋蟀还没有成熟的日子里，有时他也会觉得很无聊。上次去永福里16号，发觉沈嫣红又有了一个打发时间的办法，就是去书场听书，听苏州评弹，一听就听到下半夜。有一天晚上，嫣红让他陪着去听书，开始听着咿咿呀呀听不出啥名堂，但听着听着倒也听出一些味儿来了，觉得这样打发晚上的时间也蛮好的。那晚，阿德走出弄堂口，要了辆黄包车，决定去永福里16号，陪沈嫣红再去听场书，然后晚上陪着嫣红一起睡，虽然每次与她做阴阳总不那么成功，但多少总还带点刺激。而这种不成功，虽然让嫣红每次都不怎么高兴，眉头皱着，拧成个疙瘩。但嫣红却也从不说什么不顺耳的话。反而说："阿德哥，就这样蛮好咯。我又勿是那种非要满足的女人。"然后就问些与她勿搭界的弄堂里的事,或者说几句有关阿芹的话,挨着他睡着。所以阿德对沈嫣红还是非常满意的。觉得她懂事体,会做人。所以从逆境中走出来的人在做人方面会成熟好多。在人际场上也蛮兜得转。

来到永福里16号,阿德跳下黄包车,摁了一下门铃,阿珍来开的门。门一打开,见到客厅里灯光明亮,一阵哗啦啦的麻将声。永福里16号还从来没有这样热闹过。沈嫣红,袁巧雅,崔延年,沈赵氏四个人在搓麻将,一见阿德走进来,赶忙都站了起来。阿德一看有袁巧雅、崔延年,忙说:"各位继续,各位继续。"

崔延年忙作了个揖说:"没有告知一声就到府上打扰了。"

袁巧雅忙解释说:"是我拉崔先生过来打麻将的。"

沈嫣红说:"是我让巧雅姐请崔先生来一起搓麻将解解厌气的。"

阿德说:"那你们继续搓吧。本来我想陪嫣红一起去听书。"

嫣红忙说:"那好。我再去找个人,陪你们一起搓。我陪阿德哥听书。"

阿德忙说:"不用,不用。好不容易巧雅同崔先生一起来陪你解厌气,你撂下客人陪我去听书多勿礼貌。要不,我也来凑把手。"

巧雅说:"那更好。"

沈赵氏挪开座位说:"我让阿德打。"

沈嫣红说:"姆妈,你打你的。你是老手,打得好。我让阿德打吧。今朝我一开手就晦气的勿得了。崔先生存心想放我一把和,我都和勿了。阿德,你来打哦。我坐在你边上当当参谋。"

"那好。"嫣红让开她的座位让阿德坐上,自己端了把方凳坐在阿德边上。

麻将翻倒,重新整牌,搓得哗啦啦响。巧雅说:"我们四个刚刚开桌,阿德哥就来了。看来阿德哥肯定是个财神爷,要把我们的钞票都搂到他腰包里了。"

沈嫣红说:"喔哟,我们的麻将赌的是一眼眼的小输赢,再输也输勿到哪儿去。我们家阿德会在乎那几个钱。"

巧雅一笑说:"阿德哥,嫣红嫁给你后,不但出落得越来越漂亮,而且也越来越会说话了。看来你阿德哥真会调教人。"

阿德笑着说:"巧雅,你真会给人戴帽子。我阿德只是个白相人,有何德何能调教嫣红啊。倒是嫣红在调教我呢。"关于林福帮巧雅从良,崔延年帮她在四川北路上开了爿南货店的事阿德倒是全知道,于是说:"南货店的生意好哦?"

巧雅说:"全靠福爷和崔先生帮忙拉生意,除了我侄子,我又雇了个店员,生意倒也勿错。不过这种小本生意再好也好勿到哪里去,能糊个口而已。当然比过去的卖笑生意,活得要自在多了。过去是在姆妈手下活命,现在是自己做老板活命,勿一样咯。"

阿德说:"那是。自己做老板,再小也是个老板,总比在人家手下讨饭吃要好。"

搓了两圈。沈嫣红就笑了,说:"阿拉阿德手气比我强多了,换上来就可以停牌。这次又停了。"

阿德翻出一张牌来,停牌了。

崔延年说:"啊呀,我这张出去可能就要放和了。"

他放出张牌来,果然可以让阿德和了。嫣红要和,但阿德说:"勿要,还有几圈牌好摸,争取自摸。"

崔延年一笑说:"果然是老手。结棍。"然后又说:"阿德哥,有桩事体我不知道该不该对你说。"

阿德说:"啥事体,尽管讲。"

巧雅说:"崔先生讲好了呀。一起坐在牌桌上就是牌友了。"

阿德说:"何况我们还当过邻居。讲好了。"

崔延年说:"我同盛兆霖盛大少爷一起有过两次饭局。他在饭局上讲到你阿德哥时,好像你们之间似乎有点什么不愉快。"

阿德说:"不是什么不愉快。可以说是有夺妻之仇。"阿德说着看看沈嫣红。

沈嫣红说:"能不能成夫妻,那是全凭缘分的。不是你想成就成了。我与阿德哥是天结良缘,他盛大少爷再有钞票也没有用呀。"

崔延年说:"勿是这件事。"

阿德说:"那是什么事?"

崔延年说:"他说你阿德哥勿守信用。"

巧雅说:"哪能椿事体?阿德哥是最讲信用的,阿德哥啥辰光不讲信用过!"

阿德不语。

崔延年说:"他说为了永福里16号这栋房子,他要同福爷再斗一次蟋蟀,他把自家的一半财产都押上了。他跑到新德里阿德哥你那时的家。"

"现在那里也是我的家。"阿德说。

"这当然,"崔延年说,"他来请求你,不要帮福爷的忙,起码让你保持中立,勿要参与,你阿德哥阿是答应了。"

"没错。我答应过的。"

"但后来你又参与了,而且帮了福爷的大忙,使他一败涂地。"

阿德说:"他怎么知道我参与了?"

崔延年说:"就是那句老话了。要想人不知,除非己莫为。纸是包不住火的。再说盛大少爷是个什么人?下面的喽啰一大群,又有上海滩上的大亨做靠山,你阿德暗地里那点小动作,他会弄勿清楚?"

阿德说:"他真查清爽了?"

崔延年说:"真查清了。他说,有一天夜里你把两只蟋蟀让北京路上三祥五金店的阿晴带回家,后来又派在花园路上摆蟋蟀摊的阿毛取上,第二天就卖给福爷了,啊是这么个情况?"

阿德心头一惊。说:"我勿能怠慢福爷啊。何况福爷有意要成交我与嫣红的事。"

崔延年说:"在上海滩上,再隐秘的事都会查出来的。所以背后有大亨做靠山的人,人人都得当心点。"

巧雅说:"怕啥,总勿能因为这件事,会捉阿德哥去吃官司。我看我阿德哥做得对,为了嫣红妹妹,就该帮福爷的忙。帮福爷的忙就是在帮自己的忙。他盛兆霖就是查清了,能把阿德哥怎么样?这事已经过去好几年了,阿德哥不是到现在也没有什么事吗?"

阿德说:"我又没有做违法的事,我怕啥?"

沈嫣红说:"我与阿德哥有缘分,他盛兆霖再强也强勿过去。要勿是阿德哥,我姆妈就进不了这栋永福里16号的老房子。是阿德哥找到我姆妈,让我姆妈回到这栋老房子来的。让我与我姆妈团圆。阿德哥找我姆妈,我还一点都勿晓得呢。当阿德哥把我从乐悦楼接过来,我一进门都勿敢相信自己的眼睛,我姆妈已经在这儿了。"说着眼圈儿红了,说:"当时我就跟阿德哥跪下,说我要一辈子做牛做马服侍阿德哥。"

阿德说:"喔哟,已经过了好几年了,你也已是我的女人了,还说它作啥?"

沈赵氏说:"一时一刻都勿能忘记别人的恩情,这是为人之道。就像俗话说的,滴水之恩,当涌泉相报。"

阿德说:"打牌,打牌。"

这次是巧雅和了,大家推倒麻将牌,哗啦啦地洗起牌来。

崔延年搭着牌说:"唉,害人之心不可有,防人之心不可无啊。虽然过去好些年了,但有些人信奉的是君子报仇,十年不晚啊。"

阿德说:"这牌我不想打了,嫣红,还是你来打吧。我回新德里去,你们可以打个通宵。"

沈嫣红知道此时阿德的心情肯定不好。于是很理解地说:"那也好。但明天你过来住吧,我陪你到书场听书去。"

阿德走后,袁巧雅抱怨说:"崔先生你也真是,打牌打得好好的,你提这件事作啥!真扫兴。"

崔延年说:"既然坐到一张牌桌上来了,我要不提醒阿德哥和嫣红一下,恐怕我崔延年就不够朋友了。"

嫣红说:"崔先生提醒得对,心里有个防范总比没有防范的好。人家要报仇报上来了,我们还真不知道是件什么事呢。"

沈赵氏很沉稳地说:"报上来也勿怕。我和嫣红同阿德一道顶,只要这栋房子还在,顶上一阵子总还是有办法的。有吃有住怕啥,俗话说得好,留得青山在,不怕没柴烧,大不了我再去拾垃圾,嫣红再去她的乐悦楼。碰!"

初夏的夜晚,那湿润的风也是柔柔的。阿德坐在黄包车上,心里虽然不太愉快,但也不怎么犯愁。他盛兆霖能把他怎么样? 只要他贾怡德不犯法,只要白相白相蟋蟀,他盛兆霖把他毛都拔勿脱一根去。他立即想回新德里24号的另一个原因是因为想到了阿芹。今天是礼拜六,阿芹应该从学校回家的。那家新晨电影公司盛兆霖盘下了,要阿芹去电影公司拍电影,不是刚好进了盛兆霖的虎口吗? 他得立即让阿芹退出,本来他就勿想让阿芹去拍电影。在阿德心里,万老先生的话似乎也有道理。戏子与妓女实在没有多大差别,一个是卖笑,一个是卖身。但卖笑有时候也会跟着卖身。阿德想,你盛大少爷真要君子报仇十年不晚,要想出出他那口怨气,你冲着我阿德来,决不允许让家里人跟着他阿德受气受罪。尤其是他阿德一手抚养大的阿芹。在黄包车上阿德一路想一路下了决心。决不能让阿芹去电影公司拍电影了。

一回到新德里24号,葆娣为他开的门,他就问:"阿芹回来了哦?"

葆娣说:"从学校回来了。不过可能已经睡下了。"

阿德匆匆上楼,朝阿芹的房间敲了几下门。问:"阿芹,侬困觉了哦?"

阿芹说:"刚困下来。阿爸有啥事体?"

阿德说:"你到我的书房来一下。"然后朝楼下喊:"葆娣嫂子,给我沏上杯茶好哦?"

葆娣在楼下说:"晓得了。"

阿芹走进阿德的书房,笑眯眯地说:"阿爸,有啥急事啦? 明朝勿能说吗?"

阿德说:"当然有急事,要匆匆叫你起来了。"

阿芹坐下说:"阿爸,哪能啦?"

阿德说:"万家伦找过你了哦?"

阿芹说:"找过了呀。勿是你同意他来找我的吗?"

阿德说:"拍电影的事情你答应他了?"

阿芹说:"当然答应了,这么好的事情作啥勿答应啦。"

阿德说:"勿去了,这电影勿拍了。"

阿芹吃惊地张大嘴说:"为啥?"

阿德说:"就是到别的电影公司去拍电影,也勿能到新晨电影公司去拍电影。"

阿芹说:"我听勿懂。"

阿德说:"因为电影公司的老板是盛兆霖。"

阿芹说:"我还是没有听懂。"

阿德说:"因为盛兆霖同阿爸有仇!"

阿芹说:"阿爸,他怎么会同阿爸你有仇啦。这些年来我没有听说过,你也没有讲起过呀。"

葆娣把茶端了上来了。阿芹说:"葆娣阿姨,给我冲杯咖啡好哦。"阿爸突然勿让她去拍电影了,这是她没有想到的事。这两天,她真为又能去拍电影而感到高兴呢。甚至高兴得夜里都没睡好。她把这事同同学一讲,那些同学羡慕得眼睛都发绿了。现在阿爸突然不让她去了。这怎么行?况且阿爸的话,她从来也没有不听过。可是这一次,她大概勿得答应了。她不能放弃这次机会。开玩笑,是拍电影上银幕的事啊!多少人做梦都想勿到的事啊。名利双收的事,谁不眼红,况且她成人了,从学校毕业了,她勿能老让阿爸抚养一辈子。这位贾怡德养父对她这个养女当然没有什么说的。比亲生父亲还好。但哪怕是尊重父亲,自己该独立的时候就得独立,自己能养活自己的时候,就得自己养活自己。何况,她与贾怡德毕竟是养女与养父的关系。她有机会独立,作啥勿独立啦?今后我记住他的抚养之恩就行了。该回报的时候,我一定会回报他的。阿芹一面喝着咖啡一面这么想。

阿德吃了一口茶,放下茶碟,把几年前盛兆霖与林福斗蟋蟀赌,他是怎么帮林福赢的事详详细细地说了一遍。然后说:"这桩事体我以为做得蛮秘密,结果还是被他查出来了,估计也是这两年查出来的。"

阿芹说:"阿爸,这件事你粘连了好几个人呢,又像盛大少爷下面喽啰一大帮,会查勿出来啊?但我想这事阿晴肯定勿会泄露出去的。"

阿德说:"所以我的意思是这个电影你就勿要去拍了。"

阿芹说:"阿爸,这么些年过去了,你哪能晓得盛兆霖要报复你?"

阿德说:"过去住在隔壁23号的崔延年告诉我的。"

阿芹说:"你已经感觉到盛兆霖开始在报复你了?"

阿德想了想说:"那倒还没有。"

阿芹说:"既然还没有报复你,那我去拍他们电影公司的电影也应该暂时不会有危险。"

阿德说:"害人之心不可有,防人之心不可无啊。"

阿芹说:"那防着就是了。但电影我还是要去拍的。我已经答应万家伦导演了,而且他又这么看重我,再说,电影脚本我也看了,沈冰勿愧是大手笔,那个故事和那个人物,我都很喜欢。所以阿爸,请你原谅,勿管你反对勿反对,我都要去。"

阿德沉默了一会儿,喝了口茶说:"我看你还是勿要去,听阿爸一句话。"

阿芹也呷了几口咖啡说:"我勿想骗阿爸,我要去的。"

阿德突然生气了。把茶杯往茶几上一磕,说:"不许去!我是为你好。"

阿芹说:"阿爸我已经十七岁了,女子中学也毕业了,我已经是个成年人了。我的事体是勿是应该由我自己来做主了?"

阿德挥挥手说:"阿芹,话是这么说,但你毕竟是我女儿。我还是那句话,最好勿要去。"

阿芹不再说什么,端起咖啡盘子出了书房,然后回头说:"阿爸,让我考虑考虑哦。"

阿德长叹了口气,知道世上的事都不是那么简单的,各人有各人的想法,哪怕是自己的女儿也不是你阿德一句话就可以敲定了的。

阿德闷闷不乐地躺下了。耳边却响起了哗哗啦啦的麻将声。那好像是对面那家人家在搓麻将。上海滩就是这样,不少人家都是搓麻将来打发晚上的辰光的。沈嫣红,袁巧雅,崔延年,沈赵氏可能还在兴高采烈地搓着呢。他们可能都不会知道他阿德此时的烦恼哦。唉!世上有许多烦恼都是自己找来的。人啊人,真是讲勿清爽啊!

四

清早,阿德下楼吃早点。问葆娣:"小姐吃过啦?"

葆娣说:"没有吃,天勿亮就走了。这是她给你留的条子。老爷,出啥事体啦,小姐走的时候还带了一只小皮箱。"

阿德接过条子看:"阿爸。我是你女儿,我是你辛辛苦苦抚养大的,这点我贾玉芹一辈子都不会忘了。但电影,我还是要去拍的。这样好的机会,我决不能放弃,请阿爸原谅,我先住到电影公司去,过几天我再回来看你。阿芹。"

阿德感到心隐隐有些作痛,想,勿是亲生的就是勿是亲生的。再说,女儿大了。有句俗话说,嫁出去的女儿泼出去的水。女儿长大了,也同泼出去的水没有什么两样。她这么坚定地要去拍电影,就是亲生女儿,你这个当阿爸的也没有办法呀,何况又勿是亲生的呢。于是对葆娣解释说:"小姐要去电影公司拍电影。所以住到电影公司去了。过几天会回来看我们的。"

葆娣说："噢,是拍电影啊！好呀,好呀。小辰光小姐拍的电影,前些日脚有的电影院还在放呢。电影院的门口挂着小姐这么大的照片,比我人还要大呢。"

这时天井的砖缝里突然传出来一只蟋蟀的叫声。这叫声让阿德浑身振奋了起来。猛地感到似乎生活又走上了正轨,他阿德又有了用武之地,又进入了既繁忙又得意又充实又有滋有味的生活中了。而恰恰在这个时候,有人在按门铃了。

葆娣忙去开门,门口站着张家巷稻香园的癞头阿倪。而癞头阿倪的出现,让阿德也感到了熟悉而一直期待的生活正式接上轨了。

癞头阿倪说："山东送来几只好虫,阿要去看看？"

阿德一挥手说："走！"

人是为事业活着的,不管是什么样的事业。白相蟋蟀当然也是一项事业,因为它同样可以养活人,甚至可以发财。上千年来,靠白相蟋蟀为业养活自己并发财的人从来就没有断过。

在市区住的时间长了,到市郊乡下来看看也是件很惬意的事。乡下的空气要比在市区清新得多了。稻田,毛豆地,小河滨,小河岸边绿绿的青草,让人感到心情很舒畅。梅雨季节过了,天气变得很热。炎烈当空,但乡下要比在市区凉快多了。阿德在癞头阿倪的稻香园里,看到阿倪的院子门口挂着块从树上剖下来的厚树皮上歪歪斜斜地写着"稻香园"三个字的牌子,阿德就对这块勿二勿三的牌子感到好笑,但又觉得别有一番情趣。因为牌子与院子,房子很相配,都是勿二勿三的。如果都是正正规规的,那就没有这种乡趣了。

在这个时候,癞头阿倪倒也很忙,有些农民除了种地外,也外带着捉蟋蟀卖钱,有时候捉蟋蟀卖的钱比种田的收成还要好呢。那些捉蟋蟀的农民大多数不大知道蟋蟀的好坏,只要活的能开牙能叫的就行。而阿倪也就只要活的能开牙能叫的虫子。如果农民要是真懂得蟋蟀的好坏,跟你砍起价了,那就有的麻烦了。阿倪反而勿想收。就对农民说："你要卖给懂蟋蟀的人去。我这里只收只数,多少只竹管多少只虫,只要活的。我就这样收。你这里一共五十二只虫,七角洋钿,要就留下,勿肯卖就走人。"在当时七角洋钿可以买勿少东西呢,买盐,买酱油,买醋,一个五口之家,可以开销上好几个月呢。

"再添五分哦?"农民说,"七角五分。"

"好,好,好。"阿伲说,"让你占点便宜。你们这些农民啊,眼睛就是小,五分洋钿也要争争的。"但那时的农民,一分洋钿也要争的。因为一分钱可以买块豆腐干。从菜地里拔上几根小葱,炒一炒就可以过上一顿老酒呢。

癞头阿伲收下一堆竹管筒,闲下来时,就一只只挑。有时,山东那边也会送些虫子过来,他挑选后,价钿自然要高点。他认为好一点的留一边,让阿德再来挑,他挑下来的认为不好的就送到花园路卖给摆蟋蟀摊的阿毛这些人一分钱一只两分钱一只地卖给小把戏们白相。他认为好的,但又让阿德挑剩下来的,就卖给那些喜欢白相蟋蟀的公子少爷们,或者那些游手好闲的白相人。那时就不是一分两分一只,而是几角甚至几块银圆一只了。因为那也是要斗输赢的,甚至上千元输赢都会来。而阿德买去的,当然会赌更大的输赢。每只付的钱会更多,有时一只会开出几十元甚于几百银圆的价。但一般都在十块银圆左右。

阿德坐在茅草房的门口,凉风习习,很爽快。阿伲还为阿德冲上一杯茶,阿德很少喝,嫌脏。但实在渴了,也会抿上一口。勿管喝勿喝,茶一定是要预备的,因为这是会客的规矩,人勿应该勿懂礼貌。

阿德先看山东送来的虫子,看完后,叹了口气,说:"只有一只稍微好一点。但其他的只是卖相好,却不经斗。这只我要了,其他的你去处理吧。"

"你再看看本地的。"阿伲说,"有几只我看勿错。"

阿德就挑本地的虫。倒挑出十几只来,说:"没啥特别好的。但这十几只我要了,送送人斗斗白相白相。"其实并勿是阿德嘴上说的,而是他要把他空着的那些蟋蟀盆装上十几只,放在二楼的屋里,他要听的是晚上的一片蟋蟀叫声。这叫声对阿德来说是天下最最动听的音乐。有的当然也要送送人。虽然不是上好的,但也蛮经斗,也能斗出些许趣味的。

中　篇

　　挑了一天蟋蟀，中午饭也忘了吃了。当挑完蟋蟀天都黑下来了。他没有让黄包车留下来等他，因为要等说不定等一天。黄包车的钱他也掏得起，但能省就尽量省点。钱总还是钱，随便白白浪费总也不对。何况让人一直这么等，多厌气啊，你还得管上一顿饭。自己不吃可以，但让黄包车夫也饿肚皮，道理上讲勿过去。

　　阿伲陪阿德到镇上，找了辆黄包车，回到新德里24号天都黑透了。葆娣为他重新热了菜与饭，他扒拉两口就提着竹管筒上了楼。他把虫一只只放进蟋蟀盆里，然后又一只只看过来。虽然给了阿伲二十块大洋总体他还是感到满意的。里面有几只随便白相相是有把握赢回一些钞票的。

　　晚上，他睡到床上，二楼那间屋子里传来了一片蟋蟀的叫声，他听得欢心极了。刚想睡着时突然想起今晚他答应陪沈嫣红去听书的。"啊呀，出呐娘，忘记脱了！"他很愧疚地骂了自己一句。

　　那晚，沈嫣红真是等他去听书的。所以崔延年与巧雅聚来要搓麻将，嫣红说："今晚勿搓了。我与阿德哥要听书去。"

　　但等等勿来，等等勿来。知道可能来不了了，巧雅要回家，崔先生就对沈嫣红说："那我陪你去听书去吧。"

　　出了弄堂口，崔延年要了一辆三轮车。崔延年与沈嫣红上了三轮车，崔延年扶沈嫣红先上车，说："女士优先。"沈嫣红这才想起崔延年是国外留过学的。他们到美琪书场去听书。三轮车拐进一条黑漆漆的小路时，崔延年的手搭在了沈嫣红的手上。沈嫣红轻轻地把崔延年的手拉开说："崔先生，我现在是贾怡德的女人，勿是乐悦楼的姑娘了。"崔先生知趣地一笑说："对勿起。我粗野了。"

　　沈嫣红就想起巧雅讲过的。他脱衣服时要巧雅背过脸去，关了灯才上床的事，以及做那事时有多么的温柔，于是捂着嘴一笑，说："没关系。以后不要这样就行了。"

　　那夜。崔延年陪她听书听到深更半夜，听书时他坐在她边上一直挺着腰，坐得笔挺笔挺，不大声说话，但该笑的时候笑，该流泪的时眼睛也会泪汪汪。听完书，上三轮车时，又让她先上车。一直把她送到永福里16号。同样穿过那黑漆漆的小路时,他再也没有"粗野"过。送她进永福里16号时,还道了一声:"晚安。"

听了一夜的蟋蟀叫,这是阿德感到最动听的声音,第二天醒来,他立刻想到应该到永福里16号去,向沈嫣红表示一下昨晚失约的歉意。虽然是自己的女人,但失约总是件勿大对得起人的事。

阿德匆匆吃好早点准备出门。阿德刚把门开开,一辆福特小轿车开在了门口,从车上跳下西装革履,风度翩翩的阿晴。阿晴一见阿德,就说:"阿德娘舅,你有空哦?阿爸想请你到阿拉屋里去一下,本来阿爸要亲自来咯,但今朝身子突然感到不舒服。就烦阿德娘舅走一趟,让我开车来接。"

阿德说:"有啥急事?"

阿晴脸露愁云,说:"娘舅去了就知道了。"

阿德坐上车,车朝东湖路的方向开去。林三祥的洋房在东湖路上。

阿晴说:"娘舅,我听阿芹说,娘舅勿想让她去拍电影,可她又很想去拍电影,结果还是没有听娘舅的话,自说自话走了,住到电影公司去了。她说从此她心里就打了个结,怎么也舒畅勿起来了。"

阿德说:"我没有一定要她勿要去。只是劝她勿要去。但她要去就去吧。人长大了,该怎么走自己的路是她自己的事。"

阿晴说:"娘舅为啥劝她勿要去?"

阿德说:"我自己也讲勿清爽。但心里总觉得最好勿要去,怕她会出啥事体。其实现在想想有些事情是好是坏讲勿清爽的。她去了就去吧。心里也用不着打结。做大人的,有时对子女白操心。古语道,儿孙自有儿孙福,管那么多作啥!"

阿晴说:"娘舅担心她的是什么?"

阿德说:"因为现在电影公司的老板是盛兆霖。我担心的就是这个。"

阿晴说:"娘舅,几年前的一个下雨天的晚上我和阿爸到你家,你让我带走两只蟋蟀的事你还记得哦?"

阿德说:"我就为这件事才担心的。"

阿晴说:"娘舅,我们家破产了,你晓得哦?"

阿德大吃一惊:"破产？你阿爸生意勿是做得很发达吗？哪能会破产呢?"

阿晴说:"飞来横祸吧。可能跟盛兆霖有关,也可能跟我带了你的两只蟋蟀然后又交给了别人有关。有人告诉我们,那两只蟋蟀转到邵林福福爷的手里,差点让盛兆霖破产。"

阿德心中一愣,不再说话了。

车开进东湖路,开进一栋花园洋房的院子里。只见林三祥坐在花园洋房门口的草坪上的一把藤椅上。车开进院子,大门关上,阿德跳下车,直奔林三祥说:"三祥,哪能桩事体?"

三祥说:"坐下来说吧。翠兰,倒茶!"

阿晴也拿了把藤椅,让阿德坐下。

三祥痛心地说:"阿德哥,只有三个月的工夫啊。十年的辛苦一记头就泡汤了。"

翠兰是个皮肤黑黑的十五岁的乡下姑娘,托着茶盘,一只手拿着杯子递给阿德。

"双手端给客人。"三祥训斥说,翠兰赶忙把杯子放回托盘,双手托着托盘举给阿德,阿德端上杯子放到圆桌上。

三祥说:"乡下带过来的姑娘,勿懂规矩,缺少教养。在我们宁波乡下,三岁就开始要做规矩,勿做规矩人长大了再做规矩就晚了。"

阿德说:"这件事我在车上听阿晴说了,同几年前我让你们带回两只蟋蟀的事有关。"

三祥说:"这也是我们瞎猜猜的。当不了真的。事情是这样的,有几家厂家也不晓得是啥原因,同时来要货,而且各种规格的轴承都要,量还特别的大,时间又要得紧。我们在短时间里一时进不了货,于是就想到盛大五金公司去转些货来,他们也卖轴承的。他们倒也答应得痛快,说是他们库存很富裕,要多少都可以满足。果然,根据客户的单子,都给我们配齐了,送了过来。客户也很满意地提走了。但没想到,几天后,那几家厂家都吵上门来了,说是我们供的货质量上有问题,说是我们供的轴珠就是里面的钢弹一压就碎了。给厂家带来了不可挽回的损失。我们去找盛大五金公司,他们说货是你们来要的,送了货你们为什么不验货?这是你们的事,与我们无关。请律师打了两个月的官司,结果判下来,我们输了,把公司的资产,还有这栋楼统统赔了进去。我和阿晴才感到,这是盛大公司给我们设的套,是存心要把我们弄垮的。我们一直弄不懂,他们为啥要弄垮我们,是不是我们的生意越做越大,他们眼红了,还是有别的原因。"

阿德听了,只是一小口一小口地品茶。心里也在琢磨。生意上的挤轧这在生意场上也是常有的事。但在北京路上,两家各做各的生意已经共存相安无事了快十年了,为了抢生意要挤轧,在三祥他们刚开店时就可以下手了,何必要拖到现在呢?但如果是他阿德让阿晴带回两只蟋蟀的事,也过去好几年了,要动手早该动手了,为什么偏偏现在动手呢?真是君子报仇,十年不晚?阿德心里也打鼓,找不到合适的理由来。这事恐怕只有盛兆霖心里最清楚。

三祥说:"我们现在只留下原先开店时的两开间门面了。这生意还得做,做了十年,行当上也熟了,门路也开辟了,不做就太可惜了。现在关键是一点流动资金也没有。想到银行或钱庄借贷点,但人家一看我们这样的状况,连话也不说,只是摇头。"

阿德喝了口茶,放下杯子,也不说话。心里知道,又是钱的事。现在阿德也不像过去了,除了新德里24号的开销,还有永福里16号的开销呢。

三祥继续说:"这栋房子明天就来收了,包括里里外外一切东西。我们又要重新回到北京路店里面的后面那间做库房的小屋里去住了。又回到了十年前了,比十年前还不如,十年前我还有八百大洋呢。现在口袋里也只有几角洋钿。"

阿德说:"阿天,阿朗他们怎么样?"

三祥说:"阿天倒有志气,成了什么职业革命家,倒是再也没问家里要一文钱。听阿晴说,已经同那个叫乔鸣凤的女人同居了。阿朗还在上高中。但今后,恐怕连学费也付不出了。"

阿德也没有表什么态,只是很淡定地说:"吃一堑长一智,生意场上也是这样。既然原来的门面保留下来了,再重新慢慢来,如果没有别的事,我就告辞了。"

三祥请阿德来,自然是想让阿德再帮一下忙的。但他又不便直接开口。看到阿德听了他的情况后,也没有什么表态,只说"慢慢来吧"。虽然感到失望,但心中仍抱有一丝希望。想到开始时他也缺一笔八百大洋的资金。结果阿德亲自送上门来,请阿德来,目的是想让阿德拉一把,这是他最希望的。但阿德一时不表态,让他知道一下也是应该的。因为他们现在的遭遇,与他阿德说勿定真的有点儿瓜葛。如果阿德又肯出手帮一把,那当然是再好不过了。这是林三祥也是阿晴的想法。

阿德坐上黄包车去永福里16号,虽然表面上装得很淡定,但心中却也堵上了一块石头。从三祥的叙述中可以听出,这是盛兆霖有意设的套。这事虽然发生在几年前,盛兆霖没有立即就实施报复,这就是盛兆霖阴险的地方,让一切如旧,过上几年,让你觉得事情似乎过去了,趁你毫无防备之际,不知不觉中让你钻套里。虽然报复的不是他贾怡德,但林三祥是他的亲戚,况且暗地里又帮了你贾怡德的忙。他收拾了林三祥,也是让你贾怡德看的,知道他盛兆霖的厉害。如果按这种情况来推断。那他阿德实际上是害了林三祥。林三祥的倾家荡产,你阿德是有责任的。不管这事是不是如此,但从崔延年的口中,再加上林三祥的讲述,盛兆霖的报复肯定跟他阿德有关,但又叫你阿德讲不出,苦在心中。

一路上,阿德心中憋了一口吐不出的气。这时他突然想到了阿芹,阿芹是他女儿,盛兆霖会不会也趁机报复一下阿芹,再给他贾怡德一点颜色看看?于是他对车夫说:"永福里16号勿去了,请你拉我到新霞路新晨电影公司。"

"好唻。"车夫转头,又要跑一段原来已经走过的马路。

五

阿德在电影公司门口下车,朝里走,门房似乎认得阿德,忙说:"请问先生阿是要找万家伦万导演?"

阿德说:"我找贾玉芹。"

门房说:"她是你……"

阿德说:"她是我女儿。"

门房说:"啊哟,你是贾玉芹小姐的阿爸啊。她正在摄影棚拍片呢。是勿是等拍片休息时再去找她?"

阿德说:"我有急事,现在就要找她。"

门房说:"那我先让人通报一下。正在拍片,陌生人闯进去,胶片作废损失就大了。"

刚好摄影棚出来一个穿着工装裤的人。门房说:"阿五头,叫一下贾玉芹,她阿爸找她。"

阿五头进去一会,出来的不是贾玉芹,而是盛兆霖盛大少爷。

中 篇

　　盛大少爷一见阿德,便笑容可掬地说:"喔哟,是阿德哥啊,你怎么来啦?"

　　阿德说:"我来找我女儿。"

　　盛兆霖说:"找阿芹?"

　　阿德说:"对。"

　　盛兆霖说:"正在拍片,暂时出勿来。你要晓得,演员进入角色,一打断就会影响演员的情绪,有时候会怎么也恢复不过来。所以我们拍片时,有天大的事也只能等演员把这场戏拍完了再讲。"

　　阿德本来是想让阿芹停止拍戏,意在对盛兆霖的抗议。但没想到首先见的竟是盛兆霖。这真是真正的"冤家路窄"啊。阿德说:"我的事比拍片还重要。所以你一定要叫她出来,不然我自己进去叫。"

　　盛兆霖一看阿德的火气这么大,马上意识到可能是什么事。但在交际场上已是老手的盛兆霖自有他的办法,于是胸有成竹地说:"阿德哥,怎么啦,火气这么大。"

　　阿德说:"这事你自己应该知道。"

　　"勿晓得呀。"盛兆霖一摊手说,"这么说,你那么大的火气是冲着我盛兆霖来的喽?"

　　阿德说:"就是冲着你盛兆霖来的!"但这话一出口,阿德后悔了。说出这样的话来,实在是你阿德在江湖上混得太嫩了点。于是改口说:"当然,还勿一定是。因为事情我还没有弄清爽,等弄清爽了再讲。"

　　盛兆霖笑笑,阿德这些话显得很笨拙啊。大概是一时气急了吧?

　　盛兆霖说:"那你何必一定在这个时候叫阿芹出来呢?拍片场上有拍片场上的规矩。"

　　阿德说:"我是勿想让阿芹再拍电影了。所以想让她回去。"

　　盛兆霖说:"阿德哥,我勿晓得你心里想的是什么。但你要知道,阿芹也已是个成年人了,走什么样的路,就是你是她的老子,也不一定左右得了她。"

　　阿德用斩钉截铁的语气说:"这次我就想左右左右她。"

摄影棚的门开了,贾玉芹,万家伦还有几个拍片的演员卸了妆都走了出来。因为贾玉芹一听说是她阿爸来找她,非要找她有事。就对万家伦说:"万导演,让我先见见我阿爸哦,勿然这个戏我也拍不下去。"万家伦也很无奈,于是说:"好吧。见见面再说。"

阿德一见卸了装的贾玉芹,不知怎么火气又一下蹿了上来,一不做二不休,走上去,一把抓住贾玉芹就说:"跟我回家!"

阿芹挣脱阿德的手说:"阿爸,做啥啦?"

阿德说:"跟我回家。"

阿芹说:"阿爸。你硬要我跟你回去,不让我拍电影,我就跟你回去。因为我是你女儿,是你辛辛苦苦地把我养大的。这种恩情我是一生一世都不会忘记的。但女儿总是女儿,你和我是两个人,不是一个人。既然是两个人,那每个人都会有自己的生活。你代替不了我的生活,我也代替不了你的生活。话总要说清楚的。但这么好的一个戏,你让我拍完吧,好哦?我求你了。"

阿德还是那句话:"跟我回去!"

阿芹说:"我跟你回去,可以咯!但这个片子我是一定要拍完的,哪怕你杀了我,我也要拍完。如果我现在就跟你走,一是我对勿起这个戏,二是对勿起一起拍戏的这些人,也同样对勿起我自己!"

阿德一咬牙,一个耳光甩了上去。

阿芹捂着脸,看着阿德,泪流了下来。阿德心痛了。他怎么可以打她呢。他可从来没有打过女儿啊。

"对勿起,阿芹。"阿德轻声地说。

阿芹含着泪说:"阿爸,那就回吧。我跟你回去。因为你从来没有打过我。你打我了,说明你真的勿想让我拍电影,我听你的,因为你是我阿爸。"

盛兆霖在一边也火了,说:"阿德哥,做人可勿能这样做的噢!有什么事说什么事,怎么可以动手打人呢。你要知道现在是民国了,公民有人身自由,骂人是侮辱人格,打人是侵犯人权。不管这个人是你什么人!"

万家伦说:"阿德哥,你受阿拉阿爸的影响太深了。阿芹几年前拍过电影,勿是也没有啥嘛。他们张老师还在学校里到处宣传,得意得勿得了。说贾玉芹是我教过的学生。你那时不是也没有啥吗?现在怎么又反对了呢?是勿是我阿爸又讲了什么啦?"

阿德说:"这事跟万老先生没关系。只是我勿想让阿芹拍电影。"

盛兆霖在边上点上一支雪茄,飘出一股烟草的香气说:"我明白了,这事可能是冲着我来的是哦?"然后回头对万家伦说:"你们继续拍戏。有话我同阿德哥说。"

阿德想自己今天做事怎么总是这么嫩,这么沉不住气呢。

阿芹说:"阿爸,那我们回家吧。"

阿德这时反而改变想法了,挥挥手说:"拍你的电影去。有话我同盛大少爷谈。"

盛兆霖说:"阿德哥,这就对了,勿能因为我俩的事,影响到贾玉芹呀。她同我们之间的事情恐怕没有关系吧?"

出了电影公司向右拐,走上几十步路就是一家装潢相当考究的咖啡厅。盛兆霖与阿德在一间幽静的包厢里坐了下来。

阿德索性开门见山地说:"我想问问北京路上三祥轴承店向你们借货的事到底是怎么回事?"

盛兆霖说:"我果然没有猜错。你阿德哥是为这件事来的。三祥轴承店破产了是哦?"

阿德说:"你比我清爽。"

"没有破产,还存下两间门面,可以继续做他的轴承生意。这种事在生意场上也太正常了。做生意有赢也有亏呀。"

阿德说:"他们向你们借货时,你们是勿是在这中间做了手脚?"

"阿德哥,话可不能这么说,这中间到底是怎么回事,我也勿晓得。况且盛大公司的董事长是我老爷子。所有的事情都有我的老头子拍板,我只不过是有时做做他的帮手。"

阿德说:"盛大少爷,话既然说开了,那我就想把要讲的话全讲开。"

"好呀,好呀。"他说,"我这个人就是这样,做出的事要清爽痛快。

对哦?"

"那好。"阿德说,"是勿是因为那次斗蟋蟀,我让三祥公司老板的儿子阿晴帮忙转手两只蟋蟀给邵林福,你输了好大一笔钱,想对三祥公司报复?"

"总算说出来了。看来你阿德是个直肠子,勿是那种奸诈的小人,但你阿德哥这次做得很勿义,我盛兆霖也就不仁了。我当然想报复,你阿德哥不但得到了永福里16号那栋房子,也把沈嫣红弄到了手。你是晓得沈嫣红是我盛兆霖最心仪的女人。勿能得到她,是我一辈子的遗憾。但我盛兆霖决勿会因为这件事而去报复什么三祥公司。那是生意场上的事,与我们斗蟋蟀争房子争女人无关。我真要报复,也仍然从斗蟋蟀上来报复,从哪件事上跌倒的,还要从这件事上翻过身来!"

阿德说:"那三祥公司到底怎么桩事?"

盛兆霖一笑,喝了一口咖啡,慢悠悠地把咖啡杯放下说:"同行是冤家,这是生意场上的事。"

阿德说:"那你为什么还要给三祥公司留下两开间的门面。"

盛兆霖说:"勿是我留的,是我老爷子留的。但这中间的道理我可以告诉你。这是生意场上的规矩啊。斗人勿要斗死,有个竞争对手要比没有竞争对手要好。"

阿德说:"勿懂。"

盛兆霖说:"你看看美国,啥人当总统,各政党要通过竞选,由该国的老百姓用选票来决定。这样,两派势力就会越斗越强,越斗越完善。做生意也是这样,光只有一家在做,反正只有他一家,想哪能做就哪能做,生意就会越做越糟糕,越做越腐败。如果有那么个竞争对手存在,你就勿敢马马虎虎,他好你越要好,他强,你要更强,当然,当他要超过你,甚至可能会吃掉你时,你只好先把他吃掉,然后再同他慢慢竞争。这是生意场上的门道。阿德哥,你勿做生意,是勿晓得这中间的门道的。所以三祥公司的倒闭,同我与你斗蟋蟀的事一点关系也没有。但既然今天我同你阿德哥把话说开了,那我盛兆霖也坦言,你的夺妻之仇,我一定要报。我要直接同你阿德哥再斗一次蟋蟀。赌一次大输赢,福爷勿可以插杠子,你阿德哥敢哦?"

中 篇

"赌什么?"

"还是永福里16号那栋房子。"

"包括沈嫣红?"

"当然!要不我要你这房子作啥?"

这家伙真是很衷情。

阿德说:"这我勿赌,杀了我的头我都勿赌。"

"为啥?"

"那栋房子的房产勿属于我阿德。沈嫣红现在是我女人!"

"房子属于谁?"

"沈嫣红的姆妈,沈赵氏。"

"怎么冒出个沈赵氏?她买下了?"

"原先就是她的,我还给她的。"

"阿德哥,讲讲清爽。"

阿德把这事讲了一下。

盛兆霖似乎恍然大悟,说:"喔,怪勿得沈嫣红说啥人送她这栋房子她就嫁给啥人。那你阿德哥跟我赌啥?"

阿德说:"你讲赌什么?"

盛兆霖很坦诚地说:"你阿德哥让我吃进去的这口气,我盛兆霖勿吐出来,我死不瞑目,永福里16号你真勿肯赌?"

阿德说:"我讲过,勿属于我的我怎么赌?"

盛兆霖说:"那就赌你现在住的房子。"

阿德说:"新德里24号?"

"对!包括你的全部动产不动产。"

阿德说:"你要我倾家荡产?"

盛兆霖说:"当然!因为那次我不但没有赌赢永福里16号与沈嫣红,而且也差点倾家荡产。我这次再同你赌一次,我也要看到你倾家荡产!"

阿德说:"那不一定吧。"

盛兆霖说:"那就来呀!我叫板了,你敢回应哦?"

| 157 |

阿德盘算起来,他想三祥的事,他说不是他做的。但他的话能信吗?他把这事查得清清爽爽的做什么?还不是为了报那一箭之仇。搞的是三祥的店,因为阿晴无形中参与了。其实是冲着他贾怡德来的。这事他盛兆霖不管承认不承认,事实上是因为他贾怡德而牵连到了林三祥。林三祥破产了,他有责任帮林三祥一把。阿德想,他阿德不能做只缩头乌龟。搏一把,就搏一把。要是赌赢了,那就是好大一笔款子呢。他就又能帮上三祥一把了,他要报这一箭之仇,他是通过整三祥报上了。既然他又要挑战,那就挺胸搏一下,况且已经讲好永福里16号与沈嫣红不包括在里面。他也就问心无愧了。但要赌输了呢?那就是他阿德倾家荡产。但好在永福里16号与沈嫣红还在,他与沈嫣红的那个家还是完整的。搏一下就搏一下吧。这个赌注完全可以下。

阿德说:"行!同你盛兆霖搏一次。"

盛兆霖说:"你那新德里24号这栋房子还有你的全部动产不动产。"

阿德说:"但不包括永福里16号与沈嫣红。"

盛兆霖说:"你已经说过了。我佩服你阿德哥的这种仗义与柔情。那就一言为定。日子我们再定。"

六

赶到永福里16号,天色已经暗了下来。阿珍开门,阿德进屋,沈赵氏就说:"嫣红有巧雅与崔先生陪着去逛南京路了。恐怕很快就回来的,说好是回来吃夜饭的。"

果然不一会儿,沈嫣红就大包小包地回来了。阿德说:"巧雅和崔先生呢?"

"我说阿德昨天没有陪我去听书,今天一定会来的。麻将明天再打吧。崔先生就送巧雅回去了。"沈嫣红打开一个纸包,抖出几块布料说:"德哥,你看好看哦?这几块料子是崔先生非要买下送给我的。"

阿德说:"好看。但以后不要收他东西。"

沈嫣红一笑,说:"你要送女人东西,女人拒绝了,你会有啥想法?勿礼貌咯。"

阿德一耸肩,不说话了。烟花巷里混过的女人,你能说什么。好在这几年来,还没有出现什么不轨的事。就这样吧,说:"吃饭,吃好饭我陪你听书去。"

  外面是个十分喧嚣的世界,灯红酒绿。但一进入书场,却是个清静的场所。来听书的人都穿着讲究,举止文雅,偶尔说句话时也都轻轻地在耳边一咕上一声就赶忙缩身,甚怕影响了身边的人。有时还要带着微笑朝两边的人点头表示歉意。听了两回书,阿德发觉林福讲得对,讲究文化的人与没有文化的人味道是勿一样的。有文化的人会活得讲究文静礼貌得多。那天听的是一段单本评弹,叫《卖油郎独占花魁》。说的是有家妓女院有一个妓女叫花魁,长得十分的标致,琴棋书画样样精通,在那方地上火得很,那些公子哥儿大贾商家趋之若鹜。有一卖油郎见了一眼花魁后,再也难以忘怀,梦想着与花魁女见上一面过上一夜。到妓院一问价,要想同花魁女见面过上一夜需二十两银子,但卖油郎矢志不渝,为了能跟花魁女过上一夜,勤奋劳作,勤俭节约,终于凑够了这二十两银子。他把银子交给了老鸨,说是花魁女被公子哥儿们请去喝酒了,你就在她房子等吧。卖油郎只好在花魁女那精致的闺房里等。到半夜里终于等来了花魁女,但已喝得烂醉。躺在床上,醉生梦死,就是不醒。不一会儿又是吐,又是要喝水,又是揩嘴,卖油郎在一边服侍了一夜,等到服侍舒服花魁女,花魁女躺在床上安稳地呼呼大睡时,天已大亮了。卖油郎也并不懊丧,他觉得服侍了醉酒的花魁女一夜,也满足了。于是离开了妓女院。二十两银子当了花魁女一夜的男童。花魁女知道此事后,甚是感动,找到了卖油郎,并跟卖油郎结成了夫妻,这就是卖油郎独占了花魁。

  在回家的三轮车上,沈嫣红问阿德:"德哥,这出书哪能?"

  阿德说:"蛮好。"

  沈嫣红说:"我觉得你就像卖油郎。"

  阿德说:"我的心可没有卖油郎那么好。"

  沈嫣红说:"你比卖油郎还好。"

  阿德说:"那你就是花魁,盛大少爷勿跟,我哪点比得上盛兆霖,可你偏跟我。"

  沈嫣红说:"你说我像花魁女,我可比不上她,人家琴棋书画都会,可我一样都勿会。巧雅还会唱上一段筱腔。"

阿德说:"但你有像花魁女一样的心,勿趋炎附势。要勿是你不会跟我。"

沈嫣红说:"这倒是。嫁个好人比找个有钱人更要紧。"

回到家里,阿珍把洗澡水都预备好了,两人一起洗了个澡,沈嫣红还为阿德细细搓了一阵子背。

阿德说:"嫣红,我要跟你讲件事。"

沈嫣红正要上床,问:"啥事体?"

阿德说:"盛兆霖今天找我。"

沈嫣红说:"他找你有什么事?"

阿德说:"想跟我斗一次蟋蟀,赌一把。"

沈嫣红说:"斗蟋蟀赌啊,那你勿会怕他,你是这方面的行家。赌什么?"

阿德说:"他要赌永福里16号这栋房子和你。"

沈嫣红说:"他还不死心啊。你答应了?"

阿德说:"没有!我说你杀我头我都勿会同你赌。而且永福里16号的房产属于沈嫣红与她姆妈沈赵氏。沈嫣红是我女人,我把女人赌出去,我阿德成什么人了?我说要赌赌别的。"

沈嫣红说:"那他说赌啥?"

阿德说:"他说那就退上一步,把你新德里24号这栋房子与你的动产不动产都押上。要么我大伤元气,要么你倾家荡产,勿然我吐勿出这口恶气。因为你阿德要了我。"

沈嫣红说:"你要他了?"

阿德说:"就是崔延年讲的那件事。"

沈嫣红说:"那你答应他了?"

阿德说:"答应了。我勿见得就一定输。"

沈嫣红哭了。

阿德说:"哭啥?既然他气势汹汹打上门来,我到底是个男人是哦?能勿应战?那太小儿科了哦。他仗势欺人,我阿德就勿买他账!"

161

沈嫣红说:"我哭勿是因为你答应同盛兆霖去赌,我哭是觉得你阿德是个说话掷地有声,说一当一的人。勿赌永福里16号,勿赌我。让我跟姆妈有个安稳的日脚过。"

阿德说:"那你同意了?"

沈嫣红说:"你男人想做的事,我女人就不该挡驾,那就同他赌一次,既然他要出这口气,那我们就要争这口气。勿见得他欺上头来,我们当个缩头乌龟。就是输了,有永福里16号这栋房子在,有我沈嫣红在,你德哥就有碗饭吃。树活一张皮,人活一口气。"

阿德说:"有你这句话,我心就更踏实了。"

两人睡下,沈嫣红百般的温存,阿德也兴起,同沈嫣红做了一阵,但结果还是很不理想。沈嫣红笑着说:"德哥,你啥都好。没什么地方可挑剔的。但就是这点勿理想。"

阿德也感到很愧疚,说:"嫣红,要不,你去找一个?比如那个崔延年。"

沈嫣红捂住阿德的嘴说:"德哥,你看你这话说的。你晓得我是你女人,我就勿晓得你是我男人。我过去做姑娘,但现在是你女人。再去做就勿规矩了。我知道今天崔先生给我买了些布料,我收下了你心里有点勿自在,今后我勿收就可以了。自从我做了你的女人,你又给我和我姆妈做了这么大一件事,我在给你下跪时,我就想好了,活着是你的人,死了是你的鬼,从此做牛做马服侍你一辈子。"

阿德说:"你看看,我才说了那么一句,你就多心了。"

沈嫣红说:"我沈嫣红是在妓院里混过,但我勿是水性杨花的女人。你刚才那句话伤了我的心。什么样的男人的味道我没有尝过?我尝够了。所以阿德哥,刚才那句话你不该说。那个崔先生可能有这个意思,但我沈嫣红挡得住,你放心好了。"

阿德说:"我当然放心。好了,困觉哦,今天忙了一天,我累了。"

阿德醒来,就惦记起前天从癞头阿伲那儿弄来的十几只蟋蟀,所以一早起来匆匆吃了阿珍去买来沈赵氏摆好在八仙桌上的早点,就对沈嫣红说今朝夜里我勿回来。你就请上崔先生与巧雅来搓麻将哦。意思是他阿德勿计较她与崔先生的往来,他阿德对她沈嫣红是放心的。说完,就出门,坐上黄包车,赶回新德里24号。

阿德进了家就直奔二楼,忙给那些蟋蟀喂水喂饭,然后端起盆,打开盖,一只只细细地看。这十几只蟋蟀虽说也是百里挑一,一只只都不错,但真正要拿出去上大场面,决大输赢都还差点。想到与盛兆霖这场搏击已是不可避免了,但这十几只蟋蟀中没有一只是可以上得了台面的,这让阿德心中蒙上了一层阴影。心想,还得到癞头阿伲那儿走一趟,看看有没有新到的好虫,或者让阿伲为他留意着,得到好虫立即就来叫他。想到这里,就准备出门。可偏在这时葆娣在下面叫:"老爷,三祥老爷家的阿天少爷来了。"阿德听错了,以为是阿晴来了,因为阿天是很少来的。于是下楼,一看竟是阿天与乔鸣凤。

阿天一看阿德下来忙一鞠躬说:"阿德娘舅好。"

乔鸣凤也哆溜溜地说了声:"娘舅好。"

两人的态度十分的恭顺,不像那天在新亚吃酒时那样的狂傲。

阿德说:"啊,阿天,鸣凤啊。快请坐,快请坐。葆娣,沏茶。"

阿天、鸣凤等阿德坐下,两人才坐下。

阿德看看两人,用眼睛询问:"有啥事体?"

阿天清清嗓子,说:"阿德娘舅,真勿好意思,今天来拜访娘舅是想请娘舅帮个忙。"

阿德说:"请讲。勿用客气。"

阿天说:"想向娘舅借点钱。"

阿德说:"我听你阿爸说,你从那天在新亚吃过饭后,从此再也没有问家里要过钱是哦?"

阿天说:"其实不瞒娘舅。我是没有再向阿爸要过钱,但阿晴却偷偷资助过我们,所以我们那时不缺钱花。但现在店里破了产,生意又没有重新开张,阿晴那儿也没有什么余钱,所以我们生活上就出现了困难。想在娘舅这儿借一点。暂渡难关,到时一定归还。"

阿德说:"你们两个都没去找个工作做?"

乔鸣凤说:"我们做的是促进社会进步的工作。那工作是尽义务的,没有什么报酬的。"

阿德说:"应该先找个饭碗,再去促进社会进步。这不更好吗?"

这时又有人按门铃了,葆娣去开门。

葆娣回头喊:"老爷,万老先生来了。"

阿德一听是万老先生,忙出去迎。万老先生拄着司的克进来,一把抓住阿德手说:"阿德,谢谢你,谢谢你!"

阿德说:"万老先生,你出院啦?"

万老先生说:"两天前就出院了。"

阿德说:"腿伤好啦?"

万老先生说:"好了,好了,全好了。所以今天要特意来谢谢你阿德。"

阿德说:"快请坐,快请坐。"

万老先生看看阿天、鸣凤,对阿德说:"有客人啊?"

阿德说:"我的外甥、外甥媳妇。勿碍事的,快请坐。"

万老先生坐下,葆娣忙端上茶来,万老先生喝了一口说:"好茶。"

阿德说:"杭州乡下送来的龙井新茶,清明前摘的。乡下一位亲戚做茶叶生意的,每年都要给我送一点来。"

万老先生说:"我是个爱国老头。就爱喝中国的茶,从不喝咖啡。那咖啡苦不叽叽地,有啥可喝的。阿德,你的外甥、外甥媳妇在哪儿高就?"

阿德说:"他们说,他们是在做促进社会进步的工作。"

万老先生一听似乎就明白了,面色就有点勿好看,直直地说:"不是什么促进社会进步的工作,而是滋扰社会的安定吧?"

阿天说:"老先生,你恐怕站的立场同我们不一样。你看看当今的社会,富的富,穷的穷,贫困老百姓生活在水深火热之中,地主、官僚、资本家在残酷地压迫和剥削我们的老百姓。这样不公的社会,你老先生能视而不见?"

万老先生说:"你是说我是站在官僚、资本家、地主老财的立场上,你是站在被压迫的老百姓的立场上是吧?那你们准备怎么办?推翻这些地主老财,这些资本家,这些官僚是不是?"

乔鸣凤说:"老先生,你说对了。我们就是要推翻他们,建立一个没有剥削,没有压迫的新社会!"

万老先生说:"就是说,你们要造反了。"

阿天说:"我们不是要造反,而是要革命。"

万老先生摆了摆手,说:"一个意思。就是说,你们想当宋江。"

乔鸣凤说:"可以这么说。"

万松年说:"可我最反感的就是造反。造反是什么?杀人放火。你们把地主老财杀了,把资本家杀了,把官僚杀了,把他们的财产全夺了过来,那很好呀。可做了这些后你们准备怎么办?你们就要维护从他们手中剥夺过来的财产,维护你们所取得的权利,你们就要继续杀人放火。就像长毛作乱时那样。另称太平天国,其实他们是最不太平的。那时我还小,我是看到他们杀人如麻,血流成河的。你们要的代价太大。结果会怎么样?你们说的那种人人平等是不会有的。因此人世间,人与人之间是根本无平等可言的。你们知道那个洪秀全有多少女人吗?几千个!"

阿天说:"万老先生,那你认为这个社会该怎么改造?"

万松年说:"我信奉的是儒家思想,君君臣臣,父父子子。民为重,社稷次之,君为轻。就是君就是国家的头,国不可一日无主,不管你是皇帝也好,总统也好,得有一个。但这个君必须要看重民,因为民为重。臣要像个臣,就是官要当好官,不要贪污腐败,欺压百姓。父亲要像个父亲,教导子女,爱护子女,子女要像个子女,孝顺老人,好好做人,为社稷服务。"

乔鸣凤笑了说:"老先生你既反动又天真。所以我们要革命,就必须打倒孔家店。"

万老先生一听更火了,说:"什么?打倒孔家店?你们知道孔老夫子对我们国家民族在文化上所做出的贡献吗?那是我们中华民族精神的支柱!"

阿天说:"是阻碍我们中华民族前进的障碍!"

万老先生:"现在你们这些年轻人,以批判孔老夫子为荣,来显示自己的进步。但我告诉你们,你们一旦把孔老夫子打倒了,我们这个民族也就没有了精神道德的坐标。到那时,会君不像个君,臣不像个臣,民不像个民。那时的国家也会成为一团发臭的污泥!"

乔鸣凤说:"恰恰相反,当我们摆脱了孔老二的精神桎梏,到那时,我们国家就会是个民主自由,国家富强,人民安居乐业的国家!"

万老先生说:"我怕的是,民主自由说不上,反而会成为没有什么道德可言的社会。这个国家的道德体系一旦被摧毁,那我可以告诉你们,到那时君就可能是个昏君,官就会变成贪官,民也会成为刁民,商人成了奸商,医生不讲医道,文人也会没有了文德。这才是一个真正可怕的世界!"

乔鸣凤说:"你这是危言耸听!我们革命,摧毁的是一个旧世界,而建设的是个灿烂辉煌的新世界。"

万老先生说:"你这是在蛊惑人心!"

乔鸣凤猛地站起来说:"阿天,我们走!"

阿德在边上听着,觉得很有趣。但却不发表意见,这些高深的道理他不懂。但他倾向于万老先生,因为他认为作乱肯定于社会是不利的。太平军长毛作乱的事他听他姆妈讲过。杀人太多了,杀人太多肯定勿好。

阿天站起来看看阿德。

阿德突然想起,他们是来借钱来的。心里想到,林三祥求他帮忙,他当时没有表态,因为林三祥的这个忙分量很重,他勿想冒这个险。但阿天又来相求,似乎不表示一下,有点过勿去。这时乔鸣凤已拉着阿天往外处走了。阿德忙跟了出去。从口袋里掏出五只大洋,说:"阿天,这几个大洋你们拿着。权当娘舅的一点意思。"

阿天没有去接,说:"阿德娘舅,我们是来借钱的,勿是来要钱的。借了钱我们坚决要还的。既然娘舅没有答应借,这钱我们也不能要。谢谢娘舅了。"

阿德捏着那五块大洋有点儿尴尬。

阿天与乔鸣凤往弄堂口走,只听乔鸣凤对阿天说:"阿天,你做得对。这钱我们不能要。"

万松年也走到门口,摇着头说:"年轻人啊,世界上的事哪有他们想得那么简单哟!有些事天都无为,难道你们这几个毛头小子却有为?世界上的骗局太多了啊。"说着,朝自己的家走去。

  阿德说:"万老先生,你勿再坐一会儿?"

  万松年说:"勿坐了,勿坐了。"

  阿德说:"那我给你送上些茶叶来。"

  万松年说:"就是你刚才的那点茶没有喝过瘾,那就给我一点吧,勿要多,只要泡上一壶的茶叶就够。多吃倒胃。阿德,再次谢谢你那么大的雨送我去了医院。"

七

阿德把那五块大洋装回口袋,对葆娣说:"我中饭勿回来吃了。"

阿德扇着折扇出了弄堂口。一踩上柏油马路,发现路面上的柏油都化了。踩上去黏不拉叽的。在上海的冬天难过,阴冷阴冷的,上海的夏天更难过,热得人心里都发毛。他赶忙招了一辆黄包车,朝张家巷稻香园直奔而去。

有好几拨人在癞头阿伲那儿批发了一些蟋蟀走了。在大上海,这个时候白相蟋蟀的人数可以说众多。不管你走进哪一条弄堂,都可以看到一群小把戏,或者几个赤膊浑身冒着油汗的成人们,甚至于白胡子老头,都会围在一起看斗蟋蟀。希腊的角斗士,西班牙的斗牛士,到体育场上的拳击手,甚至于斗牛斗鸡到斗蟋蟀,人类就爱看激斗的场面,然后自己又参与赌,盼自己所押的一方能胜,那种刺激真的是很过瘾的。这恐怕也是一种人性恶的表现吧？

癞头阿伲的生意看来特别地好。虽满头大汗，却一脸舒展的笑容。生意好是做生意人最开心的事，鸟为食亡，人为财死，这话是有道理的。一见阿德打开篱笆门进来，阿伲忙迎出来说："阿德哥，你好。"

阿德笑着说："阿伲，我看你最近生意很旺啊。"

阿伲说："你晓得，蟋蟀生意也就这两个月热，这个时候上海滩大大小小的人都在斗蟋蟀，生意自然好。"

阿德说："最近进了什么好虫哦？"

阿伲说："暂时没有。"

阿德从口袋里掏出昨天阿天勿肯要的那五块大洋说："阿伲，先付定金在你这儿，有了好虫来叫我。"

阿伲捏着那五块明晃晃的大洋，手臂伸向阿德说："阿德哥，何必付定金呢，只要有好虫，我还不来告诉你阿德哥？以前我不是也没有收过你定金嘛，有好虫勿是也叫你去了吗？"

阿德说："这次勿一样。所以有了好虫一定要叫我。这次是关系上我性命的事，所以我必须把定金付上，收下！"

阿伲说："那好。"忙把五块大洋塞进口袋，"有好虫，我一定来告诉你阿德哥。"

阿德作了个揖说："拜托了。我走了，黄包车还在门口等着我呢。"

阿伲受宠若惊，因为阿德从来没有给他这种地位的人作过揖。阿伲也很少给人回礼作揖，还不知道作揖的双手该怎么放，于是改为鞠躬说："那阿德哥，你走好。"

郊区处处阡陌交错，一片片碧绿的稻田和菜地，还有一丝凉风。但一进入市区，柏油路上蒸出的热气弄得人汗水如雨，黄包车夫还要一路小跑，累得大汗淋漓。人活在这世上，真是谋生的艰难。什么样的苦都得吃，什么样的累都得受啊。好在，天气说变就变，满天的乌云黑压压地爬了上来，到十字路口，大风吹得商店门前的遮阳布哗啦啦地响，然后天上摔下几颗硕大的雨点，像是报个信息，接着大雨瓢泼，阴云密布的天空就仿佛漏了一个个窟窿一样,水像瀑布一样的倾泻下来。车夫忙为阿德拉起篷罩,放下帘子。然后车夫又抬起扶把,在风雨中一路小跑。到了新德里24号,阿德跳下车,看到已淋得透湿的车夫,从口袋里掏了一把角子给车夫,车夫说:"老爷,太多了。"

阿德说:"快去喝杯烧酒去,祛祛寒。"

车夫一点头说:"咯就谢谢老爷了。"

两扇黑漆大门打开,站在门口的竟是邵林福。林福说:"出呐娘逼,这么大的雨,哪儿去啦?我在这儿等你有好几个时辰了。"

阿德进门说:"喔哟福爷对勿起。我到乡下跑了一趟。"

林福说:"做啥?弄蟋蟀去了。"

阿德说:"对。"

林福说:"阿德哥,娘勒个出逼,你做事体有点勿大上路啊,起码是勿够朋友。"

阿德说:"喔哟!福爷我啥地方得罪侬了呀?"

林福说:"你要直接跟盛兆霖咯只瘪三斗蟋蟀赌钱是哦?这么大的事为啥不告诉我?以前都是我跟盛兆霖赌,你只是当当配角,给我当当参谋。现在你要当主角了,就把我林福掼在一边了。哪能?上两次我赢了大笔大笔钱,你眼红了?可我赢了后也没有亏待你呀,是哦?"

阿德心头一惊,说:"福爷,你误会了。你听我讲。葆娣嫂,"他喊:"快给福爷换杯新茶。"

"勿要换,"林福说,"二道茶,最好喝。"

阿德说:"那添上水。给我也沏上一杯。葆娣嫂,你再到小菜场去一趟,添些菜,我留福爷晚上要喝上两杯。福爷,请用茶呀。"

阿德把这事的前前后后讲了一遍。讲到三祥店里的事后,林福说:"肯定是咯只瘪三做的。你勿要看他表面上文质彬彬,一副绅士派头,其实骨子里出呐就是个癞皮,一只瘪三相,什么坏事都做得出来。"

阿德说:"所以说,传换蟋蟀的事是我让阿晴做的。但却让他们店遭了殃,我心里很愧疚的。"

林福说:"要讲责任,应该在我身上。你们都是为了我。我林福大赢了一把,但却让你与那个三祥店吃了苦头。我林福心里也过勿去。这样吧,你给我预备虫子,还是我出面跟盛兆霖再赌一把。"

阿德说:"不,盛兆霖是朝我下的战书,我也应了。中间再变,由你出面,那我阿德就是只缩头乌龟了。再说,我得了永福里16号的房子,又得了沈嫣红,而这两样正是盛兆霖要争的。他找我挑战,这也是顺理成章的事。就让我同他赌一把吧。大不了倾家荡产。好在永福里16号与沈嫣红不在赌的范围里。"

林福说:"你倾家荡产了只有靠沈嫣红吃饭?那不是吃软饭了?大丈夫活在这世上靠女人吃饭,太丢面子了。这样,真要倾家荡产了,你就到我林福门下来做事体,保你有碗饭吃。"

阿德说:"那就谢谢福爷的厚意。"

林福说:"今朝我来找你,一是来看看你,打听打听你与盛兆霖斗蟋蟀的事。二是要你帮我做件事。"

阿德说:"请讲。"

林福说:"你们新德里边上有只冠园小学。"

阿德说:"有,阿芹小时候就在那儿上学。那次阿芹拍电影,你也去过。"

林福说:"那边上是不是有块空地?"

阿德说:"有,大概有几只足球场这么大。四周都已盖了房子。"

林福说:"山东帮白秃头你晓得哦?"

阿德说:"在上海滩上这么有名的人物我哪能会勿晓得。"

林福说:"我们帮里的大阿哥与白秃头都要争这块地皮,现在上海滩上的地皮越来越值钞票。这块地皮刚好在市区,我的大阿哥与白秃头都要都勿肯让。只好打一仗,这场决斗双方都要上一百个人,啥人打赢了,这块地皮就归啥人。你给我去看看,四周有几个通道可以跑人。打起来,眼睛一红,啥人都勿认得啥人了。退路总要寻好的。打是要打的,但损失勿能太大,毕竟是人命关天啊。"

阿德说:"好。我看了后画只图给你。福爷,新晨电影公司盛兆霖盘下来了,你不是在那儿也有股份吗?"

林福说:"我一听说盛兆霖咯只瘪三要盘下电影公司,我就把我的股资金抽回来了。你晓得哦,盛兆霖是上海宁波帮里的人,却也投靠在白秃头这山东帮里。那块地皮夺下来,他也有权投资。"

阿德说:"福爷,那你当心点。"

林福说:"既然老大把这事交给我了,我也只好豁出命去拼一记了。地皮争回来,我也可以有一份投资。出呐娘逼,咯个上海滩,人人都为了那个钞票,脸面勿要勿讲,连命都搭上去了。所以这次斗的输与赢,我与盛兆霖咯只瘪三也等于有一搏。"

天色已晚,葆娣开出饭来,有大闸蟹,对虾,毛蚶,鲥鱼。这些阿德爱吃林福也爱吃。林福一拉袖子说:"阿德,我晓得你有绍兴的花雕,拿出来,今朝一醉方休。过几天那场恶斗,也真是生死难料。就当你给我林福送行吧。"

阿德说:"哪能呢。你福爷命大福大,不但能赢而且绝对相安无事。葆娣,把我藏在柜子里的那几瓶陈年花雕全拿出来。"

两人你一杯我一杯地喝了起来,两人都有明确的对手,盛兆霖盛大少爷。用林福的话说,这次一定要斗赢他,出出他们这口怨气。

二楼则传来了一片蟋蟀的叫声。阿德听了,又是喜欢又是发愁,他到哪里去弄只上好虫呢?他的全部家当全在这只虫子身上了。要是这场搏斗能胜,他也可以有一笔资本帮林三祥在生意场上翻身,内心也可以消解因他把三祥也牵进去而让他破产的内疚了。

虽然与林福喝酒喝到半夜,但第二天一早阿德还是早早地起了床。他在天井里舞了舞太极拳。葆娣买来了早点,阿德吃好后就朝冠园小学那边走去。冠园小学的校园也是用青砖围墙围起来的。围墙边上就是林福说的那一大片空地。有几个足球场大。四周已盖了不少弄堂房子。过去这块地皮听说是一个什么军长买下来的。准备为自己盖座花园洋房。后来这位军长打仗吃了败仗,被削职了,地皮产权还是属于他的,但他已无力在这块土地上盖他的花园洋房了。不久这位军长在抑郁中死去,他的几个子女要把地皮卖掉可以分钞票,价钱出得比较低,而且所处地段又相当好。因此要抢买这块土地的人很多,那时就看谁的势力大了。最后剩下两家大的,也就是林福说的,一家是他这个帮的老大,另一家就是山东帮的白秃头了。两家谁也不让谁,哪能办?打一仗,谁赢了这土地就归谁,但打仗也勿能瞎打。也得守规矩,各派一百人,只许拿棍棒,不许拿斧拿刀这种利器,谁违规了就算输。一对一,靠人多势众不算本事。就像双方相峙各出一个比武一样,一个跳火坑,一个伸手探油锅,焦黑手臂从油锅里拿出来,对方服了,没有人敢再出山比试更厉害的,那这方就赢了。就是地痞们相斗,也得按游戏规则办,瞎来来,勿按规矩办,就是赢了也叫人不服气。这和斗蟋蟀也要讲规矩一样,只能是蟋蟀与蟋蟀斗,如果你拿只公鸡来跟蟋蟀斗,违规,就是大获全胜,没有一个人服气的。就像在股市上搏一样,按照规则搏,如果是报假信息,内部再私下交易,就是赢了钱那也是黑钱。人家就会骂,拿这黑钱的人,生儿子也没有屁股眼。

阿德看到这块空地有四个通道,其中有一个通道只要跑进一条小马路再拐一个弯就可以窜到新德里来。阿德用张香烟盒纸画了图就回到家。发现癞头阿伲已经在家门口等了一个时辰了。

"阿德哥,两只好虫,两只真正的好虫。"阿伲兴奋地说。

阿德拉着阿伲跳上一辆三轮车,就直奔张家巷阿伲的那个稻香园。

阿伲把那两只蟋蟀分别放在了蟋蟀盆里。阿德打开盆盖一看,顿时感到一阵惊喜,虫子很大,神采奕奕,翅背又干净又光亮,前爪后腿都很健壮。

阿德兴奋地说:"好!阿伲,谢谢你。"

阿伲说:"装竹管还是索性连盆都带走?"

阿德说:"连盆一起带走哦。"但忽然又一想说:"勿,阿伲,先在你这儿养上两天。过几天我再来拿。但你千万给我养好。我一定给你付个好价钱。"

阿伲说:"作啥?"

阿德想到林福说的事,心想他们帮派斗殴这将会是惊心动魄的事,离他家又那么近,要是无意中扰乱到他家,那些流氓是什么事都做得出来的。不怕一万,只怕万一,只有到这事过去了,再把这两只虫弄回家,他才安心。

阿伲说:"那好吧,我就帮你养两天。我放在我的里屋。那里屋我是谁都不让进的。"

阿德说:"一定要帮我养好。"

阿伲说:"阿德哥,你放心好了!"

在上海夏天的晚上弄堂里是最热闹的,因为屋子里热得睡不着觉,大多数老老少少,男男女女,包括那些有钞票的人家,都会拿出只小凳子,拿把竹椅,或者弄条竹榻搁在屋门口,在弄堂里扇扇乘凉,这个时候各家各户也就有了见面的机会,大家一起扯闲话拉三胡。葆娣呢也有她所熟悉的一帮娘姨们在弄堂后面离小菜场不远的很小的一块空地上同那些绍兴老乡们扯闲传。

阿德本来想到永福里16号去陪沈嫣红听听书,但天气太热,他也懒得走动,就在天井中间拉只竹榻,躺在那儿扇着蒲扇闲着养神,听二楼传来的一片蟋蟀的叫声。大约快到夜半时分,突然门外响起一片混乱的叫声,接着弄堂里的人纷纷逃回家中,急急忙忙关上门,葆娣也从小菜场边上的空地上奔了回来。一逃进天井就关上门,喘着粗气说:"老爷,学堂那边打起来了。有的胆大的人去看,也被棍棒打得头破血流的。"

阿德知道是林福领着的人同白秃头那帮人在挥着棍棒火并。不多久,只听到弄堂里时不时地响起了急促的奔跑声,那似乎是在逃命。大约过了一个时辰,又都突然安静了下来。阿德正寻思着林福会哪能?就有人急急地敲房门。阿德看看葆娣勿敢去开门,只好阿德自己去开。门杠刚拔开,门就被冲开了,门外站着四个人,其中一个背着血流满面的林福。

四个人奔进门里,马上又把门插上。背着林福的人把林福放在刚才阿德躺的竹榻上。林福这才睁开眼来,看了阿德一眼,外面又响起了人的奔跑声,还有巡捕房尖厉的哨声,巡捕房在抓人了。

林福说:"阿德哥,还好你为我画了张图,我知道往哪儿跑,勿然我的命就搭进去了。我们倒下了三四个弟兄,那边比我们惨,起码倒下去十几个。阿德哥,让葆娣给我打点水,我揩一揩。"

吓白了脸的葆娣赶忙拿出只面盆到自来水龙头下放了大半盆水,端了过来，林福捧起双手，抹去血迹，但头上一个伤痕还在渗血。阿德从柜子里拿出平时预备着的一卷纱布，给林福包头。这时就听到门外有一群人在说："就是逃到这家的，我亲眼看见的。"接着就是很响很凶的敲门声。林福很镇定地对跟来的三个人说："巡捕房的。你们三个到后面去躲一躲，我一个人来应付。"阿德开门去。那三个手下人两个跑到楼上，一个跑到灶片间。

阿德开开门。

一个中国巡捕后面跟了两个"红头阿三"（是在英国巡捕房做事的印度人，上海人都叫他们"红头阿三"）。

巡捕说："你叫什么？"

阿德说："叫贾怡德。"

巡捕对头上包了纱布的林福说："你呢？"

林福说："邵林福。"

巡捕说："我寻的就是你，跟我们走。"

林福说："做啥？"

巡捕说："还做啥？带头滋事，打群架，扰乱社会治安，犯法了，走！"

阿德想上去挡。

巡捕说："还有人哦？"

林福说："我就是领头的，与别人没有关系。我跟你们走。"

两个"红头阿三"押了林福往外走，这时天已有些蒙蒙亮了。

那三个人从二楼和灶片间出来，其中一个说："德爷谢谢，我们走了。福爷虽然进了局子，但勿会有什么大事的，德爷放心好了。"

他们走后，阿德上二楼一看，有几只蟋蟀盆翻了，盆里的蟋蟀也无影无踪了。阿德这才庆幸那两只好虫留在了阿伲那儿，没有带回来。阿德以为是林福的那两个手下人那时还沉浸在那场格斗的恐慌之中，无意间把蟋蟀盆碰翻的，倒不是有意为之。那几天弄堂里的人都聚在一起议论那场在学校附近那块空地上的格斗事件，有的说是林福带的那帮人厉害，而有的说是白秃头的山东帮厉害。阿德以为林福会很快从巡捕房放出来，因为凭林福的人脉，这不是件难事。但事情并没有那么简单，上海是个依法办事的地方,不但进了局子,而且听说还要被检察院送上法庭。林福被抓进巡捕房的第三天,那个跟林福一起逃到阿德家并躲到二楼的那个叫阿魁的来找阿德,说:"福爷在巡捕房里想见一见德爷。福爷说有事体要同你商量。"阿魁临走时对阿德说:"德爷,对勿起,那天躲在你二楼随便翻看了一下你的蟋蟀盆,结果把两只蟋蟀盆弄翻了。蟋蟀跑掉了,以后我赔你。"阿德这才知道,像阿魁这样的人都是不但不安分,而且为人也很随便,都是些玩世不恭的人,要不不会跟林福吃那种饭。

下午,阿德到安阳路巡捕房去见林福。一个"红头阿三"领着林福到了接见室。林福还是红光满面的,看来巡捕房的人待他还很好。林福对阿德说:"这次打斗死了人了,人命关天,我又是主犯,勿吃官司政府无法交代。看来要坐上几年牢了。坐牢就坐牢吧,前几年有个算命先生给我算命时说我这一生会有一次牢狱之灾,其实出呐娘逼根本勿是他算得准,是因为他知道我是吃咯碗饭的,吃我们这碗饭的人,随时都会有牢狱之灾。不过阿德哥,我叫你来是想请你帮我个忙。"

阿德说:"福爷,你尽管说。无论要我帮什么,我也会为你两肋插刀的。"

林福说:"这事我不找别人,就找你阿德哥,因为我信得过你。"然后朝四周看看。

阿德说:"讲好了。"

林福这才轻声地说:"学校边上的那块地,归我们老大了,他是大鑫房地产公司的董事长。因为这次我打赢了这一仗,老大允许我也可以投一笔资,你晓得,那片地盖好房子,收益会非常高的。但上次赢盛兆霖的钞票全部弄到乡下大老婆那儿买地了。手头没有什么游资。你阿德手头现在有多少?"

阿德说:"只有三万多大洋。"

林福说:"太少了,不够嵌牙缝的。"

阿德说:"福爷,我只有这点。"

林福沉思了一会说:"沈嫣红那儿能不能弄出一点来?她那些年做红时,进账应该勿会少。"

阿德说:"她有多少私房钱,我从来不问。我个大男人问女人的钞票,咯种勿上路的事情我阿德勿会做。哪怕她有金山银山,我阿德也勿会动她一毫一厘。何况她进的账全部是血泪账。"

林福说:"男人就该这么做。"林福无奈地叹口气说:"你与盛大少爷赌斗蟋蟀定在什么时候?"

阿德说:"他说有他通知我。"

林福说:"赌注怎么下?"

阿德说:"我新德里24号那栋房子,还有那笔存款。"

林福说:"如果你赢了,这笔钱倒可以填个差勿多。剩下的我再想办法。但勿管斗输斗赢,你都要告诉我一声。"

阿德说:"好。我其实也是这么想。赢了当然就这么做,可输了你怎么办?"

林福说:"那就认命吧。算我林福白放了一点血。"

阿德说:"就是输了,我也要想办法帮上忙,不能让你冒着生命危险争来的好处放白鸽放脱了。"

林福说:"阿德哥,我这已经是强人所难了。就这样吧。一切听天由命好了。阿德哥,谢谢你!"说着林福站起来一挥手,让"红头阿三"带他进去。

八

阿德走出巡捕房,心里想,他与盛兆霖的这场赌看来关系重大啊!如果赢了,三祥那边,林福这边都能帮上忙,都有个交代。如果赌输了,他只有倾家荡产。出了巡捕房后已是中午时分了,他只在一家小饭铺里吃了碗阳春面,然后坐上黄包车,直奔张家巷稻香园。

黄包车离癞头阿伲的稻香园还有五六百步的距离,癞头阿伲已经看到坐在黄包车上的阿德,稻香园的篱笆门一下子就推了开来,癞头阿伲急匆匆地朝阿德迎了过来。阿德心头一惊,马上感到可能大事不好。阿德还没有下车,阿伲就磕头作揖地说:"阿德哥,对勿起,实在对勿起。"

阿德说:"阿伲,哪能啦?"

阿伲说:"阿德哥,都是我不小心啊。那天来了好几拨人,到我这儿来批买蟋蟀,其中有个小赤佬钻到我的后屋去,把你要我留养着的蟋蟀偷走了一只。我是到后来才发现的。"

阿德说:"另一只呢?"

阿伲说:"还在。"

阿德稍稍松了口气,他以为两只都偷走了。那就糟了,说:"剩下哪一只?"

阿伲说:"桂花斑的那一只。"

阿德说:"金丝头被偷走了?"

阿伲说:"是咯。"

阿德心里又是一阵不快,最好的一只偷走了,留下了一只差一点的。他也感到无奈。但剩下的那只桂花斑不说最好,但也是一只不可多得的好虫。

阿德同阿伲走进稻香园,阿伲忙从后屋拿出那只桂花斑的蟋蟀,阿德又细细地看了看,双翅齐整,翅背锃亮,双腿强健,一副雄赳赳的样子。觉得拿出去格斗,仍有赢的把握。阿德说:"那我就拿走了。"

阿伲说:"慢!"

阿德说:"作啥?"

阿伲掏出五块大洋说:"钞票还给你。"

阿德说:"要说呢,这么好一只虫,起码也值十块大洋,按理,我得再给你五块大洋。"

阿伲说:"不!阿德哥,钱怎么也得还你。这只虫就算我送你的。"

阿德说:"我不能白拿你的东西。你就是靠这个吃饭的。"

阿伲说:"阿德哥,这只蟋蟀就算我阿伲孝敬你的。钱怎么也得还你。"说着就把那五块大洋硬塞回阿德的口袋里,然后按住阿德的口袋,怎么也不肯让阿德再往外掏。

黄包车夫在院门口喊:"老爷,你要勿走,我先走了噢。"

阿德这才说:"就走。"说着,拿着蟋蟀盆出院门,坐上车,对阿伲说:"阿伲那就谢谢了。"

阿伲说:"这些年来,多蒙你阿德哥关照,我才有今朝。区区一只虫,哪用得着谢。"

　　回去的一路上,阿德想到阿伲的表现,摸摸口袋里阿伲非要还给他的那五块大洋,心里怎么也感到有点儿蹊跷。阿德又想,也许事情就是这样,是他阿德多疑了。

　　回到新德里24号,已经到吃夜饭的辰光了。一推门,餐桌上已摆好菜,阿芹坐在餐桌边的椅子上。阿芹见阿德进来,忙站起来说:"阿爸,你好。"

　　阿德说:"今朝哪能回来啦?"

　　阿芹说:"电影拍完了。"

　　阿德说:"勿去电影公司了?"

　　阿芹犹豫了好一会儿。

　　阿德说:"有什么话就说。"

　　阿芹说:"咯桩事体我想同阿爸商量。"

　　阿德说:"啥事体,讲,我总还是你阿爸。勿要自己独立了,就同阿爸疏远了。"

　　阿芹说:"阿爸,哪能会啦!我上次做的事情是有点粗糙,弄得阿爸生气。"

　　阿德说:"过去的事情就过去了。阿爸也有想得不周的地方。小人大了,走向社会了,就该放他自由。儿孙自有儿孙福,还要管头管脚作啥!"

　　阿芹说:"阿爸,既然你是这个态度,那我就直说了。从明天起,我每天都要到电影公司去上班。我已经同电影公司签了五年的合同。"

　　阿德想了想说:"好啊。就是讲,你找到一份工作了。用现在的话讲,就是你是个知识女性了。在经济上我就用不着为你再操心了。"

　　阿芹说:"阿爸。我从女中毕业我在经济上就该独立了。不能独立生活的人是永远长不大的。你看阿晴哥,十五六岁在店里就独当一面了。"

　　阿德说:"他们的店现在怎么样?"

　　阿芹说:"重新开张了。现在三祥娘舅主内,看看店面,外面联系业务全靠阿晴阿哥了。不过他们的店现在真的很艰难。"

阿德说："你们经常见面？"

阿芹说："他一有空就来看我。我有时也到店里去看看他。阿爸,今朝我回家来,还有桩事体要同你讲。"

阿德说："你和阿晴的事？"

阿芹脸一红说："勿是咯,是盛老板让我回来要我跟你转告一句话。"

阿德说："葆娣,先开饭,我肚皮饿了。小姐的清蒸鲑鱼弄了哦？"

葆娣说："小姐一回来,我就买来蒸上了。"

阿芹说："阿爸,你真好。"

葆娣把清蒸鲑鱼端了上来。

阿德说："阿芹,吃哦。盛兆霖让你转告我什么话？不会是不想同我赌一把了？"

阿芹说："阿爸你哪能猜到了啦？"

阿德说："他同林福伯伯连赌两次,每次都输得很惨。这次又是一次大赌,我把房子连同浮财全押上了,毕竟是好大一笔钱呢,我输了,我就倾家荡产,他输了,他也大伤元气。"

阿芹说："正因为这样,盛老板才说这种赌太伤人。让我回来告诉你,不要赌了,他说你阿爸真要倾家荡产,将来要靠女人吃饭,吃软饭的男人,这脸面还怎么在这世上混。"

阿德说："他怎么知道我准输。我还想大赢他一把呢！可以帮你林福伯伯,你三祥舅舅一把呢。我指望赢这一把,这是我第一次直接同他赌,我也想长长我面子呢。"

阿芹说："但要是输了呢？"

阿德说："我就是去讨饭,也勿会让沈嫣红这个女人来养活我。"

阿芹说："阿爸,我来养活你吧。"

阿德说："靠女儿来养活啊,阿爸也丢不起那个人！"

阿芹说："阿爸,是你抚养我长大的。我就有义务养活你。"

阿德说："阿芹,你有这份孝心当然好。但阿爸勿会靠你养活的。你阿

181

爸决不会到靠女人,靠女儿来养活的地步。我会养活我自己的。吃饭,吃饭。"阿德想了想又说:"阿芹,你是不是可以到永福里16号去一趟,同沈嫣红见个面?"

阿芹说:"你勿是勿让我去见吗?"

阿德说:"现在你可以去见了。你独立了嘛。现在,她影响不了你什么了。"

阿芹说:"我倒一直想见她一下。"

阿德说:"为啥?"

阿芹说:"好奇呀,心想阿爸的女人,我该叫姆妈的人,到底长的啥样子呀。"

阿德说:"奇怪得很,你同她长得很像。真是不是一家人,不进一家门。明天就去见一见,哪能?"

阿芹说:"明朝我还要去上班。夜里我下班回来再去见好哦?"

阿德说:"那你就直接到永福里16号吃夜饭去。"

阿芹说:"我直接去?"

阿德说:"你直接去哦,我在那儿等你。你明天回去告诉盛兆霖,说我阿德就是晓得要倾家荡产,这场斗蟋蟀的赌,我决不退场。在斗蟋蟀上,我阿德退场,那我还叫啥蟋蟀阿德啊!"

阿芹只好笑笑。她知道她这个阿爸的脾气。在做人方面还是很强势的。尤其在斗蟋蟀上,这么多年来,从来没有也不肯退缩过。

第二天上午,天气越来越热,阿德上二楼他的书房打开吊扇,扇了一阵后就把吊扇关掉,把从阿倪那儿拿来的那只蟋蟀盆打开,又一次细细地观研了一阵,然后满意地把盆盖盖上,放了回去。他感到这只蟋蟀虽比不上那只被人偷走的金丝头,但再找一只比这只桂花斑好的蟋蟀也不是随随便便能找到的。好的蟋蟀也是可遇不可求的。盛大少爷要找一只更强的虫,恐怕也非易事。无论会怎样,这场赌已是避免不了的了。一是面子,二是所寄的希望,三是人生总有那么几次赌,他是个白相蟋蟀的人,吃的就是这碗饭,像当兵打仗,当将军指挥战争一样,所谓胜败乃兵家常事,赌场上也是一样啊。其实人生有时也会自觉不自觉地有那么几场赌啊。老话说监狱门与讨饭棍随时都会与你相遇的。监狱门林福不就遇上了吗?阿德觉得同盛兆霖的这一搏,是一定要搏的了。输了,挂上根讨饭棍养活自己。赢了,林福托他的事可以办成,而因为他的事被牵连的三祥那边他也能帮上一把,以弥补一下这事所压在心中的内疚。而对贾玉芹,他觉得自己真的勿要管得太多了。一切都听其自然吧。

贾玉芹平时很少回到新德里24号,但偶然回来一下,也会碰见万老先生在门口挂着司的克乘凉。万老先生只是出于礼貌同她一点头,无话。那还全是看在阿德的面子上的。阿德在大雨中送他进医院的事他一直记在心中的。在万老先生看来知道感恩也是人该具有的品质。

但对万老先生的这种态度,贾玉芹却并不在意,她知道她去拍电影,阿爸坚决反对,万老先生起了很大的作用,他阿爸是非常敬重万老先生的,因为万老先生是个很有学问的人,他的学生遍天下。有一年的中秋节,一个上海警备司令部姓聂的副司令拎着月饼等礼品,前来拜访万老先生。万老先生说,他这个学生本就很聪明,本该做学问的,但却去当了兵,现在当上了什么上海淞沪警备区副司令。万老先生感到很可惜。用万老先生的话来说,十个副司令顶不上一个学问家。副司令一任命就是一个,学问家你再任命也任命不出一个来。

生活是有圈子的,一旦你进入了一个生活圈,你就会被这个生活圈所左右,不是你想摆脱就能摆脱得了的。贾玉芹自进了电影圈后,也就被这个生活圈所左右了。先是在拍电影时,有一天,盛兆霖陪着一个青年英俊,气度不凡的少爷来看拍片,后来知道那个青年就是那个聂副司令的公子,叫聂书煜。第一天来看过后,就天天来看拍片,盛兆霖也天天很殷勤地陪他,他的目的是什么,不知道,盛兆霖也不说。有人问万家伦导演,万导演说这是盛老板的事,与我们无关,只要他不影响不干扰我拍片就行。社交上的事,最好不要去打听。当影片拍完,做后期时,盛老板送来了两首歌词,说是最好在电影上用,说是聂公子写的。那就是那个天天来看拍片的副司令的公子,是复旦大学国文系毕业的高才生。电影里有一场女主人公观桃花的场景。是在无锡的桃花园拍的。那正是四月,桃花盛开,阳光灿烂,惠风和畅。女主角与几位姐妹一起观桃花,在桃花园里与男主角邂逅,发展成一段悱恻缠绵的恋情。就在女主角,也就是贾玉芹饰演的,与几位女友在观看桃花的场景时,由当时上海滩被誉为银嗓子的歌星歌唱了一曲,唱道:

　　桃花园里桃花香,
　　美人进园赏桃花,
　　忽见桃花纷纷落,
　　缘是人美羞桃花。

　　这几句歌词就是聂公子写的。万家伦看了词后说:"不伦不类的,什么玩意儿。"不想用,但盛老板非要让用上,说这类公子哥儿不可得罪。由于盛老板的坚持,万导演也只能用上了。这当然是在赞美影片中的女主角,但实际上就是在赞美贾玉芹,贾玉芹看了听了,心里很是受用。就在那天晚上,盛老板说是为庆贺影片摄制完成,先到新亚开几桌庆功宴,然后再去仙霞舞厅去跳场舞。聂公子自然也在被邀的嘉宾中。舞厅里,聂公子很礼貌地邀请贾玉芹跳了几曲舞,跳舞间贾玉芹说:"聂公子的词写得很好。"

　　女人的虚荣心是从娘胎里出来就有的,是天生的,甚至可以说是一种本能。而对虚荣心的控制,不让自己被虚荣心所左右,那倒是后天培养出来的。素质越高的女人对自己虚荣心的控制就越自觉,不那么会被身上的虚荣心所随便左右。但贾玉芹还做不到这一点。电影公司就是个花花世界,俊男靓女,风流倜傥,浪漫潇洒。其实也是公子哥儿,富商巨贾喜欢染指的场所。用万松年老先生的话来说,跟妓女院没啥两样,只不过听上去不那么龌龊就是了。但其实当然与妓女院有本质的区别。虽然男女演员们的风流逸事也是人们的谈资,但毕竟档次比妓女院要高出许多,男女明星们在社会上的地位是不一样的。但万松年老先生也有不同看法,他说,话可不能这样说,世界上没有绝对的事情,例如宋徽宗时的李师师,虽说是个妓女,由于跟皇帝沾上了,那些达贵显人都要拍她的马屁,难道她的社会地位比现在的那些明星低？人活在这世上龌龊就是龌龊,清爽就是清爽,不可相混淆的。所以人混迹在哪个场所就很重要,电影公司同样是糜烂之地！这当然只是万老先生的看法,当不得真的。

对贾玉芹的称赞,聂书煜似乎也很受用,笑着说:"我只是随手涂鸦,见笑见笑。贾小姐舞跳得真好。"接着就有些放肆了,他那贴着她背的手开始乱捏起来。这让贾玉芹开始对他的好感全然消失了。一个看上去文质彬彬的人,怎么是这样！后面一曲聂公子又来请贾玉芹,贾玉芹出于礼貌,只好同他再跳一曲,不过她轻声地说了一句:"希望聂公子的手平安一点。跳舞脚动就可以了,手用不着乱动的。"

聂公子笑容可掬地说:"听候吩咐。"但心中却是老大的不悦。那一夜,聂公子一直在向贾玉芹献殷勤,但贾玉芹就是不接他的那个茬。弄得聂公子很不自在。事后,聂公子问盛兆霖,这个贾玉芹的爷(就是老爸)是做啥咯？盛兆霖说:"白相蟋蟀的白相人。"

"作啥这么傲？"

"聂公子有意？"

"盛老板,你是风流场上的老手了。这点你还感觉不到？你第一次带我到摄影棚里来看拍戏,我第一眼就被这个贾玉芹吸引住了。"

"所以你每天都要我带你来看拍戏,你是醉翁之意不在酒。这两首歌词也是特地为贾玉芹写的吧？"

"不错。"聂书煜说,"希望盛老板能为我促成这件美事。"

"聂公子不是已有家室了吗？"

"我可以另立门户。"

"这事恐怕有点难办。"

"有啥难办的。要钱给钱,要房给房,要什么,只要我办得到的,我都愿意给,只要她肯答应我就行。"

"要是不答应呢?"

"那我就抢!没有我聂书煜办不成的事!"

盛兆霖说:"我相信聂公子有咯个魄力,也能做成。但我希望最好勿要这样做。因为这样做太勿文明,有点像土匪,你阿爸是警备司令,勿是土匪头子。你受过高等教育,也是个有知识的文明人。再说强拧的瓜不甜。何况你聂公子,堂堂一个有知识的人,怎么可以做这样的事?慢慢来吧。我最近要同她那个白相蟋蟀的阿爸有一场大赌,她阿爸把他所有的家产都押上了。"

"你能赢他?"

"争取赢。我已经输给他两回了。连快到手的姨太太都被他赢过去了。你倒不要说,被他赢过去的那个女人,长得还真同贾玉芹很像,只是贾玉芹更年轻漂亮些。"

"盛老板,这次你一定要赢他,弄得他倾家荡产。到时我再出手,哪能?"

"这我可不敢打包票。不过有了上两次的教训,这次我还有点把握。"盛兆霖也想把这件事促成。一是有一种想报仇的心情依然在他心里作怪,同时又觉得把这事促成,他在上海滩上有警备司令这座靠山也真是他所需要的。靠山越多,人脉就越旺,在上海滩也就站得越稳。于是说:"聂公子,我们都是文明人,这种事要你情我愿才行,不可强来。这件事慢慢来吧,不可操之过急。我盛兆霖是会帮你的。你是个震旦大学国文系的毕业生,讲起来是个文化人,文化人办事要像个文化人办事的样子。对女人,只可买其心,不可抢其身,心给你了,身自然就给你了。"

"我明白了。那今晚我请她吃饭,你盛老板作陪怎么样?你帮我去请。"

这个戏饰男主角的演员叫兰琼,也是个有钱人,戏刚拍完,大家都想轻松轻松,于是兰琼带着这帮男女演员到郊外去游玩。贾玉芹他们到傍晚才回来。盛兆霖把聂公子想请她吃饭的事一说。贾玉芹说:"盛老板,今晚不行。"

"为啥?"

"今晚我阿爸让我去永福里16号去见见我那个从未谋面的姆妈沈嫣红。已经跟阿爸讲好的,我不能不去!"

一听永福里16号,一听沈嫣红,盛兆霖心里顿时又很纠结。这是他一生中的一块心病。他这些年的一切行动,都似乎与他的这个心病有关。包括他想促成聂公子与贾玉芹的这件事。

盛兆霖打电话回聂书煜。聂书煜说:"盛老板,你说得对。这事是得慢慢来,心急吃不上热豆腐。我听了你的话后也是眉头一皱,计上心来。我会把这事做得很绅士的。那就再约吧。"

九

  天色暗了下来，天气还是这么炎热，潮潮的晚风也没有给人带来丝丝的凉意。贾玉芹坐上三轮车匆匆赶往永福里16号。

  昨天，沈嫣红听说贾玉芹要来见她这个"姆妈"，真是感到受宠若惊，天降的高兴事。

  而阿德第二天吃了中午饭赶到永福里16号时，就有点不愉快，就是他阿德刚到，沈嫣红与崔延年也同坐着一辆三轮车到了，两人坐在一起肩并肩地嘻嘻哈哈，显得非常亲热，似乎像一对夫妇。崔延年看到阿德，面色也很有些尴尬，忙解释说："嫣红让我陪她去逛逛南京路。"

  阿德说："进屋坐吧。"

  崔延年说："我还有事，不坐了。改天再来拜访吧。"说着，又跳上三轮车走了。

  沈嫣红却像没事人一样，看到阿德嫣然一笑说："阿芹小姐来了哦？"

阿德说:"说好是晚上来吃夜饭的。"

"阿珍。"沈嫣红高兴地说,"快去小菜场买条活的鲑鱼回来,我听说小姐喜欢吃清蒸鲑鱼。再买点河虾。姆妈,"她对沈赵氏说,"今朝你进厨房,做几只你最拿手的菜,好哦?"

沈赵氏听说小姐要来吃饭,也很是高兴。阿德勿让他的养女贾玉芹来与沈嫣红见面,怎么也是沈赵氏的一个心病。这次让来了,这块心病的结也就解了。于是说:"既然小姐要来吃夜饭,还是我同阿珍一起去趟小菜场哦。该买啥东西,我心中有数。"

沈赵氏与阿珍一起去了小菜场。屋里只留下沈嫣红与阿德。阿德看到沈嫣红手指上的一只大约有五克拉的钻石戒指,说:"崔延年给你买的?"

沈嫣红点点头说:"他硬塞给我的,我推也推勿掉。德哥,你要是不高兴,我就退还给他。"

阿德心里不舒服,但还是说:"你要是喜欢,那你就戴着吧。"阿德心里很矛盾,有时想想不该娶沈嫣红,这是个会带给他麻烦的女人。但有时想想,这个女人命苦,但人不错,多少也能给他带来不少体贴与温暖。可他阿德又满足不了她,她还年轻还不到三十岁,跟守活寡差不多。这也很使阿德纠结。崔延年在追沈嫣红,沈嫣红也明显对崔延年有好感。会不会给他阿德戴绿帽子,阿德也勿晓得,要是戴上了该怎么办?阿德也同时感到很纠结。想到这里,就又觉得不该把她娶回来当女人,风流场上混过的女人,那风流习气已很难改的。这也叫:江山易改,本性难移。就像刚才。她从崔延年身边下三轮车时,却像个没事人一样。

先就这么过吧。阿德这么想,她现在也没有什么过错。总不能就这么无缘无故地把她休掉。就因为一个男人陪她逛逛街,给她送一两块布料和戒指,你就把她休掉,这在道理上也讲不过去。何况她还是把他看得很重。"阿德哥,你要不愿意,我就还给他。"她都这个态度了,你还要哪能?阿德不是那种钻牛角尖的人。男人嘛,大度点,想开点。退一步讲,如果沈嫣红还在"那个地方"做,你也粘上了她,她又去跟别人,你不也只能干看着。何况现在情况并不是这样。

沈嫣红在二楼收拾了一下,穿着一件薄薄的淡蓝色的丝绸纱裙子,显得特别的年轻漂亮。阿德怎么看,就觉得贾玉芹像她。阿德发觉她下楼时,手上的钻石戒指换成阿德给她的蓝宝石戒指了。

阿德说:"钻石戒指作啥勿戴?"

她一笑说:"我发觉你勿喜欢,所以还是换成你给我的这只好。其实我也喜欢这只。"不管她是真心还是假意,但她真会看眼色会应酬,哄得让你心里舒坦,这也是人的一种本事。

沈赵氏与阿珍提了一篮子小菜回来,篮子里鲑鱼与虾还在扑通扑通地跳着。两人进了厨房间又洗又炒又煎地忙了起来。而这时天也黑了,接着就听到有人在按门铃。

阿德说:"我去开门。"他知道肯定是贾玉芹来了。

但阿德把门一开,眼前却站着三个人。除贾玉芹外,还有阿天与乔鸣凤。

贾玉芹说:"阿爸,是我把他们带来的,到屋里厢再讲哦。"

三个进了屋。厨房里喷出一股烹调鸡鸭鱼肉的香气。

乔鸣凤说:"喔哟,好香啊,我口水都流出来了。"

沈嫣红一眼就看出贾玉芹来,到底是拍电影的人,气质就是勿一样。而且早听阿德讲贾玉芹跟她长得特别的像。她上去就把贾玉芹抱住了,说:"小姐,这么些年,我一直想见见你。可德哥就是勿肯,我晓得我在那种地方待过,怕对小姐有影响。"

贾玉芹说:"阿爸,我该哪能叫?叫姆妈还是叫阿姐?叫姆妈,她也太年轻,叫阿姐又乱了辈分。叫阿姨又生分了。"

沈嫣红说:"就叫沈嫣红吧,叫名字。"

贾玉芹说:"那也太勿礼貌了。"

乔鸣凤在一边说:"喔哟,叫什么只不过是符号呀,我看叫阿姐,叫阿姨,叫姆妈或者叫名字都可以,哪有那么多的讲究!在我们乡下头,一个七十岁的老头要叫一个刚出生的小毛头叫阿公呢,这太荒唐了。什么辈分不辈分的!这种循规蹈矩的事情统统都需要打破!"

阿天说:"我也这么看。我们国家,我们民族,老是发达勿起来,都是让这种假惺惺的什么仁义道德,礼义廉耻给害的!"

阿德在一边说:"规矩还是要讲的,没有规矩不成方圆,万老先生讲,能几千年延续下来的东西,总有一定的道理的。统统都打破了,人就会变得无法无天的。"

乔鸣凤说:"无法无天有什么不好?对旧的东西,在禁锢人的自由思想面前,就要无法无天。"

阿天说:"我看也是。"

贾玉芹说:"阿天哥,鸣凤嫂,你们这些政治的东西我们听勿懂,也没有兴趣。这样吧,吃了饭再讲。"

阿德想了想说:"玉芹,叫嫣红姆妈。她是阿爸的女人,勿叫姆妈叫什么?没有规矩,就会天下大乱!"

贾玉芹一笑说:"好,听阿爸的话,就叫姆妈。姆妈好。"然后朝沈嫣红鞠了一躬。

沈赵氏刚从厨房端了菜出来说:"两个人这么一站,活脱脱像一对姐妹呀。"

沈嫣红对贾玉芹说:"我姆妈。"

贾玉芹也鞠躬说:"那外婆好。"

乔鸣凤说:"阿芹妹妹,你真放得开,说叫就叫。不过我和阿天没有什么难的。不管年纪大小,反正娘舅的女人,我们只能叫舅妈。"说着也给嫣红鞠了一躬叫了声:"舅妈好。"

沈赵氏也高兴地说:"快吃饭,快吃饭,菜都上齐了。"

阿德对阿天与乔鸣凤说:"就请一起用餐吧。家常便饭,不成敬意。"

乔鸣凤说:"这么多好菜还家常便饭呀。这话也太虚伪了。"

阿天说:"鸣凤,你不要看一切都不满好不好。"老是在乔鸣凤跟前爱说那句"我也这样认为"的阿天也听不下去了。

贾玉芹说:"阿天哥,鸣凤嫂,那就入座吧。"

等阿德坐下后,其他人都入了座。

贾玉芹说:"阿爸姆妈,这些菜都是为我预备的啊。"

阿德说:"是你外婆和阿珍阿姨特地到小菜场去买的。"

贾玉芹说:"这些都是我喜欢吃的菜,肯定是阿爸告诉外婆和阿姨的。"

沈嫣红说:"听说小姐要来,姆妈特地亲自下厨。这些沈家菜,是我姆妈祖上传下来的。"

乔鸣凤说:"那外婆过去也是有钱人家了?那怎么会?"说着看看沈嫣红。

沈赵氏说:"全是因为嫣红的阿爸赌呀。赌得个倾家荡产,妻离子散,不说了。"

阿天说:"人类有最大的两个恶习,一是嫖一是赌。几千年来怎么也铲除不了。我们一定要在我们这一代人中把这两个恶习铲除掉。"

阿天坐在贾玉芹与乔鸣凤中间,贾玉芹轻轻地踢了阿天一脚。因为她阿爸是靠白相蟋蟀吃饭,勿赌蟋蟀就只好看看玩玩了,那只有喝西北风了。而沈嫣红,正在妓女院待过。

阿德说:"你们年轻人真有些异想天开。几千年都铲除不了的东西你们能铲除掉?我阿德就勿相信。"

乔鸣凤对贾玉芹说:"阿德娘舅中万老先生的毒太深!这个顽固保守的老学究!"

贾玉芹说:"鸣凤嫂,你说错了。万老先生最恨的就是赌和嫖,连我去拍电影都反对。我阿爸真要中毒深了,那我电影也就拍勿成了。我阿爸吃的就是这碗饭,但我阿爸是个心肠特别好的人。"

乔鸣凤说:"勿见得哦?"

贾玉芹说:"怎么啦?"

阿天在贾玉芹耳边说:"我们想问他借点钱,但他却冷冷地拒绝了。我们只是借,勿是要。"

贾玉芹说:"你们今天跟我来,不还是为了借钱的事吗?他会借的,我去说。"

乔鸣凤说:"我们要是有别的办法,也不开这个口。所以玉芹阿妹,你就帮帮我们这个忙。我要告诉你,我们的事业是绝对正义的。要消灭社会上一切丑恶现象!"

贾玉芹说:"你们的事业我没兴趣,但你们是我表哥表嫂,我勿能看着你们饿死。阿爸对我讲,人做点好事天会看得到的,勿会有错的。"

阿天说:"那就拜托了。"

贾玉芹的另一边坐着嫣红,她不断地为阿芹夹菜。她那份热情与亲昵让阿芹感动。阿德在一边看着也感到满意。

吃过饭,阿芹把阿德拉到楼上,把阿天与乔鸣凤的来意说了。阿德说上次他俩来借钱我没有借,现在都有些后悔,你们年轻人有年轻人的想法,不管我看得惯看勿惯,但总要想办法让人有碗饭吃。

贾玉芹下楼回到客厅,陪着阿天与乔鸣凤喝茶。而阿德把沈嫣红叫到了楼上。阿德把这事同沈嫣红一讲,说:"我现在不能借钱给他们,因为明天就要同盛兆霖到花园路78号赌斗蟋蟀,我把全部家当都押上了,已经定了的事情再抽钱出去就有点喇叭腔了。要是真要赢了呢,我还想多捞点。"沈嫣红一笑说:"我晓得了。"

阿德与嫣红下了楼。

嫣红说:"阿芹,你们三个今晚是不是住在这里?我让阿珍安排房间。"

阿芹说:"阿爸,我们还是回到新德里24号去住吧。每换一个新地方我夜里就困勿好觉。"

阿德说:"那也好。"

嫣红又把阿芹叫到楼上,说了一会儿话,阿芹就朝下面喊:"阿天哥,你上来一趟。"

不久,阿天眉开眼笑地和阿芹一起下来了。不久嫣红也下来了,说了一

193

会儿话,阿芹就说:"那阿爸,姆妈,我们就回新德里去了。外婆,阿珍阿姨再会。"

他们三个出了门,已快深夜了。

阿德与嫣红洗漱一番就回到卧室说了好长时间的话。

沈嫣红很是兴奋,说:"阿德哥,你教育出来的女儿真有教养。讲讲也是位拍电影的明星了,一点架子也没有,也一点没有傲气娇气,老大度的。我真喜欢,不过她叫我姆妈时,我真是勿好意思,我才比她大几岁呀,哪能当得成姆妈呢。"

阿德说:"那叫你啥,你是我女人,她是我女儿,勿叫姆妈叫啥?长幼有序,该怎么叫就得怎么叫。你借钱给阿天了?"

嫣红说:"借了。我把那只钻石戒指给他了,当多少钱就算借多少钱。我就按你的意思,说是借,不是给。他就收下了,这只五克拉的钻戒,怎么当也能当上千块大洋了。"

阿德说:"干吗要给钻石戒指呀。"

嫣红说:"勿是你不喜欢嘛。我想想也是,别的男人送的东西戴在自己手上天天叫自己的男人来看,那心里是啥味道。"

阿德说:"我气量没有那么小。"但心里听着是蛮开心的。

嫣红说:"那你也勿会高兴,自己的女人戴着别的男人送的东西,你要还那么高兴,那就像是猪头三了。"

阿德一笑说:"勿要讲得那么难听。"

嫣红说:"再说,把戒指硬还给崔先生,是勿是也太让崔先生难堪了?给了阿天他们,两全其美。我也能轻轻松松地面对你了。"

阿德说:"那崔先生那儿怎么说?"

嫣红说:"我说那么贵重的东西我勿舍得戴,收藏起来了。他还能来查?只是一起搓麻将逛逛马路的朋友,又勿是自己的男人。"

阿德一挥手说:"勿说这事了。后天我要同盛兆霖开战了。我有几件事想交代你。因为你现在还是我的女人。"

嫣红说:"不但现在是,以后也是,永远都是。"

阿德说:"话勿要说得这么死。"

嫣红说:"就这么说死了!"

阿德说:"这次我同盛兆霖斗蟋蟀赌。对方的虫我没有看到,所以心中没有数。"

嫣红说:"阿德哥,你白相了二三十年的蟋蟀了,听讲没有输过。"

阿德说"也输过两次,而且有一次也很惨,差点也拿房子输掉。后来那个人不甘心,还想再赢一把,结果我又把房子赢回来了。所以我看虫的好坏,十之八九看得准,但也勿是只只都能看准。这次我一定要同盛兆霖赌一把,是因为两个原因。一是盛兆霖要报上两次的仇。尤其是因为你和这栋房子,他输了怎么也不甘心。这一次开始时,他还是要赌这栋房子和你。但我死活不答应。我说房子是你姆妈的了,我做勿了主,二你已是我女人了,我拿我女人去下赌注,我阿德也太有点不像话了。我知道他要解心头那切齿的恨,非要让我也受受伤,我就把房子连同所有的流动资金全赌上了。"

嫣红说:"姆妈讲了,只要这栋房子在,有我们在,就是你德哥输得精光,也勿怕。留得青山在,不怕没柴烧。"

阿德说:"让我吃软饭,靠你们,那我阿德就勿是个男人了。我一定要赢!"

嫣红说:"你会赢的。但真要输了,就住回来,房子还是你的房子,我还是你的女人。说勿上吃软饭。"

阿德听沈嫣红这么说,也不好太驳她的面子,也软了下来。说:"再讲吧。不过嫣红,我这次一定要同盛兆霖赌一把还有个原因,是林福前些日子为了抢地皮同山东白秃头帮打了一次群架,死了人,他是吃了官司,但他的那一帮赢了,福爷可以在那块地皮上投一笔资,但他的钱全投在乡下买土地上了,想让我借他一笔。但我一时没那么多的钱,就靠与盛兆霖赌上一把了。还有北京路的三祥轴承店,因为我的原因,被盛兆霖整得破了产,想让我帮他们一把。现在听说也又开张了,但资金短缺,生意做得很艰难。生意要甩开来做,没有一大笔流动资金是不行的。"

　　沈嫣红说:"原来阿德哥你这一赌,押了这么重的注啊。"

　　阿德说:"所以我把全部家产连同房子全押上去了。"

　　沈嫣红好像有什么不祥的预感似的。说这件事时心里老像压了块东西沉甸甸的。她虽然不时地在安慰着阿德,但她也不想再讲这么个让人揪心的话题,于是说:"阿德哥,你会赢的。睡觉吧,我困了。"

　　两人睡下。这么大的事压在心中,阿德也没有兴趣同嫣红做一做阴阳。今天又忙了一天,嫣红也真困了,躺下就睡着了。而阿德则睁了一夜的眼睛。

中 篇

十

　　树叶上挂满了晶莹的雨滴,雨下下停停,停停下下,有时候雨下得还是蛮大的。下雨天天黑得似乎也早。阿德吃过晚饭就到二楼关上吊扇,开亮灯,大热天,只要再加上电灯光的热度,就会更感到热,弄得阿德满头大汗,但他还是把吊扇关掉,就是怕打开后,吊扇的风会吹到蟋蟀身上。这种虫子也很娇贵,一有什么动静就会不安地乱蹦乱跳。阿德把所有盆里的蟋蟀一只只欣赏过来。喜欢蟋蟀的人同喜欢画的人一样,欣赏自己的蟋蟀与欣赏自己的藏画一样是种乐趣。再过几天就要同盛兆霖斗蟋蟀赌一次,这似乎是一次攸关人生走向的大输赢。阿德决定明天拿上几只虫去花园路上同那些在马路上斗蟋蟀的人也去斗一斗,试试手气。看斗下来是赢的多还是输的多。虽然只是一次只有十块大洋最多是上百块大洋的输赢。平时阿德当然是赢时多,输的很少。但明天去试手气,如果仍是赢得多,那同盛兆霖这场恶斗的预期就会乐观一点。于是阿德就挑出几只,搁在一边。虽然只穿一件短褂,但背已经被汗水浸湿了,褂子就粘在了背上。挑完蟋蟀盖上蟋蟀盆,阿德才打开吊扇,雨又开始下大了,打在树叶上哗哗啦啦响。

有人在敲门,葆娣一面往天井走一面喊:"来了,来了。"

葆娣打开门,欣喜地叫了声:"老爷,小姐回来了。"

由贾玉芹饰演女主角的电影《人面桃花》先后在上海的大光明、美琪、国泰等电影院放映了。江时鑫又把采访贾玉芹以及配上贾玉芹玉照的有关报道在好几家报纸上一登,有的报纸把贾玉芹的玉照还登在特别大特别显眼的位置。有些画报还作为封面登了出来。贾玉芹一时在上海滩上红了起来。有些小报记者就盯在贾玉芹屁股后面不放,一直追到家门口。于是新德里竟也一时热闹起来。聂公子也经常开着小车来接贾玉芹去参加各种宴会、舞会。一些圈里的同行们举办各种活动也要邀请她参加。贾玉芹有时清晨回来,累得瘫在床上,一个劲地喊:"阿爸,我吃勿消了,真咯是吃勿消了。"但是只要有人来请她,她也只好去,有些是推勿掉,勿能勿去的。有的她确实也想去,因为有些关系她也很想去拉的,而有的是她的要好朋友,他们就是勿来邀她,她也会主动要求去,而有的为她造势的见面会、招待会,她肯定要出席,女人的这种虚荣心是一种本能。你不能怪她虚荣,世上没有一个女人不爱虚荣,只是程度不同而已。就像一百个女人九十九个爱逛马路一样。

阿德也没有因为贾玉芹的蹿红而喜形于色,只是把这事看得淡淡的。有人见了阿德说:"阿德,想勿到你养了这么出色的一个女儿。"阿德说:"高兴当然为她高兴,但这是她命中注定的事,与我阿德没有关系。"

打扮得很时尚的阿芹走进家门。后面跟着的是阿晴。

阿德下了楼。看看阿芹,发现成名后的阿芹气质越来越好了。但此时她却也面带愁容,阿晴的面色勿好。见了阿德说:"阿德娘舅好。"

阿德说:"又出啥事体啦?生意做勿下去啦?"

阿晴说:"娘舅,生意上是艰难点,但也能勉强维持下去。但这次勿是生意上的事体来寻娘舅咯。"

阿德说:"那还会有啥事体?"

阿芹说:"阿爸,阿天阿哥和鸣凤嫂子被捉到淞沪警备司令部去了。"

阿德摇摇头说:"迟早的事。做人要安分守己!"

阿晴说:"阿爸也这样说他们,但阿哥和阿嫂就是勿肯听。我行我素。阿爸讲大学毕业了,寻份工作做做,或者索性跟我一样,在店里做做生意,何必去做那种事体呢。政治是政治家做的事,我们是生意人,做生意混口饭吃,有啥勿好。可他们说,你们太自私,只顾自己,勿顾天下的劳苦大众。"

阿德说:"在这个世界上,自己能养活自己,就勿错了,什么劳苦大众,这么多劳苦大众你顾得过来哦?就是你顾得上他们,他们也勿见得领你的情。在我阿德娘舅看来,人活在这个世上,勿管啥个行当,最最重要咯是做人要像个人样子,自己先把自己的人做好了,再去管别人的事。自己还没有把人做好就去瞎管别人的事,你能管得出啥名堂来。弄得勿好,就被那些别有用心的人利用了。"

阿晴说:"阿爸也是这样讲的。但是阿天阿哥与鸣凤阿嫂进了警备司令部了,总是凶多吉少。阿爸让我来找娘舅,看看娘舅有啥办法哦?"

阿德说:"我一个白相蟋蟀的人,又没有啥社会地位,我有什么办法?"

阿芹说:"阿爸,你勿是同隔壁23号的万老先生熟吗?听讲警备区聂副司令是万老先生的学生。"

阿晴又补充一句说:"淞沪警备司令部现在是聂副司令当家,司令是挂个名,不管事的。"

阿德说:"没用的。这种事万老先生是决勿肯出面的。你们死了这个心吧。"

阿芹说:"阿爸,你去说说看,试试嘛。"

阿德说:"万老先生的脾气我是晓得的。我勿去碰这个钉子。"

阿晴说:"既然阿德娘舅这么说,那也就不再为难娘舅了。娘舅,阿芹,那我先回去了,阿天阿哥他们一意孤行,那也只好自作自受了。"

阿芹深感愧疚地把阿晴送到门口。由于生意上的失败,阿晴汽车也没

199

得开了,只好撑起雨伞,对阿芹点了一下头说:"再会。"

阿芹说:"阿晴哥,真对勿起,我阿爸实在是帮勿上忙。"

阿晴说:"我晓得咯。只能怪阿天阿哥自己。不该走那条路。"

雨下得很密。阿芹一直目送阿晴出了弄堂口。

阿芹刚要回家,阿德反而走了出来。

阿芹说:"阿爸,作啥?"

阿德说:"我还是去找找万老先生吧。死马只当活马医吧。去讲一讲总比勿去讲的要好。起码自己的心里也太平点。"

阿芹说:"阿爸,你真是个好人。"

阿德叹口气:"唉——"什么话也没再说,按响了隔壁23号的门铃。

来开门的是报社记者江时鑫,他老婆许丽珠已经去仙乐舞厅上班去了。

阿德说:"我找万老先生。"

江时鑫说:"噢,阿德哥,我也正有事体想寻你呢。"

阿德说:"啥事体啦?"

江时鑫说:"倒勿是你阿德哥的事体,是你女儿阿芹的事体。"

阿德说:"寻她作啥?"

江时鑫说:"采访呀!有人出钞票,专门要我们报社采访贾玉芹。"

阿德说:"啥人啦?"

江时鑫说:"反正是有来头的人。没有来头的人想捧也捧勿动。"

阿德说:"阿芹现在在家,她的事我也管勿了。你要采访你就去采访吧。"

江时鑫说:"明朝哦,今朝太晚了。阿德哥,烦你等一歇回去同阿芹讲一下。"

阿德说:"我先找万老先生,回去再同阿芹讲哦。"说着,就上了楼。嘴上喊:"万老先生。我是阿德,寻你有点事。"

万松年听是阿德,忙在楼上喊:"阿德啊,上来,上来。"

阿德上了楼,万老先生已经在门口迎他了。

阿德走进二楼客厅说:"万老先生,这么晚还来打扰你,真勿好意思。"

万老先生说:"没事的,没事的。刘妈,泡茶!"

刘妈泡上茶来,阿德把事情一讲,万老先生听了一脸的不悦。

万老先生呷了口茶说:"上次我在你们家就说过这个林觉天,勿要造反,勿要当宋江,他偏偏一意孤行。抓进淞沪警备司令部是迟早的事。"

阿德说:"我也是这么说的。"

万老先生说:"捉进淞沪警备司令部的都是政治上的重犯!"

阿德说:"我也这么想。捉进淞沪司令部,那肯定都是凶多吉少的。"

万老先生说:"只有凶,哪来的吉呀!"

阿德说:"所以我才来找万老先生,那个阿天,鸣凤,虽然同我只沾了那么一点亲戚关系,但总还是外甥、外甥媳妇呀。"

万老先生很慷慨激昂地说:"我是最痛恨这些动不动就闹事就造反的人。他们造反的目的是什么?无非就是把别人的位置夺过来,把别人的财产夺过来,然后自己去坐那个位置。就像李逵说的那样,把那个鸟皇帝杀了,让宋江哥哥来当皇帝。把有钱人的财产夺了,自己当富翁,当地主,自己娶七房八房姨太太。人类社会不能这样干,杀来杀去杀个没完。不能因为自己的生存状态不好就想着造反。人活在这世上,得找准自己的位置,求学问的好好做学问,做生意的好好做生意,做劳工的就好好做劳工,生存条件是要靠自己来改善的。想通过造反来改善自己的生存条件,这条路最终是走不通的。你造别人的反,别人后来也会造你的反。造反是会造成大批的人去死。但最后也还是改变不了所有人的命运,该当官的还当官,该发财的还发财,该受穷的还受穷。老百姓再造反,治理国家的人就再拼命镇压,再死许多人,这绝不是办法。要想让社会发展进步,富裕,是治理国家的人与老百姓共同合作的事。治理国家的人要允许老百姓说话。民为重,社稷其次,君为轻。老百姓也要像个民,不能老当暴民,当刁民。治理国家的人要与老百姓一起合作,相互支撑,对社会进行改良,这个社会才会有希望。我活了七八十年了,我看的书可以堆满十几个房间。可我这个老人说的话,他们就是不听。"

阿德说:"万老先生,勿好意思,我听讲,淞沪警备司令部的聂司令是你的学生。"

万松年说："不错，哪能呢？"

阿德说："万老先生，这话我真有些勿好意思讲。我是想请万老先生帮我去讲一讲。让他们认个错，放出来哦。我的那个外甥、外甥媳妇毕竟还是年轻人，勿懂事。"

万松年一脸严肃地说："让我这个老头子去向自己的学生求情去，是这个意思哦？"

阿德说："所以我说希望是这样，太勿好意思了。"

万松年说："本来，看在你阿德的面子上，去讲一下也没有啥。但我看那个林觉天与乔鸣凤有点愣头青，不知好歹，这个情我勿能去求。再说，让我去向自己的学生低头哈腰的，我万松年也做勿到。阿德，勿好意思了。"

阿德一听无望，就说："万老先生，这么晚来，还来打扰你老人家，真过意勿去。"

万松年说："没有啥，没有啥。可惜是我这个忙实在是帮不上。"

阿德回到自己家，阿芹问阿德情况。一说，阿芹也感到难过，回到自己房间关上门哭了好一阵。后来她告诉阿德，说："阿爸，我不是哭阿天阿哥，我是哭阿晴哥。他也太可怜了。店给人家整垮了，要靠他去收拾摊子，他得顶着。阿天阿哥出事了，又是他到处奔波，还是靠他去顶着。他又不是老大，是个老二呀。"

阿德想，生活中就是这样，兄弟姐妹之间，能干的就会多一些责任，有些事想推也推勿脱的，只能是你去担着。

那天晚上万家伦导演邀请电影《人面桃花》的男女主要演员去仙乐斯舞厅跳舞。聂书煜公子也不邀自来了，他当然还是为贾玉芹而来。舞曲一开始，聂公子就邀请贾玉芹跳。而贾玉芹也因为阿天与鸣凤的事求万老先生无果而发愁。这时她马上想到勿如直接通过聂书煜去求求他老子去。争取一下总比勿争取要好。贾玉芹笑眯眯地接受了聂公子的邀请，手臂搭在了聂公子的肩上。

跳完一曲舞，走回咖啡桌。坐下后，贾玉芹朝聂公子一笑说："聂公子，我有件事想求你。"

聂公子一听,受宠若惊了,忙说:"什么事?快讲。只要我聂某能办到,我一定为你办!"

贾玉芹把阿天与乔鸣凤的事情一说,聂公子犹豫地说:"这件事恐怕有些难,我阿爸是从来勿许我插手这种事体咯。"

贾玉芹感到很失望。

聂公子忙说:"我尽力而为吧,啊好?"

贾玉芹没说什么,看到万家伦朝她走来,忙迎上去同万家伦走进舞池去跳舞了。

新德里23号的许丽珠也在仙乐斯上班,她看到贾玉芹说:"贾小姐,你真的好漂亮啊。"

许丽珠也热情地邀请聂公子跳了两曲舞。聂公子很大方地当着贾玉芹的面给了许丽珠一叠舞票。显然是想讨好贾玉芹。许丽珠自然也是心知肚明,于是对贾玉芹也是热情得勿得了。

那晚贾玉芹心情不好,没有坚持到舞会终场就走了。聂公子把她送到门口,献殷勤地说:"贾小姐,你托我的事,我一定尽力而为好哦?"

阿芹说:"那就拜托了。"

树上的知了也一声长一声短地叫,天气越热知了好像叫得越欢。阿德提着六只蟋蟀盆来到花园路,那些在赌注上小来来的主们也都迎了过来。他们手头上的蟋蟀也都想与阿德的蟋蟀赌一把,输了无所谓,但赢了就可以吹一阵子,说是自己的蟋蟀把阿德哥的蟋蟀斗败了。这似乎也是一种荣耀。人有时也活在这种精神上胜利的快感中。像这样小注小来斗蟋蟀的场地一般都在室外,在花园路上的那一小片空地中,但围观的人却也是里三层外三层的。蟋蟀斗得热烈时也时时发出一阵阵惊呼。那天,阿德都是几十大洋最多也是一百大洋的输赢。结果是六只蟋蟀,斗赢四只。虽然让阿德并不如意,但毕竟是赢多输少,阿德还是对第二天与盛兆霖的这场大赌充满了信心。

也就在那天,万老先生还是要了一辆三轮车,去了淞沪警备司令部,去找聂副司令。聂副司令叫聂怀德,曾经是万老先生的得意门生。那时两江地区的都督手下的一位军长,与万老先生是世交。在清朝政府时,读书人当什么两江总督,两广总督被称为"大帅"的人有的是。民国时,部队里什么军长师长的也有的曾经是读书人。那位军长的祖上与万老先生的祖上曾经是同出于一个师门,所以成了世交。当时那位军长想要一个秘书,就让万老先生推荐。万老先生就推荐了聂怀德。于是聂怀德就进了军界,现在成了淞沪警备区的副司令。司令是个挂牌的名人,不太管事,平时由聂怀德代职当家。

聂副司令一听说万老先生来访,热情地出来引了进去。在小客厅里坐下,让警卫员敬上茶说:"万老先生是从来不进我们军人的驻地的。今天怎么来了?"

万老先生说:"有事来求你呀。"

聂副司令说:"万老先生言重了。有什么事要学生做的,你吩咐一声不就行了。"

万老先生说:"你这儿是不是关着一个叫林觉天,一个叫乔鸣凤的人。"

聂副司令说:"有。"

万老先生说:"他们犯了什么罪,是杀人放火了,还是盗抢越货了?"

聂副司令说:"是煽动反政府的罪行。"

万老先生说:"言论上获罪?"

聂副司令说:"可以这么说。"

万老先生说:"在我们学术界,有一位先生就提出过这样一句话,独立之人格,自由之思想,我是很赞成的。言论过激点,也不能就抓人呀。"

聂副司令说:"他们的情况不一样。"

万老先生说:"聂司令,我不同你争论这些,只要没有杀人放火,光讲了一些过激的言论,希望你把这两个人放了。我来找你求的就是这个情。至于放不放人,有你定夺。好了,我走了。"

聂副司令想到两天前儿子也为这两个人来求过情。据说是当红的电影明星贾玉芹向他儿子求的情,而他儿子正暗恋这个明星。聂副司令思考了好一会儿,说:"万老先生,你的面子,我当然要给的。但我有个要求。"

万老先生说:"请讲。"

聂副司令说:"我把这两个人放了,一是他们不许再在我管辖的地盘上胡乱放屁,要放就到我管勿到的地方去放。在我管辖的地方上胡乱放屁,弄得个臭气熏天,我闻不得!他们到我管勿到的地方,爱怎么放就怎么放去!"

万老先生也思考了好一会儿,说:"可以。我去讲,但你要放人。"

聂司令说:"过几天就放,有些手续还得办一办。"

"一定放?"

"一定。"

"那就告辞了。"

"用我的车送一送老师。"

"不用。闷在车里我勿习惯。坐三轮车更自由。宋人苏舜钦有句诗叫:吹入沧溟始自由。我就喜欢自由。任何人都不能随随便便剥夺别人的自由!"

万老先生回来后,就对阿德说:"人可能这两天就会放出来。但有一个条件,放出来后,勿许再从事什么政治活动,或者就离开淞沪这块地皮。否则,还会抓进去的。到时,恐怕就勿怎么好办了。"

阿德点头说:"好咯,好咯。"

想不到,当天晚上,阿天与鸣凤就给放出来了。两人来到新德里24号时显得有些狼狈。面色憔悴,一进门就说:"娘舅,让葆娣阿姨帮我们做点饭吃好哦。中午到现在都没有吃饭。在里面十几天,就没有给我们吃饱过。这些狼心狗肺的东西!"

阿德对葆娣说:"现在再做饭也太晚了,就到小吃店买点小馄饨生煎馒头哦。"

葆娣走后,阿德看看他们俩,说:"万老先生替你们说的情。你们出来他们告诉你们了没有?"

乔鸣凤说:"让我和林觉天离开这儿。但让我们勿活动,绝不可能。"

阿天说:"阿德娘舅,我们今晚就走。"

阿德说:"准备去哪儿?"

阿天说:"江西。"

乔鸣凤补充说:"那儿有我们的根据地。"

阿德从口袋里掏出十块大洋说:"拿上吧。算借我阿德娘舅的总可以哦?"

乔鸣凤说:"好,借的。今后我们一定还。"说着,抓起那十只大洋,放进了口袋里。

中　篇

十一

　　天气总是阴阴晴晴，一会儿乌云密布，猛地下了一阵瀑布似的阵雨，一会儿又乌云散开露出了湛蓝的天空，阳光又炎炎地射向大地。阿德知道，斗了几次蟋蟀，盛兆霖也有了经验，这次肯定会是一次定输赢，勿会再同他斗第二次。阿德回到新德里24号，在一只放在蟋蟀盆里的小瓷碟里稍稍给蟋蟀喂了一点水，一粒饭。不能喂得太饱，但也不能让它空肚去格斗。然后把房契，存单以及其他一些细软都装在一只皮箱里。输赢是天意，诚信与赖皮却是人品。坏自己人品的事阿德不会去做。赌是恶习，但你既然赌了，那就得严格遵守赌的规矩。不能因为是恶习你就可以耍赖，那会让人很看不起的。

　　在花园路78号那栋洋房里，盛兆霖已经踌躇满志地在那儿等着了。阿德穿着黑府绸的褂子，托着蟋蟀盆。他虽然没有像福爷那样有跟班，但他也有许多崇拜他的人,你只要在这个领域里有信誉,有与众不同的能耐,也就有了名望。画画的,写字的,打拳的,演戏的,白相蟋蟀的,各行各业中那些拔尖儿的人,就少不了有这一行的那些崇拜者。所以阿德托着蟋蟀盆走进花园路78号,后面那些白相蟋蟀的人以及花园路上摆蟋蟀摊的人,呼啦一下就跟在了阿德的后面,比那两三个跟班在后面更有气势。阿德的腰板也挺得笔直。盛兆霖一见阿德进来,忙站起来作了个揖,阿德把蟋蟀盆交给跟在他边上的阿毛,也还了礼。

盛兆霖说:"阿德哥,怎么样?现在罢战还来得及。"

阿德说:"盛大少爷,勿要开玩笑好哦!你问问花园路上的这些兄弟,我阿德在斗蟋蟀上啥时候罢战过。我把房契,存票还有这些细软的折价单都押上了。你看我像个会罢战的人的样子吗?"

盛兆霖看阿德的口气这么硬,也就一笑说:"那好吧。看看你的虫可以哦?"

阿德说:"可以。"于是接过阿毛手上的蟋蟀盆,让盛兆霖看。那蟋蟀在盆里昂首挺胸,两根齐齐的长须在来回摆动,就像一个骑在马上的将军威风凛凛,而且是一副随时准备投入战斗不获全胜决不罢休的样子。

"好虫!"盛兆霖说,"阿德哥果然有眼光。"

"那看看你的虫。"阿德说。

盛兆霖从跟班手上拿出盆,掀盖递给阿德。阿德一看,心头一惊,这不就是那只癞头阿伲说被人偷走的"金丝头"吗?怎么到了盛兆霖手里了?阿德头有些晕了。他想起了阿伲说到"金丝头"被偷的那心虚的样子,心里已经明白了八九分了。

"今天输定了。"阿德想,倾家荡产了。阿伲啊,这些年来我一直关照你,待你不薄,你怎么能做出这样伤我的事情呢?真是人心隔肚皮啊!

"哪能?"盛大少爷问,"现在退还来得及。"

"盛大少爷,你也太小看我阿德了。既然我上了船了,就是必输无疑也要搏一把。俗话说,落棋无悔,那才是大丈夫。是输是赢就看这两只虫了。"

还是一张大圆桌,四周看的人隔开一段距离,但却能看到盆里的蟋蟀。

两只虫子刚放进盆内都还没有站稳就斗开了。那场撕咬啊,真是惊心动魄,两只虫子撕咬在了一起,顶过去顶过来,一只把一只推到了盆边,另一只又顶了回去,把那一只也推到了盆壁上,谁也不叫,就这么死顶了好一阵子,那只"金丝头"跳起来,牙松开了,阿德的"桂花斑"牙齿被掰歪了,但还在振翅嚁嚁嚁嚁地叫。所有的人都屏住了气。两边那天花板上的电扇在呼呼呼地响,似乎也在鼓劲。被掰歪牙的"桂花斑"再次冲向"金丝头",而"金丝头"迎上去一口把"桂花斑"的那只歪牙咬了下来。一只牙没法斗了,转身跳出了盆外。阿德看到"金丝头"的牙板要比"桂花斑"的厚实。"桂花斑"输就输在了这上面。这是阿德早已看出了的。

"金丝头"展翅高鸣,胜了。

盛兆霖得意地说:"阿德哥,啥辰光交接?"

阿德说:"今朝下半天就可以。到横滨路盛捷律师事务所交接哪能?"

盛兆霖说了一句:"痛快!"带着跟班们扬长而去。阿德把那只斗丢一只牙的"桂花斑"重新捉住,放入盆内。阿德心里对蟋蟀说:"不怪你,你已经尽力了。"

阿毛问:"阿德哥,你怎么可能输呢?"

阿德说:"输赢是兵家常事,我明朝还会赢回来的。勿要紧。"于是托着那只装着只有一只牙的"桂花斑"走出了花园路78号。他看到盛兆霖还站在他的小车边上,朝阿德喊了一句:"阿德哥,贾玉芹我会好好关照的。你要真没有饭吃,来寻我。"

阿德说:"我是个活人,又不是个死人,怎么会没有饭吃呢?至于贾玉芹,她已是成年人了,她会知道怎么过的。不过盛大少爷,下次我们再搏一下怎么样?"

盛兆霖说:"你已经输得精光了,拿什么再跟我搏?如果你拿永福里16号加上沈嫣红跟我搏,那我奉陪。"

阿德说:"盛大少爷,这你想都勿要想。天无绝人之路,我会来找你的。"

盛兆霖说:"那我等着,再会。"

于是跳上汽车,走了。而乌云又聚合在天空上了,阿德对阿毛说:"阿毛,你好好摆你的蟋蟀摊。我可能要消失一段辰光。"

阿毛说:"阿德哥,你勿会想勿开吧?"

阿德说:"你想到哪儿去了,我还要再同盛兆霖咯只瘪三搏一把呢,我怎么能去死呢?"

雨噼噼啪啪地打了下来。阿德跳上一辆黄包车说:"江虹路新德里24号。"

就在阿德托着蟋蟀盆去花园路78号与盛大少爷赌的那天上午,崔延年与巧雅又来找沈嫣红去逛马路。逛到中午吃饭时,袁巧雅就说她的南货店要进货,得赶回去。又一次地把沈嫣红撂给了崔延年。在烟花场里混过的女人,可能天生就是个皮条客,欢喜把自己玩过的男人也往自己的姐妹那边推,大家半斤八两,彼此彼此。虽然两人都在一个妓女院待过,也都从了良。她袁巧雅不做这种生意了,但男人来找她玩玩,只要有进账,有好处,有生财之道,有能方便自己的地方,男人又登模登样,往往也不拒绝,生活中这样的乐趣也需要享受,男人女人都是人嘛。这种事是人总因有这种欲望而会去做的。比如像崔延年这样的男人,不但有钱又长得很俊,又很有风度,很有修养。三十几岁,在这方面不但成熟而且也特别的如虎似豹,气势很足。她享受了,却也很想能让沈嫣红也分享分享。自从在沈嫣红家搓麻将那天起,她就看到崔延年对沈嫣红也垂涎三尺,于是动了拉他俩皮条的念头。男人在这方面勿是东西,女人在这方面也勿是东西。男皇帝有三宫六院,女皇帝也招大群的"面首"供她享用。所以在这方面,男人勿要骂女人水性杨花,因为你也不是什么好东西,而女人也勿要骂男人是"色狼",因为你也不见得不"骚情"。闭上眼睛,互不相骂。只要不是伤害,大家开一眼闭一眼,也就都相安无事。自有人类以来,这种促使人繁衍的事,本能而已。食色,性也。其实袁巧雅勿晓得崔延年勿是只想白相白相沈嫣红,而是像盛兆霖一样,真正地爱上了沈嫣红,是往心里粘进去出勿来的那种爱。

袁巧雅走后。崔延年请沈嫣红吃饭时说:"沈嫣红,我给你的戒指你怎么不戴?"

沈嫣红说:"你给我的戒指太贵了,我舍不得戴。"

崔延年是个敏感的人,说:"啊是阿德哥看了不高兴?"

沈嫣红说:"阿德才没有这么小家子气呢。是我放起来了。"

崔延年也就勿响,只是给沈嫣红夹菜献殷勤。

吃过中饭,崔延年继续陪沈嫣红逛马路。逛马路是女人的天性,逛再长的马路转看再多的商店,也不觉得烦也不觉得累,依然兴致盎然。

太阳已经西斜,马路两边商场楼的阴影已经覆盖了马路,路面上再也见不到阳光。沈嫣红说:"崔先生,该回去了。"崔延年说:"到冷饮店喝口冷饮吧。喝完冷饮我们就回,好哦?"

崔延年把沈嫣红让进一家天花板上有四座大吊扇的冷饮店,拉开凳子让沈嫣红坐下,然后叫"包艾"(服务生)端来两小碗绿豆冰茶,说:"你先吃,休息休息。我出去一下,马上就回来。"沈嫣红就慢慢地喝着冷饮,感到崔延年每次逛马路时对她的"服务"真是细致入微,诚心诚意,礼貌周到。她也很是感动。

不到半个小时,崔延年匆匆赶来,喝了两口冷饮,就放下碗说:"走哦。"

叫了辆三轮车,两个坐了上去。崔延年说:"先到斜阳路47号。"沈嫣红看看崔延年,但一想,回家刚好要路过斜阳路,可能是崔延年要先回家,然后再让她继续坐着三轮车回家。于是也没再说什么。这时崔延年从口袋里掏出一只首饰盒。打开盒子,里面是一只比上次更大的一只钻石戒指。崔延年抓过沈嫣红的手就给她戴上了。沈嫣红说:"崔先生,勿要!"

"戴上吧,"崔延年说,"求你了。我看到你手上戴着我买给你的戒指,我心里就舒服。你要再收起来,我就再给你买,我一定要看到你手上戴着我买给你的戒指。"他的眼睛乞求而痴情地看着她。

沈嫣红感动得泪都快渗了出来。

到了斜阳路47号,一栋花园洋房。崔延年说:"先到我屋里坐一歇,然后我再送你回去。这点面子总该给我吧?"

沈嫣红想了想,眼光瞟到了戴在手指上的那只熠熠闪光好大的钻石戒指,说:"好哦。"

崔延年激得心在胸腔里怦怦乱跳起来,赶忙跳下三轮车,把沈嫣红扶了下来。沈嫣红穿着高跟鞋,崔延年眼盯着高跟鞋说:"当心,勿要摔倒了。"

"勿会咯。"沈嫣红一笑说。

透过铸成花纹的铁栅栏门可以看到一片大花园,绿草如茵,洋房前有几株枝叶如伞状的法国梧桐树,草地中间有一个大花坛,坛里的花朵搭配得也相当的养眼,看来花匠是个有点艺术涵养的人。

一个五十多岁的门房来开门。走进花园,沈嫣红看到洋房边上的车库里停着一辆林肯牌轿车,沈嫣红用嘴指了一下说:"你的车?"

崔延年说:"是。"

沈嫣红说:"没见你开出来呀。"

崔延年说:"陪你出来逛马路,开着车怎么逛?只有出去郊游我才开车,或者要去参加舞会、饭局,我才开。扎台型(炫耀)也要看场合,是哦?"

沈嫣红笑笑。崔延年走路,腰板挺得笔直,说话也含着微笑,语气也是文质彬彬的。而且连续两次给她买钻石戒指。做事心蛮诚的。她对他有好感。

走过草地,来到楼房门前,一位穿着蓝底白点花纹中式衣裤的丫鬟站在门口,对崔延年微鞠了一躬,说:"少爷,有啥吩咐哦?"

"翠莲,"崔延年说,"冲两杯咖啡送到小客厅里。"

"勿。"沈嫣红说,"冲杯绿茶哦。这么热的天,喝咖啡上火。"

"喝咖啡上火没有听说过。"崔延年一笑,"我在英国时,喝惯咖啡了。翠莲,那就沏壶绿茶哦。"

"晓得了,少爷。"

进了楼房。沈嫣红要往客厅走,崔延年拉了她一把说:"小客厅在二楼。"

上楼时崔延年就去搂沈嫣红的腰。沈嫣红轻轻地把他的手拉开了,崔延年还是笑了笑。

"小客厅在哪?"沈嫣红问。

"朝这边走。"崔延年说。

走进二楼走道。崔延年推开一扇门说:"这里。"话音刚落,就把沈嫣红推了进去。沈嫣红一看,是卧房,忙转身想出去。崔延年反身把门锁上了。沈嫣红要去开门,崔延年一把抱住了她。

沈嫣红挣扎着说:"崔先生,勿要这样。"

崔延年一把抱起沈嫣红,就把她搁在了床上。天气热,沈嫣红穿的是开衩很高的丝绸旗袍。崔延年撩起她的旗袍,扯下她的裤衩,扑到她身上,硬邦邦地就顶了进去。沈嫣红只是略微反抗了一下。那东西一进去,她也无力了。以前同各等男人做惯了这种事的女人,也似乎由习惯成自然了。好长时间没接嫖客了,似乎那时又接了一个客人似的。沈嫣红那时就仿佛是那样一种感觉。

事后,沈嫣红从床上起来。崔延年突然跪在了她的脚下。说:"沈嫣红,我太爱你了,一天看不到你,我都会像丢了魂一样。"

"没用。"沈嫣红说,"这种话我听得多了。崔先生,以后再也勿许这样了,只能有这一次。"

崔延年说:"沈嫣红,我爱你,真的我爱你啊。"崔延年这时激动地哭了起来:"我可以为你去死。"

"崔先生。开花腔勿要开得太离谱了。让人听上去假假的。"

"我是真心咯!你要勿相信,我死给你看。"

"我是个做过烟花行的女人,命勿值铜钿。你可是一个大富翁家的少爷,又留过洋,命要值铜钿得多。为我这么个做过烟花行的女人去死,那也太勿值得了。这样肉麻兮兮的假话以后再也勿要讲了。今朝这件事,只有像我这样的女人会让你做成功,但我还是觉得我对勿起我的阿德哥。送我回去哦!"

"喝杯绿茶再走?"

"勿喝了!被你这么一做,我身上的火气喝再多的绿茶也消勿脱了!"

崔延年要开车送她,沈嫣红说:"坐三轮车哦。用车送到我家门口。阿德哥或者我姆妈看到,都会怀疑的。以前你陪我逛马路,都是坐三轮车咯。"

两人坐上三轮车,一路再也无语。

到了永福里的弄堂口,沈嫣红就让停车。然后跳下车说:"崔先生你勿要下车了,我自己走回去。"

崔延年坐在三轮车上,一直目送到沈嫣红那穿着嫩绿色绣着菊花的丝绸旗袍那柔软而优美的腰身扭着消失在弄堂里。崔延年愣了很长时间。要不是车夫问:"老爷,还去哪里?"他还愣在那儿呢。

"斜阳路47号……"

沈嫣红匆匆走进弄堂,来到16号家门口时,才恍然想起阿德与盛兆霖今天的大赌。这个时候,赌肯定是赌好了,但结果会怎样呢?沈嫣红按响门铃,阿德哥该回来告诉她结果了。

阿珍来开的门。

"阿德哥回来了哦?"

"还没有。"阿珍说。

这时沈嫣红的心突然感到沉沉的。她今天就不该跟着崔延年去逛马路。袁巧雅在半路上借口溜脱了,存心留下她与崔延年,这件事仿佛是袁巧雅与崔延年串通好了的。她走进客厅,坐到太师椅上说:"阿珍阿姨,帮我泡杯绿茶,嘴巴干煞脱了。"

沈赵氏住在一楼灶片间边上的厢房里。听到沈嫣红回来了,也出来说:"有阿德的消息哦?"

沈嫣红说:"赌赢赌输他肯定会回来讲一声的。"

沈赵氏说:"嫣红,你面色不好哎。"

沈嫣红说:"天气太热,逛马路又有点吃力。歇一歇吃口茶就会好的。"

"没有出啥事体哦?"沈赵氏看着嫣红问。

"跟巧雅崔先生一道出去,哪能会出事体啦。"沈嫣红一笑说。但心里却有点堵。勿该进崔先生家的门。这时她又看到手上那只大钻戒,"姆妈,我想到床上去躺一会。阿德回来就叫我。"

"晓得了。"

沈嫣红上了二楼,进了卧室,脱下手上的钻戒,就塞进她那只装满首饰的小首饰箱里。一头倒在了床上。

有一个故事,说是一个挑担卖麦芽糖的,走街串巷时,拾到钱发了点小财,感到很幸福,一夜没睡着觉。而一个财主呢?有千万财产,因为赌,把一半的田产赌掉了,他突然感到生活不下去了,于是就跳河自杀了。虽然这只是个民间传说,但在阿德看来这两种人都可能存在,但对生活的承受力却未免太浅薄了,人生活在这个世界上,大灾大难都可能遇到。大富大贵的人他见过,穷得快要饿死的人他也见过。军队打仗也是这样,战死沙场的有,由士兵升到将军的也有。有的当兵成了残疾,后来瘸着个腿撑着根竹竿,沿路乞讨的也有。人既要顶得住富贵,也要熬得过贫困。万松年老先生就说过富贵不能淫,贫穷不能移,威武不能屈,这就是中国人活在这世上的信条。胜负是兵家常事,赌上面也是这样,总有输赢。赢了疯狂,输了跳楼自杀,那你就不该去赌。那天下午,阿德在横滨路盛捷律师事务所与盛大少爷交接完毕。房产、细软、银行与钱庄的单子都捋得清清楚楚的,交给了盛兆霖。盛兆霖很受感动,说:"阿德哥,你真是个诚实信得过的人。赌债勿赖,嫖资勿欠,在江湖上混的人就该这样。来!"盛兆霖从口袋掏出一张票子,说:"这是我的一百大洋,勿算在你的赌注里的。算我对你阿德一点敬意。收下,你一定收下。将来你想找我报仇,我盛兆霖还照样奉陪。"

阿德回到家里,就给了葆娣十块大洋说:"葆娣嫂,你到乡下去住一阵,我勿会忘记你的。不出两年,你又会回到我新德里24号来的。哪怕真来勿了,我也会再好好安排你的。你要相信我阿德。"

阿德说这些话的时候很平静,而葆娣娘姨却伤心地哭了。像阿德这样的东家勿好找。

傍晚时分,阿德收拾起自己的几十只蟋蟀盆,这些蟋蟀与蟋蟀盆与盛兆霖讲好,不算在赌注里面的。

阿德叫了辆三轮车,装上那几十只蟋蟀盆说:"去张家巷稻香园。"

三轮车夫说:"老爷,到那儿天都黑了,又是郊区的稻田路,我勿去。"阿德说:"给你加倍的车钿总可以了哦?"

车夫听说是加倍的车钿,就讲:"那我试试看哦。不过弄得勿好,车滑进田里翻脱了,你这几十只蟋蟀盆摔坏了,勿能怪我。"

阿德说:"那你就尽量小心点,勿要存心翻脱就可以了。"

车夫说:"我哪能会存心呢,车翻坏了修车费还是我来掏,老爷又勿会帮我掏。"

阿德说:"快走哦。再拖下去,天真的要黑了。"

于是三轮车骑得飞快。太阳还挂在地平线上时,一块块泛黄的稻田与碧绿的菜地已映在了眼前,不一会儿就可以看到癞头阿伲那个茅房的屋顶与他的稻香园了。

癞头阿伲眼睛也尖,知道这个时候一般人不会到他这儿来,除非有急事要找他的。他一眼就认出阿德,于是忙快步迎了上去。看到阿德坐在三轮车上,脚边上有一只木箱,里面摆满了各式蟋蟀盆,感到很奇怪,忙指指蟋蟀盆说:"阿德哥,你这是?"

阿德跳下车,说:"等等再讲。"忙给车夫付车钿说:"天都黑了,乡下的路难走,趁天还没有黑透,你快走哦。"

车夫接了双倍的车钱,笑容可掬地说:"谢谢老爷。"车夫帮阿德卸下那一大木箱蟋蟀盆后,就飞快地骑着车往市区赶。

癞头阿伲说:"阿德哥,你怎么啦?"

阿德说:"阿伲,你把这箱蟋蟀盆搬到你房子里,我有话跟你说。"

阿伲搬着那只木箱,穿过院子,走进那间大茅草房,看到阿德的脸色勿好,感到很奇怪。怎么也猜不透这是怎么回事。

阿德也看出阿伲那极其疑惑的眼神,说明他也不知道阿德的事会跟他有什么关系。

阿德说:"阿伲,我问你,你得给我说实话。"

阿伲说:"阿德哥,我阿伲从来没有骗过你呀,这点你是清楚的。我阿伲可能会骗别人,但决勿会骗你阿德哥呀。"

阿德说:"我问你,前些日子我让你留下的那两只虫,你说有一只是被人偷走的。你要讲实话,是真有人偷走的,还是你卖掉的。"

阿伲这才吃了一惊,忙垂下脑袋,说:"是卖脱咯。阿德哥,我当时怎么也不肯卖,我说这只虫已经有人买了,订金也付过了。但那个人偏要买,死皮赖脸地缠住我不放。后来他出到五百大洋要买下来。五百大洋啊,阿德哥,一只虫卖到五百大洋啊。"

阿德苦笑加冷笑了一下说:"阿伲,这两只虫我已经买下了,而且是付了订金的。这两只虫已经是我的了,而勿是你的。你是无权再卖掉的,你晓得哦?"

阿伲知罪地说:"晓得晓得。我是财迷心窍了。"

阿德说:"就是你卖掉的那只属于我的虫,结果让我输得倾家荡产,不但我新德里24号祖上留下的房产,而且我的几万大洋的银行与钱庄的存款包括家里的细软统统输光了。你要勿卖掉我的这只虫,我就可以赢回来我输掉的这么多钱,我可以给你勿是五百大洋,而是一万两万大洋,让你阿伲成个大财主!你就是为了那五百大洋,却卖掉了属于我阿德的那只蟋蟀!"

阿伲扑通跪在了地上,说:"阿德哥,这哪能办啦。你要我赔,我这辈子怎么也赔不起的呀。我勿晓得那个人把那只虫买回去是跟你赌的呀。要是我晓得,勿要讲五百大洋,就是十万大洋,就是杀我头,我也勿会卖给他的呀。要不,阿德哥,我把这里的一切都赔给你好哦?我阿伲就给你当雇工,给你做牛做马都可以。我知道,就是这样也赔勿了你的损失。"阿伲哭了,抹着泪:"你讲,你想哪能办?我都听你的。"说着又是哭,又是磕头。阿德感到阿伲是真心地在认错。

阿德长叹了口气说:"阿伲,起来哦。这不全是你的错,我相信你不知道那个人用五百大洋买走那只虫跟我阿德有关。"

阿伲说:"在这世上我最最不应该伤害的就是你阿德哥,可我却偏偏害了你!"

阿德说:"阿伲,我想在你这儿住几天。侬做夜饭哦,我肚皮饿了。"

阿伲忙说:"你就是一直住在我这儿也没有关系。你就把我这个家当成你的家好了。我这里离镇上不远,我去镇上买点熟食,再烤壶酒来,替你压压惊,啊好?!"

下篇

下 篇

一

　　新德里24号的房门已经关了有四五天了。不但再也见不到阿德的身影,连葆娣娘姨的身影也见不到了。据新德里24号斜对面36号的周家姆妈讲,有一天清早,倒马桶的车子刚推走,24号门前停了一辆三轮车,阿德在三轮车上装了二三十只蟋蟀盆,然后又在车上撂上一包衣物,坐上三轮车出了弄堂。这以后就再也不见他的踪影了。而葆娣也是在这天的早上同左右的邻居告了别,说是要到乡下住一阵,背了一个蓝花粗布的大布包也走了。当然贾玉芹的身影也再没有见到。
　　这一切让万老先生也很纳闷。这24号到底出了什么事情啦?万老先生说:"阿德是个好人。我倒要弄弄清爽,阿德到底出啥事情了。"他到电话亭打电话到电影公司让万家伦回来一趟。万家伦说:"有啥事体哦?"
　　万老先生说:"回来,回来再讲!"

万家伦说:"好哦,但我现在正在做剪辑,只有吃夜饭才能回来。"

万老先生放下电话,嘟哝着说:"又想蹭老头子一顿夜饭吃。"但回到家却对刘妈说:"到小菜场再买点菜去,家伦夜里要来吃饭。"

吃夜饭时,爷儿俩都要喝几口,万老先生爱喝五加皮,万家伦爱喝花雕,两人一人一壶酒,各人倒自己壶里的酒。五加皮其实是药酒,喝了可以健身,万松年从四十岁开始喝,再也没有换过别的酒喝。

万家伦说:"阿爸,啥事体啦?"

万老先生说:"隔壁24号的阿德到底是哪能桩事体?"

万家伦说:"喔哟,我以为你急吼吼地把我叫回来是啥事体呢。原来是问我阿德的事体啊。"

万老先生说:"阿德是个好人,那么大的雨,我滑倒摔断了腿,是他把我送进医院咯。现在房门突然一关,再也见勿到人影了,我当然要问。"

万家伦说:"据我所知,是他同我们现在公司的老板盛兆霖赌斗蟋蟀,是一场大赌,阿德哥把所有家当都押上了,结果输了,现在隔壁24号那栋房子勿属于阿德哥,属于盛大少爷的了。"

万老先生惋惜地摇摇头说:"一个赌,一个嫖,真是万恶之源!作啥要赌呢?就是要赌白相白相,小赌赌就可以了,作啥要把全部家当押上去呢?太可恶了!"

万家伦说:"因为赌,输得精光的人在上海滩上还少啊。还有把自己老婆押上去赌的都有。富人一场赌,可以养活一个城市的人。阿爸你也太少见多怪了。"

万老先生恼火地说:"这样的场面我比你见得多。你用不着在这儿教训你老子。那现在阿德人呢?总勿会去寻短见哦?"

万家伦说:"勿晓得。"

万老先生说:"阿芹不是在你们电影公司吗?"

万家伦说:"连她也勿晓得,有好几天眼睛都哭得红肿红肿的。到处派人打听,见到盛老板也是一脸的愤怒,说是要离开电影公司。盛老板说这事不能怪他,应该怪阿德哥自己。盛老板是想收手,但阿德哥坚决要赌。赌总有输有赢的。他盛兆霖也输过几次惨的,连相中了多少年的女人都成了阿德哥的女人,这不能怪他盛兆霖,连贾玉芹也无言以对。"

万老先生猛地喝下一杯五加皮说:"人生莫测,谁也测不了谁的将来会怎样。我只能希望他不要走极端。"

万家伦说:"据我观测,阿德哥是很豁达的人,他是绝不会去走什么极端的。所以阿爸,你也太过虑了。"

这话又让万老先生很恼火,又没有问出阿德的真正下落,万老先生感到很失望,说:"养你这个儿子,真正是白养咯。"

万家伦说:"阿爸,连他女儿都不知道,我怎么会知道呢?"

万老先生一拍桌子说:"那你就给我继续打听!"

万家伦说:"晓得了。"

在老子的父威面前,儿子的委屈只能往肚子里咽。谁让他是你老子,你是他儿子的呢?

永福里16号也一直在等着阿德哥的出现。

一天,两天,三天……

沈嫣红几乎是天天以泪洗面。她一想到就在阿德哥赌输的那天,她却让阿德哥戴了绿帽子。虽然她曾做过那一行,但她从良后,成了阿德哥的女人,她就不该再那样。她想到这些就心如刀割,于是眼泪又一串串往下淌。

有一天夜里,她对沈赵氏说:"姆妈,我想再到新德里24号去看看。"

沈赵氏说:"你勿要忘记新德里24号的房子现在姓盛了,勿姓贾了。"

沈嫣红含泪说:"我只是想去打听打听呀。"

沈赵氏说:"要打听,也由我去打听。你勿要去!"

"作啥?"

"阿德勿是勿想让你去那儿现眼吗?"

沈嫣红心酸地流起泪来。

第二天,沈赵氏一早去了新德里24号,很快就坐着黄包车回来了。沮丧地摇摇头说:"隔壁23号的人讲,24号现在一直锁着房门。再也没有见到过阿德还有娘姨葆娣的身影了。"

沈嫣红沉思了好一会,伤感地说:"阿德哥讲过的,如果他输了,他勿会靠女人养活的,他决不会吃软饭,除非他勿做男人!他肯定住到我们见不到他的地方去了。"

"但他肯定还在上海,或者在上海的郊区。他勿可能跑到别的地方去。"沈赵氏肯定地说,"他从来没有提起过他外地有什么亲戚。"

这时阿珍听到门铃响,忙去开了门,是贾玉芹。

"阿芹小姐回来了。"阿珍回头喊。

这些天贾玉芹也经常回永福里16号来。阿德赌输失踪那天,阿芹打听消息时,两只眼睛哭得红肿红肿的。说:"新德里24号的房子输脱了,阿爸人也勿晓得到哪儿去了。"说着,又捂着脸伤心地哭起来。

"唉!"沈赵氏跺脚说,"全是因为赌啊!"

沈嫣红说:"姆妈,你勿要怪阿德哥,他说了,他是个白相蟋蟀的人,勿赌,哪能养活自己啦。当时盛大少爷非要阿德押上永福里16号和我赌,但阿德坚决勿同意,情愿押上新德里24号祖上留下的老房子,也要保留我们这幢房子。所以现在我们才有这个栖身之地,但他却惨了,人跑得连个音讯都没有给我们。"

"我也跟阿爸讲过,"阿芹抹着泪说,"我现在也可以养活他。他抚养我长大,我就有义务养他。"

可阿德去哪儿了呢?

那些天,他们全家都在打探阿德的消息。

半个月后,袁巧雅与崔先生都来探望过,他们也四处打听,也都没有阿德确切的消息。可惜邵林福在班房里,帮不上忙。沈嫣红、贾玉芹她们都感到一筹莫展了。那天袁巧雅与崔先生又来了,商议怎么办。沈赵氏说:"我再打扮成拾垃圾的老太婆,到上海的角角落落去寻。只要他没有离开上海,总能寻得到的。"

袁巧雅说:"嫣红姆妈,作啥要打扮成拾垃圾的女人呢?正大光明地去寻勿是更好吗?"

嫣红说:"姆妈,我看到你打扮成捡垃圾的女人,心里就勿舒服。"

下 篇

　　他们商量了一阵,也没有想出更好的办法。崔延年临走时,看着沈嫣红的手。他买的钻戒又从沈嫣红的手指上消失了。崔延年也没说什么。只是说:"沈嫣红,你也勿要急。只要他没在上海的地面上消失,总能找得到的。嫣红姆妈,你装扮成拾垃圾的人去寻,我看也没有这个必要。我们再继续找吧。"

　　但第二天早上,沈赵氏还是打扮成拾垃圾的女人出门。她说:"这样好,不显眼,到角角落落站,勿会引起别人怀疑。穿得像模像样地到角角落落去钻,人家以为我是个神经病呢。"

　　天下无难事,只怕有心人。

　　沈赵氏撑着个竹竿,背着个垃圾筐,踏遍了上海的每条小弄堂,每一个车站,每一座码头,又走遍了郊区的每一个村镇。一年多后,终于寻到了阿德。她没有直接去同阿德见面,而是回家告诉了沈嫣红。

　　那年的春天似乎来得特别的早,春节刚一过,天气就慢慢地暖和过来了。桃花红,梨花白,菜地里的鸡毛菜一畦畦碧绿碧绿的。小河里的鲤鱼也扑通扑通地从河水中蹦跳上来。阿德在乡下买了两亩地,盖了一间茅草房,只花了几十大洋,那时的钱也真值钱。十个大洋就把一间蛮宽敞蛮精致的茅草房盖起来了。

　　阿德每天就种起田来。种青菜,种蚕豆,种毛豆,种西红柿,种辣椒,种萝卜,那两亩地呈一小块一小块的,菜长出来,嫩绿嫩绿的一片。他开始时不会种,过了几十年的白相日子,农活从来没有做过。所以开头阿伲让他一辈子都做农活的阿哥阿根来帮阿德的忙。阿根很勤快,天天一早就来,勿要阿德的工钱,其实阿伲已经给了他阿哥阿根十块大洋。阿根就是忙碌上三年也勿见得能挣上这笔钱。阿德只要跟着阿根做就可以了。阿德发觉做农活虽然辛苦,但也自有其中的乐趣。辛苦了一天后,一到傍晚,就坐在茅草房的客堂间,坐在一只竹桌旁,捂上一壶老酒,摆上两只小菜,同阿根聊聊天,抿抿老酒,看着一片一直延伸到天边的田野上红红的落日,心情倒也很是舒畅。

　　时光过得飞快。阿德有时也会想到贾玉芹,想到沈嫣红,想到邵林福,想到花园路上那些白相蟋蟀的朋友。但他从十二岁就开始在新德里24号过孤身一人的生活。贾玉芹是他因仗义而收养的女儿，沈嫣红也是命运的作弄娶过来的女人，虽然也想她们，但却没有太过深情的牵挂，孤身惯了的人就是这样。阿德同样把面子看得很重，吃软饭，或者让女儿养活他，他是决不干的。斗蟋蟀输得倾家荡产，一个白相蟋蟀被人称为蟋蟀阿德的人，输得如此之惨，虽说他认为胜败乃兵家常事，但别人要同他提起这事，他仍会为此而感到"塌台"，感到尴尬。于是只想躲起来，什么人也不见，等有一天，他要做到咸鱼翻身，重新夺回蟋蟀阿德的光彩。于是他决心在乡下住上两年，等待"咸鱼翻身"的日子。这正是他暂时如此安心在乡下种种地的原因。他自己也觉得，这日子倒也算过得蛮顺心。

他就这样种了一年多的地。

有一天早上，太阳已经越过茅草房，晒到了菜地上。他戴着草帽在锄草。他觉得有一个人也在他边上锄草，他以为是阿根，但他往那边上横扫过去的目光，越看越不像是阿根，他转头一看，竟是个女人，那女人也戴了顶草帽，遮住了脸。那女人看他看她了，就忙把草帽脱了，竟是沈嫣红。

"嫣红？"

"是我。"

"你哪能找到我这儿来了？"

"我为啥勿能找到你这儿来？你是我男人，我找到天涯海角，也得寻到你呀！"说着哭了。

也奇怪，阿根那天早上竟也没有来。这是从来没有的事。后来知道，沈赵氏先是找到阿伲，然后才找到阿德的。在沈嫣红的要求下，阿伲有意作了这样的安排。

沈嫣红哭得很伤心。这时阿德觉得自己这种不辞而别的行为确实伤了沈嫣红的心。他感到很内疚。

"再讲，我也是你女人呀！你阿德这样做，勿是根本没有把我沈嫣红放在心上吗？"

阿德放下锄头，把沈嫣红拉进茅草房。

下 篇

沈嫣红一进茅草房,就抱住阿德哭了。阿德也紧紧地抱住了沈嫣红,感觉到了女人那柔软的身体和香味。弄不清什么原因,阿德突然有了想同沈嫣红做爱的冲动,那下面的东西也奇迹般地坚挺了起来。就像十六岁那时的那种感觉了。

阿德说:"你是怎么找到我的?"

两人松开后。沈嫣红说:"你还好意思问这个呀。我告诉你吧,家里发生了好几件事。重要的事有两件。你先倒杯茶给我吃吃,我的嘴干煞脱了。"

阿德赶忙沏了一壶茶,两人就坐在小竹桌前,坐在小凳子上喝着茶聊开了。门外是那碧绿的菜地。

沈嫣红告诉阿德:"我姆妈讲,反正阿德勿会离开上海的,只要在上海,总能寻得到,姆妈就又穿起以前拾垃圾的衣服,一条街一条街地去寻。一直到前天,知道你在这儿为止。"

阿德说:"太辛苦姆妈了。"

沈嫣红说:"我姆妈讲,活要见人,死要见尸,勿找到你她决不罢休。你要晓得你阿德在我们心里有多重要。我再跟你讲讲下面两件事体。你临走时,曾经告诉我你想要做的那两件事,你当时没有做成,但我想你当时没有做成的事由我来做也是一样咯。"

阿德吃惊地说:"你做成啦?"

沈嫣红说:"你听我讲呀。有一天夜里,阿芹带着阿晴来寻我。阿晴讲,他寻到一批想急于脱手的货,价钿特别便宜,但要求是想要就得全部吃进。因为卖方想做别的行当去,急需要现钞。那批货阿晴又请行内的人都检过了,全部是合格的。但就是一时筹勿到这么大一笔钱,就来问我能勿能帮上这个忙。我算了算,我积下的私房钱,再把那一箱首饰全部典当掉,就能凑齐他要的这笔款子。我就答应他了。"

沈嫣红说到这里,仿佛又看到了那天阿晴看着她时的那双祈求的眼睛,他几乎把所有的期望都押在了她身上。这让她感到她要倾其一切来帮他一把。第二天她就去当铺把那些首饰,包括崔先生后来又送她的那只钻石戒指全当了。想到那只钻石戒指,沈嫣红心里又咯噔地痛了一下,因为那只钻石戒指,她一时无力抵抗他,被崔先生趁机弄到他家里做了一次。后来那个崔先生几次再来缠她,都被她拒绝了。当崔先生知道阿德离家出走了,还提出要娶她,她也拒绝了。崔先生说:"沈嫣红,你勿晓得我有多爱你。"他甚至又把爱她爱到甚至可以为她去死这样的话说了一遍。她告诉他,这样的话她听得太多了。盛兆霖也曾经说过这样的话。都是逢场作戏的话,信勿得的。不过这些,她都不想同阿德讲。人生就是这样,有些话能讲,有些话是不能讲的,对丈夫,对父母,都有不可讲的话的。

阿德听了很是感动,说:"古时候的杜十娘是沉了百宝箱,气煞李甲,你是当了百宝箱,救了阿晴一家,你做得更仗义!"

沈嫣红说:"德哥,你看你,怎么这样比!"

阿德这才感到这话说得不当了,暗指了她以前妓女的身份,忙说:"嫣红,我只是瞎比比。你毕竟是我阿德的女人呀,是哦?"

沈嫣红说:"阿德,那个林三祥,还有阿晴,前几天又来见过我,阿晴是开着福特车来的。他们说,再过上些日子,他们会把我借他们的那笔款子加上利息统统还我的。他们还解释说买辆车是因为阿晴跑业务的需要。我讲,用不着急咯,等到生意做发达了再讲。"

阿德感叹地说:"嫣红,想勿到咯桩事体你帮我做成了。我真谢谢你。"

沈嫣红嫣然一笑,说:"后面还有桩奇事呢。阿德哥,你讲,人活在这世上是不是有天意?"

阿德说:"我姆妈还活在世时,是绝对相信咯。我当然也有点信。"

沈嫣红说:"我现在是绝对相信咯。就在前两天,我跟姆妈突然想把天井东边的厢房收拾收拾,里面以前都堆着杂货。姆妈讲,有些东西该扔的扔,该卖给旧货摊的卖给旧货摊。腾出房子好好收拾收拾,阿芹和她的朋友来,要想住一夜就可以舒舒畅畅地住一夜。我和姆妈把东厢房里的东西一件件往天井里搬,还要用的放在一边,能卖给旧货摊的放在一边,没有用要掼脱的东西就放在门口前堆着。我们把厢房里的东西搬干净后,我就拖地,平时拖地的活儿都让阿珍做的,但那天阿珍正在忙着洗衣服,我就自己拖

下 篇

了,当我拖到右边的角角的地板时,发现地板好像有点松,踏上去咯吱咯吱响。我问姆妈是哪能回事,是勿是找人来修一修,那里刚好是搁床脚的地方,如果搁上张床,困上去翻个身下面咯吱咯吱响,连觉都困勿好。姆妈问我,光角角头响,其他地方响勿响?我在其他地方踏了踏,讲其他地方勿响。姆妈突然像想起什么,忙去把门关上说:'挖开来!'我就把角角上松的地板挖开来。我和姆妈就拿火钳把角角上的三块地板挖了开来,下面铺着一层已经化脱了的油毛毡,我们把那块油毛毡挪开,下面是一层松松的土,我们又把土扒开,看到一只用木蜡板封起来的坛子,坛子又大又重,我和姆妈哪能也拎勿动,我们又用火钳把用蜡封住的木板盖撬开。阿德,你晓得里面是啥?满满一坛金元宝,还有许多珠宝首饰。我和姆妈看到这么多财宝,都快要晕倒了。姆妈讲,怪勿得祖上一再关照,永福里16号这栋房子勿能卖给别人!姆妈讲,我们祖上是在湖州做丝绸生意的,最发达的时候,上海滩上有好十几条弄堂的房产都属于我们祖上的。富不过三代,后来就慢慢没落了。这永福里16号是我外婆留给我姆妈的。后来的事你也晓得咯。我12岁进了妓女院。"

阿德说:"怪勿得你发誓讲,谁给你永福里16号那栋房子,你就嫁给谁。"

沈嫣红说:"这是姆妈的意思。我是勿晓得这中间的含意。但最后是你阿德哥得到了,所以阿德哥你是有福之人。"

阿德说:"这是物归原主,跟我阿德没关系。"

沈嫣红说:"阿德哥,跟我回去哦。那坛金元宝和珠宝哪能处理,得由你来做主。因为你是我男人,是我们家的一家之主。姆妈讲,你阿德勿点头,我们是勿能动的。"

阿德一挥手说:"你姆妈说得过了,不过,走!回去。"

阿德此时很想跟嫣红睡一觉。此时他也不知道为什么他这一欲望会那么强烈。有时候男人好像活在这世上最最想做的就是这件事,同女人睡觉。"英雄难过美人关"已是屡见不鲜了。

二

春风和煦,万物复苏。阿德同沈嫣红一道走进永福里16号的房子。整个上海也是阳光灿烂,那碧绿的梧桐树叶在阳光下闪着粼粼刺眼的光亮。经历过风风雨雨的沈赵氏,见到阿德像卸下了一副重担松了口气一样的微微一笑。虽然她为了寻找阿德,打扮成捡垃圾的人,可以说走遍了上海滩,脚底下也不知打出了多少血泡。但却一句怨言也没有,只是说:"回来就好,回来就好。只是顶好以后勿要再到外面去住了。金屋银屋勿如家里的草屋。这里总是你的家。"阿德说:"姆妈,你放心,嫣红是我女人,我是一时拉勿下自己的面子,让你吃苦了。"

沈赵氏说:"阿珍摆饭,我与阿德吃上两杯酒,他从外面回来,嫣红和我为阿德接风。"

阿珍在摆饭时,嫣红让阿德到东厢房关上门去看了那坛金元宝和首饰。沈赵氏也不跟进去。明明是自己祖上留下来的财宝,却让女儿与女婿去做主。她很明白家庭的和睦比这些财产更重要。家破人亡的味道她是尝到过的。男人赌输自杀,房子成了别人的了,女儿进了妓女院,自己成了个拾垃圾的。想想那样的日子,要勿是阿德,这坛金元宝和那些首饰哪能可能失而复得呢!

吃饭时,沈赵氏举杯说:"阿德,外面忙了一阵回来了,我和嫣红都很高兴,干了这杯酒吧。"

阿德一口干了,说:"嫣红,姆妈,这事该由你们拿主意。"

嫣红说:"阿德哥,你勿是讲学校旁边那块地皮是福爷争来的吗?福爷有资格去投一笔钱。那块地皮现在真的很值钱,投资做房地产,将来收益肯定好。虽说这钱是借给福爷,由他出面投资,凭福爷的为人,我们的收益勿会小的。再讲,你作为福爷的朋友,义气你不也算尽到了吗?这可是一举两得的事啊!"

阿德说:"那明天我去监狱看看福爷,一是去探望他一下,另外问问他这笔投资还能勿能做成。"

嫣红说:"好。另外还有件事,我也讨阿德哥的一个主意。就是我借给你三祥表弟的那笔钱,他们的意思是加了利息还我。我想,这笔钱我就入股在他们公司里,每年的分红肯定比银行或者钱庄里的利息要好。阿晴在做生意方面本事我看出来了,又成熟又老到的。"

阿德说:"你的首饰勿赎回来啦?"

嫣红脸一红,说:"勿赎,我留下的那几样首饰够用了,我毕竟勿大在场面上走了。再讲首饰放在箱子里也坐勿出利息来。女人的这点虚荣心,其实仔细想想真的没有多大意思。寻个好男人,比那点虚荣心勿晓得要重要多少。"说得阿德心里甜滋滋的。

阿德说:"吃好中饭后我想好好休息一下。"

嫣红说:"我陪你。夜里阿芹要带着阿晴来吃夜饭,巧雅和崔先生还要过来搓麻将。昨天晚上,我就把姆妈找到你的事讲了。"

阿德说:"你怎么肯定我会回来的啊。"

嫣红说:"这点信心没有,我还能做你女人啊!"

阿德连喝了几杯酒,觉得有家庭毕竟比一个人在外面单过要强多了。虽说那也舒心,但总是有那种永远摆不脱的孤单感。

吃罢中饭,两人就进了卧室,一起睡了个午觉。阿德不但做成了,而且还做得让嫣红很爽。

嫣红问:"阿德哥,今天你哪来这么大的劲?"

阿德说:"可能在乡下住了年把,那边空气好,又天天做农活,身体练出来了。"

嫣红说:"那以后这样吧,隔上一段时间,你就到乡下去住上一阵。那里空气真的比上海好,每天再劳动劳动,身体就会养好了。"

阿德把嫣红搂得紧紧的,不一会儿又同嫣红来了一回,阿德也觉得自己这辈子在这件事上从来没有这么爽过。十六岁那年的体验是很糟糕也很伤感。在人生的路上也会有一些说不清的东西。

吃晚饭的时候,贾玉芹和阿晴果然来了。"咸鱼翻身"了的阿晴神色又像以前一样精神了,开着福特小轿车来的。贾玉芹也显得很高兴。但看到阿德,她还是抱着阿德哭了一会,揩着眼泪说:"阿爸,你以后勿可以这样的噢。姆妈勿要了,女儿也勿要了。自家人,晓得是哪能桩事体,但在外人看来,好像姆妈也好,你女儿也好,都像是一些没良心的人。阿爸日子好的时候,都是靠阿爸发达的。阿爸稍稍一有点败落,姆妈和女儿都勿肯管你阿爸了,你这一走,倒让姆妈和我背黑锅了,弄得我们好没面子!"

阿晴也说:"娘舅,你一走,我们的生意在舅妈的帮衬下,很快就好了起来,洋房赎回来了,车又买了辆新的。生意上稍有点空,阿芹就逼着我开车去寻你。我说这么大一个上海,寻个人就像大海捞针一样。阿芹讲,大海捞针也要捞,捞勿到再讲。结果还是外婆大海捞针把你捞到的。"

沈赵氏在一边说:"这是有缘,没有缘,就是从你身边走过,你也不一定能寻得到。吃饭哦,今晚我们全家团团圆圆吃顿饭。老天从来是关照好人咯。老话讲,心诚则灵,年纪活得越大,越会觉得这话有道理。"

阿德听了这些话,全家又团团圆圆地坐到了饭桌前,中午又同沈嫣红做阴阳做得很圆满,也是满心的高兴,为了不让沈赵氏、沈嫣红、贾玉芹再感到心寒就说:"再也勿离开你们了,有这么好的丈母娘,这么好的女人,这么好的女儿,打死我也勿走了。要饿死,就饿死在一起。"

沈嫣红说:"阿德哥,我要的就是你这句话。"

阿晴讲:"娘舅,我们家两次发达全靠的是娘舅和舅妈,只要我们家有口饭吃就勿会让娘舅饿肚子。"

阿德讲:"阿芹,阿晴,你们俩也都老大不小了。是勿是该有个说法了?"

阿芹说:"阿爸,今晚我就想与你和姆妈商量这件事。"

阿晴说:"娘舅,现在阿芹这么走红,这件事我想都勿敢想。"

阿芹说:"阿晴,你勿要这样讲好勿好。我嫌弃过你啦?"

阿晴说:"你没有嫌弃我,但我觉得我根本配勿上你。你后面追的那一大帮男人,哪个勿比我强。所以阿芹,我们现实点,我们还是做兄妹更合适。还是这样,你做你的明星,我做我的生意。"

嫣红想起自己在烟花场里走红的那几年,也是商贾巨富,公子哥儿不断。女人是勿能长得漂亮的,女人一漂亮就会有蜂蝶聚集,弄出不少花样。有人说,红颜薄命,其实红颜勿一定薄命,是那些男人只晓得享受女人的红颜,等享受完了就弃而不顾了,你说这样的命能勿薄吗?她算运气好的,碰到了阿德。阿德这个人为人忠厚,心肠也好,勿会把她弃而不顾的。嫣红就讲:"阿芹,男人追女人是正常的事情,哪个女人不被男人追,尤其是像你这样又漂亮又出名的女人。没什么,只是自己当心点就是了。你现在是场面上的人,只要在场面上应酬,人有些事勿是自己想做的,但你又勿得勿去做。"

阿芹说:"姆妈,是这样的呀,我烦都烦死了。尤其是那个淞沪警备区的聂副司令的儿子,死搅蛮缠非要娶我,说是做他的第一房姨太太。做他第一夫人我还要考虑考虑呢,做姨太太。阿晴阿哥,我俩的事就早点定下来,好让那个聂公子死心。"

已跑了好些年码头做了好些年生意,很晓得世事的阿晴说:"阿芹,事情没有那么简单的。如果事情真可以这么简单就好了。"

阿芹说:"为啥?"

阿晴说:"我也讲勿清爽。反正是这个世界不光只有我们这么几个人活着。"

听了好半天,阿德也说话了,说:"在我看来,人是分等级的,你生活在哪个等级就在哪个等级生活,勿要老想往高里爬,爬得越高风险越大。那些豪门太太是勿好当的。我看阿晴就很好。"

阿德这么一表态,阿芹看了阿晴一眼。

阿晴轻叹了口气,微微摇了一下头,说:"娘舅,勿可以的。我阿晴是压勿住这么大的福的。"

嫣红说:"吃饭哦。阿珍,倒酒!"

客厅的窗户对着天井,天井里钻进来一阵凉风,带着夜来香那浓浓的香味,让人感到说不出的舒畅。

阿芹与阿晴的这事各说各的理,最后只是这么聊,也没有能正式敲定下来。

吃过晚饭,就听到小汽车的喇叭声。

开车来的竟是崔延年,后面跟着袁巧雅。

沈嫣红晓得,崔延年平时喜欢坐三轮车,很少开车拜客。他那辆林肯牌车,她在他家的花园里见过。但今天开车来,也勿晓得是为个啥。想掼场面?那也用不着掼到阿德家来呀。阿德失踪了好些日子,今天回来了,他崔延年闻到消息了,而且把这件事看得很重,沈嫣红觉得恐怕勿一定是崔延年开着车来,肯定还有件重要的事情要做,勿会仅仅是开着车看阿德或者来搓麻将。

崔延年一进门就作揖说:"阿德哥,这些日子你到哪儿发财去了,害得沈嫣红心惊肉跳,坐卧不安的。不过今天一看,你阿德哥的气色真好,比我看到的任何时候都好。"

阿德也还礼说:"外面稍稍寻了点生活做。靠女人养活,吃软饭的事体我阿德是怎么也做勿出来的。"

袁巧雅搂着沈嫣红说:"嫣红,你今朝的面色也特别的好。"

沈嫣红说:"人逢喜事精神爽嘛。"

袁巧雅说:"快摆桌子。今夜我们搓麻将。崔先生今天有事情要跟阿德哥讲。"

果然有事情！勿然崔延年勿会特地开车来。

沈赵氏,嫣红,巧雅三缺一。阿芹自告奋勇地顶了上去,说:"搓麻将,我在我们圈里也学会了。有位男演员,搓麻将都搓成精了。"

麻将牌搓得哗啦啦地响。阿晴也就告辞了,阿芹要送一送。阿晴说:"勿要送了,我开着车呢。"然后朝阿德、沈嫣红鞠躬说:"谢谢娘舅,舅妈的晚饭。"

阿德看看崔先生说:"真有事?"

崔延年说:"真有事。"而且朝阿芹瞟了一眼,阿芹没发觉。

阿芹正在对阿晴说:"阿晴哥,你来搓哦?"

阿晴忙摇手说:"我勿会,我真的勿会。"

阿德领着崔先生上了二楼,进了书房。嫣红虽然在砌着牌,但时时不忘女主人的身份,说:"阿珍,沏壶茶上来!"

阿珍沏了壶茶送了上来。门开后又砰的关上了。阿晴走了。崔延年与阿德上二楼说话,沈嫣红的心却也吊了上去,有些心神勿定。

巧雅抱怨说:"嫣红,你哪能啦？ 老出差牌！"

沈赵氏说:"嫣红,你要搓就好好地搓,要勿想搓就索性勿要搓了,你这样心不在焉的,扫大家的兴。"

沈嫣红害怕崔延年与阿德的谈话,无意之中会谈出第二次送她钻石戒指所发生的事。崔延年虽然学的是英国范儿的绅士风度,但骨子里还是个中国俗人,说到得意时,嘴巴也会没安闲,有些私人之间的很私密的事也会开闸放水,脱口而出。其实这种事她怎么会主动同阿德说呢,所以人勿能做亏心事,做了亏心事的人总是会心虚的。这时嫣红突然听到阿德在楼上说:"嫣红,你上来一下。"喊得沈嫣红有点儿心惊肉跳。赶忙放下牌上了楼,她这次是一把快要和的清一色。

上了楼,阿德说:"嫣红,我忘了崔先生是外国人习惯,喜欢喝咖啡的。让阿珍冲杯咖啡吧。"

崔延年忙起身说:"勿用,勿用。"

沈嫣红说:"我有时也喜欢喝杯咖啡,我给你冲一杯来。"一听不是那件事,沈嫣红松了口气,下楼让阿珍送了杯咖啡上来。

崔延年说:"阿德哥,聂公子是让我来做说客的。因为都喜欢舞文弄墨的,所以我与他早就有交往。我同他说过,我和你阿德哥很熟悉的,以前做过邻居,后来阿德哥又娶了沈嫣红又有了很多的交往,夜里一道搓麻将,还常陪阿德的太太逛马路,来往得很热络的。阿德哥的女儿就是上海滩上大红大紫的贾玉芹,我也是看着她长大的。聂公子就再三恳求我,让我来你这儿说说媒,促成这桩美事。你也晓得,聂公子的阿爸是淞沪警备区的副司令,将来很有可能会升任司令。俗话说,背靠大树好乘凉,这么一棵大树,我们不靠那不是太可惜啦?"

阿德说:"崔先生,我是个俗人,一时心软,收养了这么个女儿,本来想送她上个学,然后嫁个人,我阿德也算是在这世上做了这么件好事。但没有想到,养大的女儿竟会出息成这样。报纸上登她的照,电台里播她的歌。有一次我出门,有人指着我说,这个人就是贾玉芹的阿爸,弄得我都勿好意思得勿得了。我想,我这么个大俗人哪能配当这么大一个明星的阿爸呢。"

崔延年说:"可你就是她阿爸呀。"

阿德说:"命运在开我阿德的玩笑。"

崔延年说:"这怎么是开玩笑呢。"

阿德说:"所以我讲,人各有各的命,老话讲,儿孙自有儿孙福。我曾经阻止她去拍电影,甚至扇了她的耳光,但她还是坚持要去,所以人会走哪一条路,你要挡也是挡不住的。"

崔延年说:"那阿德哥的意思是什么?"

阿德说:"水往低处流,人往高处走。能攀高枝,我阿德也想攀。你想想,我这么一个白相蟋蟀的人,能同淞沪警备区里的司令当亲家,我哪能会勿愿意呢?"

崔延年说:"我就是这个意思呀。"

阿德说:"可我觉得我阿德没有这个命,她阿芹也没有这个命。你勿晓得,高有高的风险,低有低的难处。但太太平平过日子,这是一般人都向往咯。我阿德也只是白相白相蟋蟀,在社会上骗口饭吃。这次我输得倾家荡产,但嫣红、女儿,包括丈母娘都没有嫌弃我,千方百计地把我找了回来,我晓得,人与人之间真诚相待比啥都重要。只有你对别人真诚,别人也会对你真诚。那些忘恩负义,不知好歹的人就不配做人。"

崔延年有些搞勿懂了,说:"阿德哥的意思是啥?"

阿德说:"我别的勿怕,我就怕那位聂公子图阿芹的美貌白相白相后,就会把她抛弃了。在这世上,公子哥儿们做的这种事勿要太多噢!"

崔延年说:"勿会咯,勿会咯,聂公子勿是那种花花公子。他是一心一意想娶阿芹小姐咯。"

阿德说:"他勿是有一房太太了吗?"

崔延年说:"阿德哥,你是男人,我也是男人,现在大户人家,一个男人有几房太太也是常事,只要男方对女方好,这就比啥都好。"

阿德觉得自己把话都说清楚了,于是说:"崔先生,我只是阿芹的养父。这件事还是让阿芹自己做主吧。要她愿意,我也勿会有意见,能攀高枝,有啥勿好,是哦。走,下去搓麻将去吧。"

麻将桌上阿芹换上阿德,沈赵氏换上崔延年。阿芹坐在阿德边上,沈赵氏坐在嫣红边上当参谋。

袁巧雅说:"勿好打暗号的噢,你们一家子吃我和崔先生两个人。"

阿芹说:"手气好,勿用打暗号也吃得上,手气勿好,打暗号也没有用。"

崔延年说:"这话对。你有好运道往往是会勿请自来的。碰!"

袁巧雅说:"阿德哥,都快一年多了,到外面去蹚路子,也不打声招呼,嫣红妹子哭红了眼睛。那些日子,觉睡勿好,饭吃勿香。勿要讲搓麻将逛马路了,全免了。"

崔延年说:"这种话讲它作啥,阿德哥勿是回来了吗?男人做事自有男人的道理,勿见得样样事体都要告诉女人的。"

袁巧雅对崔延年说:"你也是这样做的啊?"

崔延年说:"我没有女人,想告诉也告诉勿成。我倒真想有个女人能告诉告诉呢。"

沈嫣红瞟了崔延年一眼。

阿德说："崔先生说的有道理。有些事要告诉女人，女人就会要你做出解释，但有些事情是解释勿清爽的，索性做了再讲，然后再求得女人的理解。这次嫣红就非常理解我。"

沈嫣红说："阿德哥讲得对。这次我就理解他，他回来后，我发觉他很有收获。"

袁巧雅说："收获点啥？"

沈嫣红脸一红说："这哪能好跟你讲啦！"

袁巧雅说："发财啦？"

沈嫣红说："对，发了笔大财。但怎么发的财就不能讲了。"

袁巧雅说："拧掉你这只小嘴巴。"

崔先生说："明天去逛马路吧。"

袁巧雅说："好。"

沈嫣红看看阿德，阿德说："去吧。这么些天来，一直闷在家里，也苦了你了。"

搓麻将搓到半夜，沈嫣红和得最多。阿德与袁巧雅都看出来是崔延年存心在放和。袁巧雅喊了几声："崔先生，你哪能出的牌呀！"但阿德心里想，男人都是这么副腔调，虽说学的是英国绅士风度，但在女人跟前，这种风度惯得连自己都勿认得了。何况她的男人还在一边。

沈嫣红又和了一把。袁巧雅推倒牌说："勿搓了，太累了，明朝还要去逛马路呢。崔先生，你勿要用车来接，哪有坐着车逛马路的呀。坐三轮车、黄包车更方便自在。"

阿德说："你们去逛去，我要到巡捕房打听一下林福关在哪个监狱，我要去看看他，有事要同他商量。"

沈嫣红把赢的钱搂进盘里，笑着说："明天逛马路的钞票是足够了。谢谢巧雅姐，崔先生，还有我先生。"

崔延年与袁巧雅走后，贾玉芹就问："阿爸，崔先生寻你作啥？"

阿德说:"是聂公子让他来做说客的。"

贾玉芹说:"阿爸,你怎么回答他的?"

阿德说:"我说这件事我勿能代女儿做主,由我女儿自己定。水往低处流,人往高处走,这是勿错的。但攀高枝是有风险的,在平路走,倒反而更踏实。我就是这么回答他的。"

阿芹笑了,说:"谢谢阿爸。"

三

　　给巡捕房的值班室里值班的巡捕塞了点钱,就打听到邵林福关的监狱离巡捕房不太远。到了监狱,虽然还没到探监时间,但阿德知道疏通的最好办法就是钱。那些家伙的心并不太贪,只要有两顿酒饭钱,也就笑逐颜开,大开方便之门了。在这世上没有永不开启的门,除非没有门。

　　在探视窗,透过铁栅栏,阿德看到邵林福没有戴什么手铐脚镣,还是像以前那样大步朝探视窗走来,他一见阿德,马上高兴地说:"出呐娘逼,阿德啊,你今朝会出现在我面前,好兆头,好兆头啊。"

　　阿德看到林福在这儿可能没吃什么苦头,精神很好,还是那样一副爽快自信的模样。阿德先讲了他斗蟋蟀怎么会输的事,然后阿德又解释他为什么没有怪罪癞头阿伲。林福也点头说:"不知不为错,要是知道了还那样做,出呐废了他再说。"然后又说到勿想吃"软饭",就在乡下买了两亩地,盖了一间

下　篇

茅草房,过了一年多的乡下人生活,也蛮乐惠。然后又说到沈嫣红的姆妈沈赵氏如何打扮成拾垃圾的女人,走遍了上海滩找到了他,最后沈嫣红去乡下接他时,讲了永福里16号东厢房的事,然后商量决定借给他林福投资学校边上那块空地开发房地产。"你看哪能?"阿德说。

林福高兴地拉了拉袖子,说:"出呐娘逼,我也在那栋房子里转悠过几次,哪能没有发觉啦。看来谁家的钱财还应该是谁家的。今世未得,来世必得。可以啊!我正为这事发愁呢,你阿德赌了个倾家荡产,我的钱都叫大娘子弄到乡下买地去了。冠园小学边上这块地是我争下来的,有我投资的份。那块地投资房地产的利益有多大,啥人都晓得,放弃太可惜了。阿德哥,就这样,你阿德哥仗义,我林福决勿会亏待你。回去也向嫣红姑娘和她姆妈道声好,这是两个有良心的女人。"阿德说:"不过盛兆霖这个人还是比较上路的。我赌光后,他又掼还我一百大洋。勿然我真要吃软饭了。"林福说:"只要是场面上的人,人人都会这么做。不过他的一箭之仇还是要报的。好了,我过勿了几天就可以出来了。上下关节都打通好了,最多半个月的时间。"

阿德说:"福爷,你出来,我为你在杏花楼接风。"

林福说:"房地产投资的事你赶快去办,找我的管家黄鱼头帮你忙。他知道该怎么办。"

邵林福办事就是这么干脆,不拖泥带水,说出的话也从来算数,从来不赖。阿德到林福的公馆找到黄鱼头,把这事一说。黄鱼头就长得像个大头鱼,一对有点往外突出的鱼眼睛,嘴巴有些往外翘。但办事却很利索,林福要办的事情,阿德不用多说,他就明白要怎么办。他先去一家金行,领出一位五十岁上下的戴眼镜的老先生,老先生到永福里16号看了货,说:"货色勿错,纯度蛮高。本行能收,价格明天面议。一般我们都只能付市价。"第二天,金行派了一辆车,阿德与黄鱼头一起去了金行的地下库房,在那里再次验货,过秤,说这批货只能按市价走。一算下来,折成银圆也是很大一笔数字。老先生说,吃这么大一批货,也只有本行有这个实力。黄鱼头说:"用不着自夸的,要不福爷也不会叫我黄鱼头来找你。"然后开成票据,黄鱼头开了一张借款单据,盖上了邵林福的章子,把借款单据给了阿德说:"阿德哥,你

241

收好。"然后黄鱼头就去了那家房产开发公司,入了邵林福的这笔投资。

而阿德去探望林福的那天一早,崔延年就带着袁巧雅来了。先去大马路,然后再去二马路,四马路是勿去的,那个地方沈嫣红与袁巧雅的熟眼睛太多,勿想同她们再有什么瓜葛,然后再逛四川北路。又是老戏重演,崔延年请吃过中饭,袁巧雅就要回自己的南货店,解释说:"我要是一天勿去,总会闹出点事体出来。崔先生,你要好好陪我嫣红妹妹,勿然我不饶你!"明明是把"嫣红妹妹"往崔先生的怀里推,但却是让人感到她这个"巧雅姐姐"有多么的仗义。

又进咖啡馆喝了杯咖啡,崔延年要到外面办点事,不到半个小时,就又往沈嫣红手指上套了只钻石戒指。

"勿要!"

"戴上!"

"作啥啦?"

"我勿是讲了嘛,你脱一只,我就买一只,我一定要看到你手上戴着我买给你的戒指。"

只在四川北路上逛了一会儿,崔延年就急忙拦了辆三轮车,说:"斜阳路47号。"这次沈嫣红没有依,说:"去西江路永福里16号。"崔延年说:"斜阳路47号。"沈嫣红说:"西江路永福里。"车夫说:"到底去哪里?"崔延年说:"斜阳路47号。"沈嫣红说:"那我另外叫辆车。"崔延年说:"好哦,好哦,去西江路永福里。"

车夫踩着踏脚板朝西江路的方向走。

崔延年去捏沈嫣红的手。

"崔先生,你能不能老实点?"沈嫣红把他的手拉开,"不然我把戒指脱了还给你!"

"沈嫣红,你晓得哦。你勿晓得我有多爱你。"

"崔先生,你这种花里花腔的话我听够了。你已经占了我一次便宜了,你还想哪能?"

"我真的太爱你了,我是用心尖尖爱着你。"

下 篇

"啥人晓得你是真还是假,就是真也没有用。"
"我可以为你去死。"
"又来了,哪能个死法?"
"跳黄浦江。"
"十个上海男人有十个都会说会为女人去跳黄浦江,你看看有哪一个真跳的?"
"我真的会。因为我是在疯狂地爱你。沈嫣红,嫁给我吧?"
"勿可能。崔先生,你打消这个念头吧。我是个有男人的人。我只能对勿起我男人一次,但决不能对勿起第二次。以后你也勿要送我戒指,没有用,我勿会戴你送我的戒指的。"然后又缓和了口气说,"你只要每天晚上,同巧雅姐来陪我和姆妈,或者阿德哥搓搓麻将,暗地里让我赢,这要比送我戒指强多了!"

崔延年感到像沈嫣红这样的女人,在应酬能力上,你不服也不行啊。

永福里到了,沈嫣红在弄堂口就跳下车,回头说了声:"夜里来搓麻将,我等你与巧雅姐。"沈嫣红头也不回扭着婀娜的腰肢,走进弄堂,脱下戒指,装进了手袋里。

崔延年只好痴痴地看着沈嫣红扭进弄堂。这样的女人,你对付得了哦?啊?

半个月后,邵林福从监狱里放出来了。但却轮勿到阿德在杏花楼为他摆接风酒。为他摆接风酒的人有的是,首先是拿到那块地的房地产老板,跟帮会大哥有结拜兄弟之交的谢老爷,江湖上是讲有恩报恩,有仇报仇的。是邵林福为他豁出命去拼斗,弄到这块地皮的。其实邵林福也是为他谢老爷坐的牢,当然也是谢老爷通了各种关节,让林福得以提早出狱的。啥人来坐席都由林福发帖子,阿德当然也接到了帖子,帖子上写的是贾怡德及夫人沈嫣红。林福没有忘记沈嫣红在这中间所起的作用。想勿到的是在林福嘴上"出呐娘逼咯只瘪三"的盛兆霖盛大少爷也在邀请之列。世上的事就是这样,昨天还是朋友加兄弟,第二天就会白刀子进红刀子出,斗个你死我活,但斗得你死我活的仇人,第二天也会在一个桌子上称兄道弟,一举酒杯泯怨

| 243 |

仇,说是勿打勿相识。人与人之间是这样,国与国之间也是这样。所以在这个世界上,最最厚颜无耻的事其实就是被人叫作"人"的这种动物做出来的。崔延年带着袁巧雅也来了,因为林福最喜欢听袁巧雅唱筱腔。在林福的席上是决不可缺少这道菜的。聂公子在盛兆霖的陪同下也来了。

酒席在二楼大厅里摆得满满的。盛兆霖拉着聂公子来到阿德跟前,说:"阿德哥,我来给你介绍一下,这位是淞沪警备司令部聂副司令的公子聂书煜。"然后又说:"这位贾怡德先生,就是贾玉芹的父亲。"聂书煜忙恭谦地上前握手说:"啊,幸会幸会。"

阿德看看聂公子,模样还倒蛮文雅,也说不上难看,就是那鼻子太尖,下巴很宽还有点往外翘,那双三角眼似乎有点凶相。但总还是像个有文化的人。盛大少爷说:"阿德哥,等一歇我有桩事体要同你商量。"阿德说:"啊是有关阿芹的事?如果是这桩事,你勿要跟我谈,阿芹勿在,我做勿了她的主。"

盛大少爷说:"阿德哥,还没有谈了你就上封条,勿够面子。"

阿德说:"你要晓得阿芹只是我的养女,勿是亲生的。"

聂公子说:"听说你是在她被亲人遗弃时领养的她,那比亲生女儿就更多了一份恩情。况且养女也是女儿啊!"

嫣红打圆场说:"入席吧,福爷在那边招呼了。"

一个从监狱出来的人,竟要摆这么大场面的接风席。仿佛他是周游了世界刚回来的人,简直就像个英雄一样。但人们看事情往往又有它的另一面,因为林福是为了争那一大块地皮而进监狱坐的牢,他却给那么些人带来了实实在在的利益,这些利益获得的人当然要把他当成"英雄",当成"座上宾"。江湖上自有江湖上的价值取向,这跟有功行赏,有罪当罚的原则并无多大的区别。绿林上的人坐江山,行使的也是这一套。要不他怎么去凝聚人心?

阿德被安排在主桌上,同谢老爷、林福一桌。谢老先生七十多岁了,但精神矍铄,那双眼睛还十分有神。他拉着特地安排在他边上坐的嫣红的手说:"漂亮啊!阿德,你真是讨了个好女人。"

下 篇

漂亮就是好女人,勿漂亮就是坏女人?

阿德说:"谢谢谢老爷的夸赞。"

谢老爷说:"哎,我讲的是真心话。"

再老的男人也喜欢漂亮女人。

但谢老爷是个有身份有修养的人。嫣红后来说,虽然她坐在谢老爷边上,但谢老爷的手一点都没有勿老实过,总是笑眯眯地同她碰酒,说:"阿德夫人,来,碰上一杯。"

袁巧雅就坐在林福的边上。

巧雅说:"福爷,你在里面没有吃苦哦?"

林福说:"啥人敢让我吃苦啊。"然后在巧雅耳边轻轻地咕哝了一句,让巧雅捂着嘴笑了好一阵子。后来巧雅告诉嫣红,里面还允许福爷招女人同他过夜。所以在这世上没有打不通的关节,做不成的事,就看你怎么做了。

酒过半巡,林福还让巧雅唱上一段筱腔。谢老爷听后也鼓掌,并说他前些日子还请筱桂英到他公馆唱过一次堂会。说巧雅唱的那"腔调"真是像极了,几乎可乱真。还问:"你是在啥辰光跟她学的呀?"

"我是跟着无线电学咯。"巧雅说。

"喔哟,真了勿起。"谢老爷捋着白胡子说。

盛兆霖过来敬过酒后,就把阿德叫到大席边上的小桌上,坐下喝"偏酒"。

盛兆霖眼盯着阿德好一会,似乎没找到话该怎么开口讲。

阿德就说:"有话请讲。兜圈子的事,我阿德勿会。"

盛兆霖说:"用不着兜圈子,你哪能娶沈嫣红咯,聂公子也哪能娶贾玉芹可以哦?"

阿德说:"贾玉芹同沈嫣红勿一样咯。"

盛兆霖说:"卖唱的同唱戏的哪能勿一样?而且都是女人。当然唱戏的比卖唱的价钿大概要高点。"

阿德说:"啥意思?"

盛兆霖说:"两个都是女人,对哦?都可以嫁人做人家老婆是勿?有啥

245

两样,勿是都一样吗?"

阿德说:"请盛大少爷直接讲清爽,我阿德有点听勿懂。"

盛兆霖说:"你阿德哥新德里24号的房子还要勿要?"

阿德说:"勿是已经输给你了吗?是你的房子了,我想要还是勿要,已经勿是我做主的事情了。"

盛兆霖说:"你想勿想要?"

阿德说:"这是我祖上的房子,我想要又能怎么样呢?我想要我阿德现在还凑勿起这笔钱,你要白送给我,我还勿敢要。"

盛兆霖说:"为啥?"

阿德说:"无功不受禄,我阿德勿吃嗟来之食。"

盛兆霖说:"当然勿白送,而是同你再赌一把。"

阿德说:"你也晓得,我阿德身无分文,拿什么同你赌?"

盛兆霖说:"阿德哥,你勿要瞒我了,林福在谢老的公司里有一笔很大的房产投资,听说就是你阿德借给他的。"

阿德知道这种事是瞒不过像盛兆霖这样的人的。他索性打开天窗说亮话,说:"这勿是我阿德的钞票,是沈嫣红的钞票。"

盛兆霖说:"她哪来这么多的钱?"

阿德说:"盛大少爷,你送的还少吗?还有其他人十万,二十万的银票,几万大洋的首饰,勿要太多哦。"阿德知道,盛兆霖曾经就是当事人,你用不着瞒他。"那是沈嫣红的钱,我没有权拿她的钱同你赌。就像我不会拿永福里16号那栋房子和她同你赌一样。"

盛兆霖这时单刀直入地说:"阿德哥,我把新德里24号的房子还给你。你也晓得,这栋房子我没有在报纸上挂过牌,有人来问我买我也决勿卖。"

阿德说:"作啥?"

盛兆霖说:"你阿德哥的为人我是很敬服的。再说,我还要谢谢你阿德,你赌输后并没有记我仇,继续让贾玉芹在我的电影公司里做。这次她主演的《人面桃花》让我大大地赚了一笔。我没有挂牌卖新德里24号这栋房子,我就是想送给贾玉芹,让她再交还给你,以示她对你的养育之恩。我认为我这个想法太有人情味了,连我自己都感动。我是受你阿德哥的启发,你勿是对沈嫣红也是这样做的吗？你看哪能？"

阿德说:"这是你的事,勿是你想娶贾玉芹当姨太太哦？"

盛兆霖说:"阿德哥,你把话说过界了。我和你是同辈的人,怎么能娶贾玉芹当姨太太呢？"

阿德说:"老夫少妻的有的是。"

盛兆霖说:"但我盛兆霖勿会做。阿德哥,把贾玉芹嫁给聂公子吧。我把新德里24号这栋房子以及赢你的财产统统还你。"

阿德说:"这事还是让阿芹自己做主哦。只要你肯继续保留新德里24号这栋房子,等有机会,我就再同你斗一次蟋蟀赌上一把！"盛兆霖说:"就这样吧。"有关阿芹的谈话,阿德已感到厌烦了,他站起来说:"福爷已经在那边向我招了几次手了。我过去了,勿然就勿敬了。今天是为他摆的接风席。"

盛兆霖显得很不高兴,说:"给你这么好的条件你都勿接受,你把贾玉芹看得也太重了,她不过只是你的养女呀。"

阿德说:"正因为是我养女,我才勿能轻易地为她做主。再说,她现在还是个有名气的人了,许多双眼睛都看着她呢。你再看看报纸,每一天都有她的新闻,我阿德不想被人家在报纸上说什么不是。我阿德是遵守'己所不欲,勿施于人'这个老信条的。"

阿德回到席上,嫣红看看阿德,阿德说:"还是阿芹的事。"

不一会儿,聂公子在盛兆霖传过话后,径直走来跟阿德敬酒,说:"玉芹阿爸,只要随了我的心意,我勿会让你吃亏的。盛大少爷开出的条件你要勿满意,还可以再开,但我要告诉你,贾玉芹咯个女人,我非娶不可的。作为她的阿爸,请你传达一下,啊可以？"

阿德说:"聂公子,蒙你厚爱,看上了阿芹,但男女之事,不可强求的。现在是民国了,讲自由了,这点聂公子想来比我清爽。只要阿芹答应,我不会阻拦。盛大少爷开出的条件我也勿会接受。我只把话说到这里。但你刚才最后一句话,我阿德听了勿高兴。不过你敬我的酒,我喝了。"

阿德把酒喝干后,聂公子很不悦,悻悻地转身走了。

| 247 |

阿德后来把这事讲给万老先生听,万老先生说:"阿德,你做得对。人的骨头软了,人就是一摊烂肉,就不配活在世上。不过我早就劝过你,勿要让阿芹去拍什么电影,那些戏子,尤其是那些女戏子,什么明星啦,在权贵们的眼里,也只能是个让他们白相白相的妓女,只不过高档点罢了。或者最后做做人家的小老婆。你看看,后果出来了吧?你也惹上麻烦了。"

阿德已经有一种不祥的预感,好像贾玉芹的麻烦还在后面呢。

上海滩上酒席有些是马拉松式的,从中午喝一直可以喝到深夜。这一席撤下后,后面一席就上来了,前一席是谢老板请的,喝到五六点钟,天色都有点暗了,但谢老板的席一撤,聂公子的席上来了。聂公子对林福说:"我听盛大少爷说,福爷是个极仗义的人,今天有幸相识。如果福爷肯给我聂书煜一个面子的话,晚上我再开上一席,请福爷赏光。"林福知道这位聂书煜是淞沪警备司令部副司令的公子,自然不会驳他的面子,于是说:"那就谢谢聂公子如此赏脸。"

有些人熬不得时间,也就告退了,包括谢老板,年岁大了,小老婆又跑来接,也就说了一句:"不敬得很。"离席走了。阿德与嫣红也想告辞,但聂公子硬是不肯。对盛大少爷说:"你去把属于你们影业公司名下的男女演员包括导演都请来。给我和福爷一个面子。我知道,福爷也曾经是这家影业公司的股东。"

阿德心里很清楚,聂公子这是醉翁之意不在酒。

盛兆霖说:"既然这样,那我们就闹到明天早上。夜半再上一席,由我来请!希望大家都赏光。明星们等一歇都会到。我还派人去请了明月歌舞团的乐队和歌手们都来。"

这一闹倒真是闹大了。大家听到不但有电影明星们来,还有歌舞团的人也来,大家更是兴致盎然,大多数人都留下了。大家都认为这样一来真是给足了邵林福的面子。林福认为这是在给谢老板的面子,虽然谢老板已经走了,但阿德却感到这是聂公子与盛兆霖设的套,他们要套的人就是贾玉芹。

影业公司属下的男女明星,有来的,但也有不来的。贾玉芹就没有来,这让聂公子大失所望,在盛兆霖耳边咕哝了几句。盛兆霖就派他影业公司的办事人员去找,一定要把贾玉芹请来。这么大的明星没有来,那也太煞风景了。

阿德与嫣红也想走,在林福耳边讲了几句。林福说:"阿德,勿要走。给我林福一个面子。你勿要怕,有我林福在,他们能拿你怎么样?还有阿芹来了也勿要怕,聂公子在打阿芹的主意我晓得咯。阿芹是我的干女儿,这点你阿德勿要忘记。"

谢老板一走,前一席撤了下来。换下桌面上的东西后,重新上席,主席上的人也换了几位。盛兆霖与聂公子上了主席,非要让贾玉芹也陪在主席上他俩的身边。林福,阿德,嫣红,崔延年,巧雅等仍在主席上。

酒席一开,乐队就开始奏乐。天已擦黑,窗外霓虹灯在闪烁,也不知什么时候又下起了绵绵细雨。那雨幕也闪烁出霓虹灯的一片光亮,晶莹莹的,煞是好看。

几位歌手唱完歌后,大家一片欢声,让贾玉芹也献上一曲。贾玉芹款款上台,在麦克风前唱了一曲。阿德这才发觉,想勿到自己的养女的歌喉是这般甜美悦耳,人也是这样的漂亮美丽,怪勿得把聂公子迷得这般的神魂颠倒。

"好!好!"聂公子一面鼓掌一面喊。忘了自己曾也是个名牌大学的大学生,也是写过那么几句诗的所谓的诗人。人的本性在女人跟前大概都会突然赤裸裸地显露出来。

贾玉芹唱完歌,一入席,林福说:"阿芹啊,你在九岁时,认了我这个干爸,想勿到你会有今天这样的场面。来,干爸同你碰一杯。俗话说,花艳招蝶,树大招风。你现在是场面上的明星,麻烦肯定勿会少。要是有人真找你麻烦,你就跟干爸讲,勿管咯只瘪三有多大的背景与成色,你干爸也会豁出命来捅死咯只瘪三,最多我与他同归于尽。你干爸是生死洞里钻进钻出的人,啥也勿怕!"

贾玉芹说:"干爸,谢谢你。"

聂公子说:"啥人敢找阿芹小姐的麻烦呀。真要有人寻上门来找,我聂书煜也不会善罢甘休!"

那一席许多人在乐声与歌声中喝得烂醉,夜半盛大少爷的那一席也就没法再开了,人基本上全醉倒了,开了席让谁吃?醉生梦死!

下 篇

四

　　花园路蟋蟀摊上拥满了白相蟋蟀的人群。人白相什么都会成瘾的。白相古董也好,白相书画也好,白相琴也好,都会上瘾,想勿白相都做勿到,所以从小养成的爱好,那就是一辈子的事,包括踢腿练功。所以人是一种很奇特的生物。

　　从小就白相蟋蟀的阿德就更是如此了。

　　阿德参加完林福接风宴的第二天,就到癞头阿伲那儿去弄了几只蟋蟀,兴致勃勃地回到永福里16号,在书房里把玩了一番蟋蟀。下面嫣红就叫:"阿德哥,阿芹回来了。"

　　阿德放下蟋蟀,准备下楼。但贾玉芹在下面喊:"阿爸,你勿要下楼了,我上来。"

　　贾玉芹走进书房,阿德把吊扇开开,天气真的是太热了,窗户虽然大开着,但却一点风也吹不进来。

　　"阿爸,"贾玉芹说,"这件事我还是要征求你的意见。因为这件事直接跟阿爸有关。昨天聂书煜与盛老板对我说,如果我嫁给聂公子,盛老板就把赢阿爸的新德里24号的房子和其他财产都还给阿爸,另外再给我买一栋房子,房产归我。"

阿德说:"是当太太还是姨太太?"

贾玉芹说:"聂公子已经有太太了,当然只能是姨太太。"

阿德说:"阿芹,你拍电影勿是自己已经置了一栋房子了?"

贾玉芹说:"是,三层楼的一栋小花园洋房,里面阿爸住的地方我也收拾好了。"

阿德说:"既然你自己已经置了房,还要聂公子的房子作啥?"

贾玉芹说:"阿爸。我晓得,新德里24号是阿爸祖上留下来的老式石库门,几十年了,阿爸是在那栋房子里长大的,我也是在那栋房子里长大的。要勿是阿爸当初收养了我,我哪有今天呀。所以如果阿爸想把新德里24号这栋房子要回来,我可以嫁给那个聂公子。"

阿德说:"为了报答我?"

贾玉芹说:"对!"

阿德说:"阿芹,你是个有良心的女儿。但阿爸当时收养你,并勿是想叫你以后来报答我。阿爸给你讲过,我收养你,只是阿爸想在这世上做上几件好事体,让自己勿后悔在这世上走了一回。昨天,聂公子与盛大少爷把这个条件也开给我了。我回答他们,只要阿芹愿意,我没有意见。这跟我的房子勿搭界。所以阿芹,这事你自己定,你愿意,喜欢这个聂公子,你就嫁给他,如果你勿愿意,同样跟新德里24号这栋房子和阿爸输掉的财产没关系。在阿爸看来,地位再高,再有钱的姨太太也只能是姨太太,上勿了台面的。阿爸咯意思,你听懂了哦?"

贾玉芹哭了,点头说:"我听懂了。做女人,要懂得自尊自重。阿爸是哦?"

"我就是这个意思。"阿德说。

那团太阳热热地烤着这座靠海的城市,越来越脏的苏州河上的那些小木船依然川流不息地航行在这条臭河浜里。只要一走近苏州河,那烂泥的腐臭味就会扑鼻而来。然而苏州河两岸却盖起了越来越多的房子，拥挤在这弥漫着腐泥的气味中。永福里离苏州河不远，所以阿德一出弄堂就能闻到这股味道。阿德拎着四只蟋蟀盆，朝花园路走去。花园路离永福里比以前住的新德里要近好多，按当当当的有轨电车的站头算距离，最多只有一站半的路程。走走只需要十几分钟的辰光就可以到了。早上太阳还是那样的炎热，但从苏州河那边毕竟吹来了一阵阵凉风，走在路上还是让人感到蛮爽快的。

  阿德拎着蟋蟀盆走进花园路，这对热衷于白相蟋蟀的人来说是件兴奋的事。有不少人拿着自己的蟋蟀盆，要阿德哥鉴定鉴定他的蟋蟀的好坏。这往往是他决定斗与不斗，或准备搏多少输赢的决策参考。大家也要看看阿德今朝带来的蟋蟀会是怎样的品种。也有人要求阿德做准备斗一场赌一把的双方的仲裁人。

  "阿德哥，你真是久违了。"一位住在嘉兴里75号的闵先生也是个好多年来一直白相蟋蟀的人，他见到阿德后高兴地说，"我这儿有只虫，不错。你看看这几年我与你的虫相斗，输得多，赢得少。今天我想赢你一把，你看哪能？"

  阿德看了看他的虫，笑着说："可以，标个价。"

  "一百大洋，哪能？再多，我扛勿起。"

  "好！"阿德回答得很爽快。

  大家朝花园路的那块空地走去。那是块自然形成的斗蟋蟀的场地，就像花园路78号一样。不过这里只是露天场，那儿是花园洋房。

  正在大家围起来，中间人把高脚盆放在场地中间，突然有两个大汉走来喊："请问哪位叫阿德哥，大名叫贾怡德的？"

  阿德说："我就是。"

  只见那两个大汉五尺多身高，一人端着一只蟋蟀盆。其中有一个鼻尖上有一粒肉痣，另一个是狮子鼻头小眼睛。

  那个鼻尖上有肉痣的人说："听说阿德哥是白相蟋蟀方面的行家。所以，我同这位陆先生特地来拜访求教。"他指了下身边狮子鼻头小眼睛的人说:"望阿德哥勿吝赐教。"

阿德说:"勿敢当,勿敢当。请问先生……"

鼻尖上有肉痣的说:"我姓李!"

"李先生,能让我看一下你和陆先生的虫好哦?"阿德很有礼貌地说。

"可以!"姓李的说。

阿德启盆看了看那两个人盆中的蟋蟀,都是很一般的虫子。但两个人的气势似乎是手中都拿着很厉害的虫子似的。阿德就感到有些来者不善。

阿德说:"请问两位先生,有啥要我阿德效劳的?"

姓李的说:"只想同你阿德哥也搏一把。"

阿德说:"用你们手中的这两只虫?"

姓陆的说:"是呀!阿德哥,你勿要看勿起阿拉手中的虫子。再厉害的虫子我们都斗过,次次都赢,没有输过。"

阿德有点不相信。说:"两位先生,对不起。我同这位闵先生已经约赌了,你们明天再来,我阿德奉陪,好哦?"

姓李的说:"哪能?看勿起阿拉俩?"

阿德说:"勿是看勿起,是我同闵先生有约在先。"

这种耍流氓腔的事在上海滩上也时有发生,那位闵先生看看苗头勿对,他拉了阿德一把说:"阿德哥,我们明朝再约吧。没有关系的,你先同这两位先生白相哦。"

"好!这位闵先生懂经!"姓李的一翘大拇指说。

"阿德哥,送两步。"闵先生说。

阿德知道闵先生有话说,就送了闵先生两步。闵先生在他耳边说了一声:"淞沪警备司令部的。我见过,当心点!"

阿德已经明白是聂公子派来寻他阿德麻烦的。闵先生匆匆走后,阿德对那两个人说:"哪能来?"

"勿多,一次五十大洋。"

一直在阿德身边的阿毛朝他使了个眼色。意思是让阿德躲开。但阿德说:"好,一次五十大洋。斗两次,那就是一百洋。这样吧,我看你们这两只虫很勿一般,关键是后劲足。所以不用斗,我肯定输。我这是有一百大洋的票子,你们拿去吃酒吧。"

"勿,白吃的事情阿拉勿做。"姓陆的说。

"我是怕你们没有带钱。"阿德说,"赌后赖账,那是既丢面子又伤里子的事。"

"你哪能晓得阿拉一定输。"姓李的说,"刚才你不还说,你会输吗?"

"我是讲了呀。但我说的是这两只虫勿一般,后劲足。这话你们没有听懂?"

"你阿德哥的意思是说阿拉后台硬,有背景是哦?"

"这是你们说的,我阿德可没有说。我只说虫的后劲足。"

"那就斗一把呀!"姓李的说。

"阿德哥,你勿要敬酒勿吃吃罚酒噢!"姓陆的说。

阿德火了,说:"你们不要在这儿摆三夯头,这儿是白相蟋蟀的地方,白相蟋蟀也有白相蟋蟀的规矩,你们不相信可以问问大家。"

阿毛已经四下里同他的伙计们传出信息了,这时小巴腊子们齐声说:"就是咯。要来输赢,钞票就要带够,这里来现的,勿赊账咯。要想赌后隔夜切割,就上花园路78号,不过在那儿赌的底在一万大洋以上。房产,金条,现钞,支票都可以。"

边上又有一个说:"只来五十大洋的输赢,还勿带钞票,明明是来敲竹杠,吃白食咯嘛。"

姓李的火了,说:"小赤佬,你想吃生活啊。"

阿毛说:"那你试试看。"

姓陆的举手要打人。阿毛两根手指塞进嘴里,一声口哨。四面八方的小赤佬们突然一下子往花园路上拥了进来。顿时在他们四周围了一圈,黑压压的一片。

阿德说:"我知道两位先生是淞沪警备司令部的人。是聂公子让你们来找我阿德的是哦?但这里是英租界,你们淞沪警备司令部可能管勿了。回去告诉你们聂公子,我阿德虽然是个白相人,但车有车路,马有马路,我阿德勿吃你们这套！我阿德从来守规矩，所以你们也不能把我怎么样。"

姓李的说："你这位阿德哥胡说八道什么！我和陆先生跟淞沪警备司令部根本勿搭界，什么聂公子也勿认得。你蟋蟀阿德名声在外，我们特地寻你来斗蟋蟀白相白相咯。"

阿德说："你们要是带着钞票来的，现在就可以白相。五十大洋的输赢。我阿德的蟋蟀输了，立即付你们钱，你们的蟋蟀输了，也立即当场付钞票。赌场有赌场的规矩！"

那两个人对视一会，又看看几十个瘪三一样的少年们围着他们，发觉阿德也有一帮小兄弟，而且也知道那些小赤佬都是混迹于江湖上的少年老手，也不是好惹的。好汉勿吃眼前亏，那个姓李的很识相，作了个揖说："阿德哥，后会有期。"

两个人甩开膀子离开了人群，还没走出花园路，两个人把手上端着的蟋蟀盆哗啦一声在路边上摔了个粉碎。

"阿德哥，他们是作啥的？"

"是吃隔夜饭长大的，所以身上一股臭烘烘的馊味道！"

哈哈哈哈……小赤佬们全大笑起来。

蟋蟀没有白相成，阿德只好拎着蟋蟀盆把那几只蟋蟀带回永福里16号。他知道，万老先生是过来人，他的话是有道理的。这个社会就是有钱人白相穷人，有权势的人白相那些无权无势的人。而像他这样的人只有投靠有权有势的人，才能狐假虎威，混口饭吃。像贾玉芹那样混成了一个什么明星，最终还是要羊落虎口，也只是被那些权贵们白相白相。回到家，他站在天井里，仰望一下天空，把手中的那四只蟋蟀盆狠狠地摔在了地上，摔得粉碎。其中两只蟋蟀被摔死了，翻了白肚皮，另两只摔残了，爬进了砖头缝里。

沈嫣红在二楼听到天井里砰砰几声响，吓得赶忙冲下楼来。看到阿德把蟋蟀盆给摔得粉碎，忙说："阿德哥，出啥事体啦？"

阿德说："没啥，没啥。遇到点窝囊气，蟋蟀盆一摔，我的气也就过去了。"

这时有人来敲门，打开门一看，是林福。林福看看那几只蟋蟀盆的残片说:"阿德哥,哪能啦?"
　　阿德连忙作了个揖说:"福爷,一言难尽啊!"
　　林福说:"那就到你书房说。"

五

　　阿德领着林福上了二楼,走进书房,沈嫣红亲自沏上茶来。也惊奇地问阿德说:"阿德,出啥事体啦?"阿德说:"你勿要管。"沈嫣红看看阿德那阴沉着的脸,知道肯定发生了什么事,也就在阿德边上坐下。阿德把花园路蟋蟀摊上遇到的事讲了一遍,说:"还好花园路上那帮白相蟋蟀的小把戏们帮我解了围,要勿也不知道会是个什么结果。"

　　林福说:"这你也用不着摔自己的蟋蟀盆撒气呀。"

　　阿德说:"我勿想再白相蟋蟀了。"

　　林福说:"你勿想白相蟋蟀想白相啥?你现在得罪了聂公子咯只瘪三勿要讲白相蟋蟀白相勿成,就是做其他随便什么事,你都可能做勿成。咯只瘪三到底想做啥?"

　　阿德说:"他要让阿芹嫁给他。"

　　林福说:"凭啥要嫁给他啊?阿芹要是自己愿

意,那另当别论,现在是阿芹勿愿意,那就不能嫁给他!出呐凭自己阿爸是淞沪警备司令部的副司令,想白相哪个女人就可以白相哪个女人啊!这也太霸道点了,我林福就勿卖这种人的账!再讲,阿芹是我的过房女儿,我也有保护我过房女儿的责任。"

阿德说:"我也这样想,阿芹勿肯做的事,我也不能因为我而逼着她嫁给聂公子吧?那我这个阿爸也太有点窝囊了。我姆妈就跟我讲过,人勿可以有傲气,但勿能没有傲骨,是哦?"

林福说:"做人就应该这样。天下有些女人,活在世上,就愿意做当官的姨太太,活得没有一点骨气,没有一点自尊。我看阿芹好,就勿是这种女人,所以阿德,我们就要支持阿芹,支持她的这种独立人格。"

嫣红在边上说:"福爷,讲是这么讲,但做女人也难啊。稍稍长得漂亮点,自己家有权有势倒还好讲,像我这样无权无势,勿给这些有权有势的男人白相,还能做啥?除非遇到个好男人,就像我遇到阿德哥这样。"

林福说:"好了,这件事勿讲了。我今朝来,是想同你阿德商量桩事体。"

阿德说:"啥事体?勿是又是斗蟋蟀赌的事体哦?"

林福说:"就是这桩事体。前天在杏花楼的酒席上,我听讲盛兆霖咯只瘪三还要同你斗蟋蟀赌一把?"

阿德说:"是咯。可我说,我没有跟你赌的本钱了。"

林福说:"你勿要同他赌,还是我出面同他赌,你在后面帮我选上只好虫就可以了。当然,他也晓得,他说你林福出面同我赌,其实是帮阿德哥同我赌。所以我把阿德哥的新德里24号的房子押上,和他输给我的那笔钱全押上,而阿德哥必须押上永福里16号这栋房子和沈嫣红。"

阿德说:"这勿可以,不赌了。"

林福说:"阿德哥,你再想想,说勿定能赢呢?"

阿德说:"那输了怎么办?"

嫣红在一边说:"我看可以。那坛黄金找到后,这栋房子也就勿值什么钱了,最多也只能卖五六根条子。至于我,阿德哥,我自己晓得我是个什么样的女人。你阿德要是勿肯押,我自己押。福爷,你告诉盛兆霖,赌一把,我就勿相信我们一定输!"

林福说:"嫣红,你真是女中豪杰啊!阿德哥,你看呢?"

阿德说:"我觉得这背后又有阴谋。"

林福说:"你阿德猜对了。这次是那个聂公子在背后作怪。盛兆霖把上次赢的房子和钞票还你,让阿芹嫁给他,你没同意,他就怂恿盛兆霖再同你赌一把,想让你阿德哥彻底倾家荡产,走投无路,然后再逼阿芹嫁给他。"

阿德说:"所以我觉得这次勿能赌。"

嫣红说:"赌!为啥勿赌。人家下战书,你挂免战牌,那做人也太污糟了!赌赢了我们就可以主动点,要是勿赌就会像现在这样,处处被动。"

阿德说:"要是赌输了呢?"

嫣红说:"那我们就另走他乡,三十六计,走为上计。"

阿德说:"到时候你就是盛兆霖的人了。"

嫣红说:"我是个活人呀,又勿是死人。"

林福说:"嫣红讲得对。阿德,这样,你去寻虫,怎么赌由我林福定,就是赌输了也勿要紧。嫣红在我那个房地产上有那么大一笔投资,光花也花勿光,怕啥?阿德,哪能?"

沈嫣红拉了阿德一把说:"把我和这栋房子都押上。怕什么!你作勿了主,那我做主,你勿是讲永福里16号这栋房子归我了,那我做我自己的主!福爷就这么定了!"

嫣红朝林福使了个眼色,林福立马就明白了沈嫣红的意思。于是说:"阿德哥,咯桩事体就由我来办。出呐娘,我与盛兆霖咯只瘪三又勿是第一次赌了。只要你肯把永福里16号这栋房子押上去,其他的你就勿要管了。"

阿德说:"永福里16号我已经给嫣红了。由她做主,她要肯,我有啥好讲咯?"

林福说:"阿德,你既是个好心人又是个明白人,我就喜欢同你打交道。那就这样定了。虫的事你去办,其他的事都由我来办!"

阿德看看沈嫣红,沉思了好一会,说:"既然嫣红这么说了,那就搏一把,明天我就去寻虫去。但沈嫣红我还没有想好押勿押,她是我阿德的女人啊。"

"阿德哥,我看你的女人比你强啊!"说着,林福就站起来,"那我先去回个话。押勿押嫣红,你想好了回我话!"

阿德和沈嫣红送林福出门。林福又在阿德的肩上拍了一下说:"你把虫弄好。虫输了,怪你,其他事体弄勿好,有我林福担当!"

阿德说:"有数了。"

林福走后,阿德问嫣红说:"你想跟盛兆霖?"

嫣红说:"瞎三话四!我是想把新德里24号你祖上的房子重新弄回来。"

阿德说:"那你作啥要自己把自己押上?"

嫣红说:"勿押上盛大少爷就勿肯赌这一把,新德里24号这栋房子就弄勿回来。阿德哥,勿要把我想得那么龌龊。我一直在想用各种办法来报答你……"说着,眼圈红了。她觉得阿德没能理解她的一片苦心。

阿德马上说:"好了,好了,勿要再讲下去了,我心里明白了。你嫣红是个好女人。"

嫣红说:"阿德哥,你以后勿要再摔蟋蟀盆了。今朝你一进门就摔蟋蟀盆,弄得我心里好难过,好惊慌啊!我以为我做错啥事体了,惹你生那么大的气。"

阿德说:"我晓得了。"

夜里来了十二级台风,屋外的树枝在狂风暴雨中吱吱啦啦地叫。马路两边的树也咔嚓咔嚓地吹断了,那棚户房上的油毛毡也被台风刮跑了,刮到马路上嗞溜溜地乱翻。阿晴开着那辆黑色的新的雪佛莱轿车在风雨中,与阿芹一起来到永ं里16号。

阿珍开门就喊:"老爷,阿芹小姐和阿晴少爷来了。"

阿芹走进客厅,阿晴跟在后面。两人的脸色有点奇怪。

"出什么事啦?"阿德问。

阿芹回头朝阿晴看了一眼,然后郑重其事地对阿德说:"阿爸,我同阿晴同居了。本来勿想告诉阿爸的。想等上一些日脚再讲,但想来想去这么大的一桩事体,勿马上告诉阿爸勿好,我毕竟是阿爸的女儿。再讲,那个聂书煜也实在有些勿要面孔了,想硬来。所以我决定同阿晴先同居再讲,等以后再办婚礼,让聂书煜先死了心再讲。"

阿德看着他俩。

台风吼叫着从窗外呼啸而过,接着是啪啪啦啦的雨点拍打在门窗上的声音。

阿晴怕阿德会发火,他赶忙鞠了一躬说:"娘舅,对勿起。我可能勿该这样做。"

阿芹说:"勿怪阿晴的事,是我求他的。"

阿德看了站在后面的沈嫣红一眼,说:"我跟你舅妈也没有办什么结婚典礼,只用了一辆三轮车就把她拉进了门。我勿怪你们。因为事情也只能这样了。"

嫣红在一边说:"你阿爸今天上午在花园路被聂书煜派的人撞了腔,差点吃家伙。所以阿芹,你要是勿愿意嫁给聂公子,你们俩就早点结婚吧。"

阿芹说:"我也是这个意思,所以今天特地来跟阿爸讨论一下。"

阿德对阿晴说:"阿晴,你是啥态度?"

阿晴说:"我听阿芹的。阿芹说可以就可以。不过我一直认为我配勿上阿芹。"

阿德说:"那就选个吉日结婚哦。虽然现在年轻人开放,同居成了时髦,但阿爸还是个旧派人,看重传统的。所以在我看来,同居也勿是办法,叫外人看来有伤风化。阿晴说配勿上阿芹,在我看来其实你们也很般配,阿芹虽然出了名,但你们家的生意做得很顺,也蛮大了。再说双方愿意,没什么配不配得上的。你们勿办结婚,聂书煜还是要捣乱的。"

阿芹说:"我也这么看。"

阿晴说:"阿德娘舅,还是先同居哦。我勿是怕担责任,我是想让阿芹有更多的自由。有了婚姻的约束,她就勿自由了。如果有更好的,她随时都可以离开我。"

阿德看看阿芹说:"阿芹,你也是这个意思?"

阿芹落泪了,说:"阿爸,我心里也乱得勿得了,勿晓得结婚好还是同居好。如果结婚,我怕阿晴会遭到暗算。那个聂公子勿要看是个上过大学的人,看上去也文质彬彬的,但他绝对是个心狠手辣的人。"

阿德说:"你们同居就不怕遭暗算?"

阿芹说:"情况可能会好一点。"

阿德想了想,大概也悟出了其中的一点点道道来,说:"那就这样吧。结婚的事以后再说好了。人有时候也是要看好路再往前走的。"

天气变得越来越炎热。太阳一升起,又是个蓝天白云的日子,气温腾腾地就往上升,热得连知了都不叫了,那么热的天,还是省点劲吧。树叶也在酷阳下耷拉下来。想到林福昐咐过的事,阿德一清早就坐上黄包车朝稻香园去了癞头阿伲那儿。

稻香园院子门口有两棵大柳树,就是坐在树荫下也感觉不到一点儿凉意,那被太阳烤得热辣辣的土地散发出的热量似乎也想凉快凉快,朝树荫下汇聚。所以树荫下反而显得更热。阿伲端出一只矮桌一只小板凳让阿德坐,然后沏上一壶茶,朝花瓷的小茶杯里倒上茶,对阿德说:"前两天有人从山东宁阳送来了几只虫,我一直没有让别人看。留着让你阿德哥看过后再说。"

阿德摇着蒲扇,喝了两口茶,说:"拿来让我看看。"阿伲从茅屋里捧出六只蟋蟀盆,一只只让阿德过目。阿德看过后说:"都是好虫。你真没有给别人看过?"

"真没有给别人看过。这次我要勿讲实话,我阿伲就勿得好死。"

阿德又一只只看过后,想了想,说:"阿伲,上次问你买虫的长什么样子,你还记得哦?"

"当然记得,出了那么大笔钱的主顾我哪能会忘记呢?"

阿德说:"这两只虫我拿走,剩下的那几只虫如果那个人再来买,你就卖给他,你勿要卖给别人,就只卖给他,可以哦?"

阿伲说:"阿德哥,有数了。"

阿德说:"该怎么跟他讲,勿要我教吧?"

阿伲说:"用不着,我晓得该怎么讲。"

阿德说:"就这样吧。车夫正等着我呢。我走了。蟋蟀的钱等我办完事后给你,勿会亏待你的。"

阿伲说:"阿德哥,你拿走就是了,还说钱的事做啥?上次让你栽了跟斗,亏大发了,我是一辈子没法还清的。"

"过去的事,勿要再提了。"

阿德拿起那两只蟋蟀盆,起身就走,阿伲一直送阿德到黄包车跟前。阿德一迈腿,上了黄包车。车夫拉起车一路朝市区奔去。

那两天,阿德按他的方式,精心地喂养着那两只虫子。

也在那两天,沈嫣红一早出门,到吃晚饭时才回来。阿德问她去哪儿了,她只说逛马路去了。

"同崔先生,巧雅一起去的?"

"就我一个人。"嫣红说。

显然没有讲实话,阿德也不再追问。像嫣红这样的女人,能这样安分就算很不错了。

第三天,吃夜饭时,林福又来永福里16号,问阿德说:"阿德哥,哪能?准备好了哦?"

阿德说:"准备好了。虫你要不要也看一看?"

林福说:"勿看了,看了也勿懂。我讲过了,虫归你管,其他的事归我管。"

嫣红已让沈赵氏买了许多小菜回来。看来林福要来吃夜饭,嫣红早也已知道了。阿德就猜想可能这几天嫣红同林福在一起。

夜幕降临,又有一股台风从上海边上扫过,刮了一阵风,下了一阵暴雨,雨点噼噼啪啪甩在地上,客厅天花板上的电扇哗哗地扇着。

酒过三巡后,嫣红站起来说:"阿德哥,有桩事体我勿得勿告诉你。"嫣红神色凝重,眼里还含着泪花。阿德顿时有点吃惊。

阿德说:"啥事体?"

嫣红说:"阿德哥,你喝了我敬你的这杯酒我再讲。"

阿德接过酒杯,一口干了。

嫣红还没开口说,就哭起来了,越哭越伤心,到后来哽咽得说不出话来了。

林福说:"嫣红,你坐下,我来讲吧。"

嫣红突然一抹眼泪说:"福爷,还是我自己讲好。阿德哥,这几天我没有去逛马路,我是天天到福爷家去,求他一件事。把我押上去。因为盛大少爷咬紧牙关说,不把沈嫣红押上,我就勿赌。盛大少爷勿肯搏,那你的房子就勿可能再赢回来。"

阿德说:"要是赌输了呢?我情愿勿要房子也要你人啊。"

林福说:"阿德哥就因为你一直是这个态度,所以嫣红这两天天天来求我。阿德哥,人活在这世上,有些事体是要搏一搏的。其实我们天天在搏,勿是为这个搏就是为那个搏。勿敢搏的人,是很难在这世上立足的。也很难有什么出头之日。嫣红是个有良心知道感恩报恩的好女人,你就顺了她的心愿吧。再说,我们也勿见得一定就输啊!这次我林福想搏一搏,嫣红也想搏一搏。那我看就出呐娘的搏他一次,哪能?"

沈赵氏在餐桌边上听了也说:"阿德,搏一次哦。我看福爷讲得有道理。"

嫣红看着阿德,在阿德的酒杯里倒满酒说:"阿德哥,你要是同意,就把这杯酒干了。"

阿德看看嫣红,看看林福,又看看沈赵氏,拿起酒杯猛地一口干了,说:"既然欺到头上来了,那就拼一下,搏!虫我已经预备好了,又勿一定输呀!"

林福一拍桌子,桌子上的盘子、碗、筷子、杯子,都叮叮当当震了一阵。林福说:"好,有种!我就喜欢这样。"

酒喝到深夜,林福走后,阿德与嫣红就寝时,嫣红紧紧地抱住阿德说:"阿德哥,谢谢你。"

阿德说:"福爷已经给盛兆霖下帖子了?"

嫣红说:"下了。我在上面也押了手印。所以这事变不了了。阿德哥,这事我自作主张了,你勿要生气。"

阿德不再说什么了。只觉得嫣红这个女人比他想象的要强得多。女人的好坏同她的社会地位勿是画等号的,哪怕是从事过烟花业的女人。那些阔太太们的为人,也勿见得有嫣红这样的女人好,只不过命运勿一样罢了。万老先生就同他讲过,生活在这世界上每个人都有一个怎么做人的问题,并不是你是个工人就一定是好人,也并不是你是个资本家就一定是坏人。每个人活在这世上从事着各种各样的工作,你从事的工作并不代表着你的为人,所以无论你从事什么工作,你都面临着一个怎么去做人的问题。

阿德把嫣红搂得紧紧的,心想万老先生的话有道理啊!

花园路两旁的法国梧桐上爬满了知了,在阳光下不知疲倦地吱了吱了地叫着。花园路78号的洋房显得有些严峻而紧张。

聂公子对盛兆霖说:"让他把贾玉芹也押上。"盛兆霖说:"聂公子,你太急了,心急吃勿了热豆腐。路要一码一码地迈,事要一件一件地做。沈嫣红这个女人我想了那么多年了,等我把沈嫣红弄到手,我再帮你把贾玉芹弄到手。"聂公子说:"那好。一言为定,你要我帮你做啥?"盛兆霖说:"我啥也勿要你帮。"但那天聂公子还是派了不少兵穿着便装来到花园路78号为盛兆霖助威。林福也领着一帮手下人跟班拿着两只蟋蟀盆走进花园路78号,这时的花园路78号不像是斗蟋蟀的场所,倒像是一场人与人要火拼的场所了。阿德跟在了林福的身旁。

大厅,吊扇,屋里的窗户大开,人群拥挤在里面,个个敞开衣襟,袒胸露肚的,但还是热得汗流浃背。那个崔延年也来了,他同聂公子与盛兆霖也是朋友,又同沈嫣红有种说不清的关系,起码可以说是阿德麻将桌上的牌友,他来也不知是到底站哪一边,只能算一个凑热闹轧闹猛的人。于是在这个大厅里,只有他与盛兆霖还穿着衬衣,吊着领带,虽然背上汗湿了一大片,但还是不肯解开衣领,脱下领带,保持着风度。聂公子没有来,他派了一个叫李樾的亲信带着一帮换了便衣的兵来的。这个李樾就是上次在蟋蟀摊上撞阿德腔的鼻尖上有一颗肉痣的家伙。阿德与李樾对视了一眼,李樾挑衅地冷笑了一声,但阿德没有理他。

阿德看过盛兆霖的虫后,原来极其紧张的心筋就放松了下来。他也是从阿伲那儿买的虫,他心中有数了。他朝林福使了个眼神,这眼神别人感觉不到,只有林福心里明白。

盛兆霖说:"福爷,阿德哥,我知道你们是一伙的,但我盛兆霖勿怕。最早一次你们赌三战两胜,我吃亏了。这次还像上次一样,一战定胜负,不战第二次。"

林福说:"可以!"

盛兆霖说:"好!痛快。"

放盆,引须,格斗,五分钟后。林福的虫胜,一阵嘾嘾响亮的叫声,让林福兴奋得一仰脖子哈哈哈大笑起来,说:"盛大少爷,看来你这辈子同嫣红咯个女人无缘啊!老天就是这么定的!哈哈哈……"

"勿行!再斗一次。"那个聂公子的亲信李樾却斜插进来说。

林福说:"盛大少爷,说话勿算数?"

盛兆霖说:"算数!"

李樾又说:"勿行,再斗一次。"

林福说:"给我一个说法。"

李樾说:"再斗一次呀。"

林福说:"这次我们赢了,盛大少爷认账。等一会就切割。该给我的都得给我。盛大少爷,你说是哦?"

盛大少爷一点头说:"是!勿赖。"

李樾说:"勿可以的。还得斗一次才算数!"

林福说:"出呐娘逼。是我跟盛大少爷搏,还是你跟我搏?"

李樾不响了。

盛大少爷说:"福爷,下午我就交割。"然后领着他的人下了楼。

李樾看着领着人下去的盛大少爷,说:"他奶奶的。没用的孬种,还是什么大少爷呢。"说着,一伸胳膊,把桌上的蟋蟀盆一下扫到了地上,那只蟋蟀在地上跳了跳,就被李樾的大皮鞋一脚踩死了。林福一拳就冲了上去。

李樾就喊:"兄弟们,上!"

蟋蟀是斗完了,但李樾的手下人与林福的手下人开打,楼上楼下,崔延年拉着阿德就往外跑,说:"阿德哥,我们走。好汉不吃眼前亏。"

那个李櫆就是到阿伲那儿买蟋蟀的人,并对聂公子夸下海口说:"保赢!输了拧断我的脖子。"

聂公子对李櫆说:"这场输赢不但关系到盛大少爷能不能得到他要的女人,也关系到我能不能得到我要的女人。"

李櫆一拍胸脯说:"聂少爷,包在我李櫆身上了。"

盛兆霖的蟋蟀输了,最下不了台交不了差的就是他李櫆了,于是恼羞成怒,撞起腔来。

强龙压不过地头蛇。在打斗中,林福的人变得越来越多,林福是这块地皮上的帮派小头目。他手下的人一传话,四面八方的喽啰们全都手痒痒地涌来了,而且听到对手是淞沪警备司令部里的那些便衣们,那些小喽啰们就更来劲了,对手越有来头,斗起来就越有劲。李櫆发现自己的那些人不是对方的敌手了,叫人一时又叫不来,于是领着那些鼻青眼肿的便衣们只好逃之夭夭了。

下 篇

六

盛兆霖是个说话算数的人。聂公子打电话让他不要交割,但盛兆霖说,输了就是输了,该交割就交割,我盛兆霖可以什么都输光,但勿能把江湖上的信义输掉。信义丢掉的人,在上海滩上,没有人再会同你打交道。

交割完后,阿德没有立即回到已归还的新德里24号那栋房子,首先是派人带信给葆娣,让她回来。第二天一早,又问嫣红要了五百元大洋,坐上黄包车直奔张家巷稻香园而去。

白云,蓝天,被太阳晒烫了的土地冒着干烟。快到稻香园时,阿德看到有五六个人正在稻香园门口闹事。阿德对车夫说:"兄弟,你就在这儿等我,勿要过去。"说着就跳下车,直奔稻香园。

阿伲在院子里站着。李樾卷着衣袖,扇了阿伲一巴掌,在骂:"出呐娘逼,你这个赤佬,骗人骗到老子头上来了。"

阿伲捂着脸说:"我哪能骗你啦?"

李樾说:"你不是说你的这两只虫绝对是好虫吗?"

阿伲说:"那两只虫当然绝对是好虫!"

李樾说:"那怎么斗输了?"

阿伲说:"虫当然绝对是好虫,但我没有说它们绝对能赢。"

李樾说:"不能赢的虫怎么会是绝对的好虫?"

阿伲说:"在这个世界上,谁也不能保证自己的虫绝对能赢。如果我要是这样说,那我就是骗子了。"

李樾又一个耳光扇了上去,说:"出呐娘逼,你还敢在老子前面嘴硬!"

阿德冲上去说:"不许打人。阿伲这话是我让他说的。哪能?那几只虫是山东宁阳来的虫,绝对是好虫!"

李樾打量了一下阿德,说:"阿德哥,你不要仗着邵林福的那个小山头,就哼五哼六,老子今朝找的就是你。阿七,阿八,把这个人给我带走!"

阿德说:"你们凭啥随便抓人,打人,你们还有王法吗?"

李樾说:"王法?啥叫王法?我想做的事就是王法!"

阿德说:"李樾,你不要仗着聂公子的那点势力,几次撞我贾怡德的腔!我晓得我贾怡德只是个白相蟋蟀的白相人,无权无势,但我勿怕你们,不吃你们仗势欺人的这一套。"

李樾喊:"带走!"

阿德心里很明白,他们人多势众,又有官道上的背景,硬抗显然是抗不过他们的,于是说:"勿要急,我阿德跟你们走。我见了你们聂公子再说。真是阎王老爷好见,小鬼难缠。"

有两个人要架着阿德走,阿德用力甩开他们说:"我会跟你们走的!急娘个出逼啊!"然后走到阿伲跟前,把一张银票递给了阿伲,在阿伲耳边说:"五百大洋,买你的虫的钞票,收好。"

阿伲说:"阿德哥,我勿敢要。"

阿德说:"拿上!勿要你就让我阿德跌进勿仁勿义的坑里。"

阿伲收下后给阿德鞠了个躬,说:"谢谢阿德哥。"

下　篇

阿德跟着李樾那帮人,当走到黄包车夫跟前时,把一块大洋塞到车夫手里说:"车钱,收好!"

车夫说:"老爷,太多了,我找你钱。"

阿德一摆手说:"勿用找了。"

车夫一弓腰说:"谢老爷!"

"少啰唆,走!"李樾催着说。

从窄窄的阡陌小路走到大路,一辆军用吉普卡车停在路边。阿德站停说:"你们要把我带到什么地方去?"

李樾说:"你去了就知道了。我们聂家公子正要会会你这位阿德哥。今朝也巧了,自己送上门来了。请上车。"

阿德心里很清楚,知道贾玉芹的事情还远远没有完。只要这位聂公子没有把贾玉芹弄到手,他是勿会罢休咯。就像盛兆霖没有把嫣红弄到手,也总是没有完。世上有些男人就是这样,一旦迷恋上一个女人,陷了进去后,往往就无法自拔了,日思夜想,像着了魔一样,于是就会想尽各种办法耍尽各种手段,非要把这个女人弄到手才肯罢休。人的占有欲有时会变得很疯狂的。尤其是那些有权有势有钱的人。那个时候他们就跟虎豹豺狼没有什么两样! 好在盛兆霖与聂书煜虽然都是读过书的人,但却不一样。盛兆霖比较文明,不乱来,而聂书煜虽读过大学,还会写两句诗文,却仗着自己老爸的势力,很蛮横,敢胡作非为,乱来一通。所以这个世界人与人也是勿一样的。虽然同样有钱有势的人,却有不同的作为。那些公子哥们,也勿是都一样。阿德想起老母临死前对他的嘱咐:人活在这世上,权也好,财也好,勿管你做啥事体,最最重要的还是做人。姆妈信佛,相信做善事做好事人最后总会有个好结果。人要做了恶事,勿管你做多大的官,哪怕是当个皇帝,最后老百姓总会给你一个评价的。啥人也逃勿脱。到你走了,大多数人会说,唉,这是个好人啊! 你这辈子也就没有白活了。好有好报,恶有恶报,啥人也逃勿脱这个宿命。

车子开得飞快,车后扬起一团团灰蒙蒙的尘土。

淞沪警备司令部离龙华勿远。一栋高墙小窗户的楼房。这里显然是关

| 271 |

押人的地方。进了大铁门，拐进一条走廊，走廊上是排安着铁栅栏一间挨着一间的房间，天气很热，但却显得阴森森的。他被推进一间空房间里。阿德在一条木板凳上坐下。还好，不一会儿有一个服务兵端来了一壶茶水和一只杯子进来。

服务兵说："请用茶。"

阿德一点头说："谢谢。"

服务兵说："看着老爷像个有钱人，哪能也会到阿拉咯达来个？犯啥事体啦？"

阿德说："我阿德是个遵纪守法的人，从来勿会犯事。你们这样把我关押到这里来，是违法！"

服务兵说："老爷用茶。这些话你不要跟我说，跟我这种小巴腊子说没用，要说跟当官的说去。凡是进阿拉这个地方来的人，没有一个肯承认自己是犯事了的，都说自己冤枉。天晓得啊！"说着就走出屋子关上了门。

阿德长叹了口气，为自己倒了杯茶，慢慢地喝了起来。心想，十几年前，他把贾玉芹收养下来后，只知道人活在世上做这样的好事勿会有错。错当然是没有错的，但麻烦却粘连上来了。这能怪他阿德还是怪阿芹呢？他想想谁也怪不上，他阿德在抚养阿芹上没有错，而贾玉芹对他是知道感恩的。他当然不会想到，会发生现在的这些事。那怪谁呢？阿只能怪这个出呐娘的社会！那些破坏社会公德的人！阿德又想，既然他把阿芹抚养大了，他是她父亲，他也就负有当父亲的责任。她不愿做的事，他不能强迫她做，他有保护女儿的责任。既然有些人破坏了社会的公德，这个社会又在纵容这些人，麻烦事既然来了，也不用怨天怨地怨贾玉芹。担起做父亲应有的责任来，这也就是为人之道，天道酬善啊！

走廊里响起一群人嘈杂的脚步声。不一会儿门被打开了，聂公子带着一帮人走了进来，他身边紧贴着那个李樾。

聂公子绽开笑脸，忙着作了个揖说："喔哟，阿德爷叔啊，你哪能来了呀。"

阿德一笑说："你手下的这位先生把我请来的。"

聂公子说:"把你请来可不是我的意思哦。"然后转身突然扇了李樾一个耳光说:"李樾你也太不像话了,怎么把贾玉芹的父亲就这么随随便便捉进我们这儿来?什么罪名?"

"诈骗!在赌博上做手脚。"

"有证据哦?"

"有!我就可以做证。"李樾说。

聂公子看着阿德说:"咯我就不好说什么了。阿德爷叔,那就委屈你在这儿住上几天,等把事情弄清爽了,我给你求个情,就放你出去。"说着转身要出去,但又回过头来说:"你在这儿,我会通知贾玉芹的,让她来看看你,啊?"

阿德不再说什么,只是苦笑了一下。

那天晚上他们端上来的晚饭还不错,有鱼有肉还有一壶温热的黄酒。阿德心里清楚,聂公子追的是贾玉芹,他贾怡德毕竟是贾玉芹的父亲。他们找个借口把他抓进来,无非是逼阿芹就范。如果阿芹就范了,他贾怡德就是他聂公子的老丈人。这条后路他聂书煜得留。

第二天一早,贾玉芹果然来了,她是在万家伦的陪同下来探视的。贾玉芹一见阿德眼圈就红了,说:"阿爸,我的事反而让你受委屈。"鼻子一抽,泪就流了下来,阿德一摆手说:"勿要讲了,我这事阿晴晓得哦?"

贾玉芹说:"阿晴本来也要跟着来,是我不让他来的。一是他店里的生意忙,更主要的是这里是聂公子的地盘,他要来了,我怕他会吃家伙。所以我让万导演陪我来了。"

"勿来是对的。"阿德说。

万家伦很愤怒,愤愤不平地说:"聂书煜追的是贾玉芹,却把你这个当阿爸的弄进来,这他妈的算什么?"

阿德说:"抓人关人是要找借口的。醉翁之意不在酒,他们撞我腔这已经是第三次了。我心里有准备。"然后看着贾玉芹说:"家里啊好?"

贾玉芹于是把家里的事讲了一遍:"姆妈也晓得你被关进这里来了。"贾玉芹压低声音讲:"姆妈对我讲,阿芹,就是杀你的头,你也勿能再答应了。

|273|

聂书煜耍手段耍到这么下作的地步了,说明这个人的心太歹毒,你要是成了他的女人,将来就勿会有你的好果子吃。在这世上,是有这么些头上长疮脚上流脓的东西的。勿管他是当大官也好,是富商也好,是官家的公子,是富家的小开,坏人就是坏人。看上去是神气活现派头十足,但骨子里是猪狗不如!"

阿德点头说:"你姆妈讲得对,所以啊,人活在这世上,就要活得像个人样子,勿要活得连猪狗都不如。你回去跟你姆妈讲,勿要为我担心。他聂书煜最多把我关几天,我又没有犯什么大罪,他还能把我怎么样?"

贾玉芹点点头,她也相信阿德勿会被关多久的。她转了个话题说:"阿爸,昨天林福伯父把新德里24号的房子钥匙交给姆妈了,姆妈就交给了我。我去新德里24号看了看。葆娣阿姨也回来了,把房子收拾得干干净净的。林福伯父说,盛兆霖这个人还是可以打交道的,虽然是富家子弟,但很守信誉。林福伯父说,盛老板讲,斗蟋蟀最后的输赢啥人都敲勿定的。看上去好好的虫,勿一定赢。有些看上去勿哪能的虫子说不定就赢了。上次阿爸给林福伯父选的一只虫子,看上去就勿哪能,结果两条大腿都咬掉了,还能斗,最后还是斗赢了。输了就是输了,虽然是赌,但也要守赌的规矩,勿然以后啥人还跟你白相啊。"

"所以盛大少爷这个人可以打交道。"阿德说,"聂书煜就勿能打交道。阿芹,阿爸就实话告诉你,以前对聂公子你同意勿同意,由你自己做主,但现在,你阿芹同意了,我阿爸也要当个摇头派,决勿答应。我勿能看着自己的女儿往火坑里跳。"

贾玉芹说:"阿爸,我是你养大的。我答应勿答应聂公子,全要看阿爸的态度。现在阿爸勿同意,我也勿肯,这事聂书煜把刀搁在我脖子上,我也要对他说,不!"

阿德说:"这事就这样定了。他把我贾怡德关在这里关到死,我也勿会点这个头。万导演,谢谢你陪着阿芹来看我。"

在一边听着的万家伦很气愤,说:"聂书煜这样做也太不像话了。就是要弄你告你,也该由盛兆霖出面。是盛兆霖同邵林福斗蟋蟀赌,又不是他同邵林福赌,就是有诈骗行为,首先是邵林福来担当,也轮不到你呀。何况,盛兆霖承认了这次赌的结果,把下的赌注都在昨天交割了。他聂书煜凭什么把你阿德哥抓进来。"

贾玉芹说:"那还不是因为我。"

万家伦说:"想追自己想要的女人也不能用这种土匪流氓的手段呀,他把人权放到哪儿去了?现在是民国了,就是他妈清政府时也不能这么随随便便地说抓人就抓人,说关人就把人关起来呀!"

阿德说:"在这儿住上几天再说吧。看他还有什么花头劲。"

万家伦说:"阿德哥,不能这样,要抗争。不能因为他老爸是什么副司令,头衔大,就屈服了。要敢于舍得一身剐,敢把皇帝拉下马!"

阿德说:"我没有敢把皇帝拉下马的胆量,但我要实实在在做个人的胆量还是有的。我现在就在抗争,死也勿能让阿芹被他弄到手。我要抗争的就是咯个。阿芹,你讲呢?"

贾玉芹说:"阿爸,我同你一起抗,要死,我们父女俩就死在一块。从现在起,我决勿会低这个头。"

万家伦说:"明天我让江时鑫来找你,让他把这事捅到报纸上去,我就不相信这世界就没王道了!"

阿德说:"只要阿芹能顶得住,我还怕啥!"

万家伦叹了口气说:"阿德哥,阿芹进电影公司的门,是我硬把她拖进来的。现在出了这种事,我也要担一份责任。另外,我阿爸知道这事后,也非要让我来看看你,问问到底是个啥情况,今晚他就要让我去他那儿回话的。"

阿德说:"谢谢万老先生的关心。回去代我问万老先生好。新德里24号回到我阿德手上了,又可以跟万老先生当邻居了。"

贾玉芹与万家伦又同阿德说了一会儿话,探视的时间到了。阿德再三关照,他不会有啥的,让沈嫣红勿要着急。然后又再三同万家伦说,勿要忘记对万老先生的问候。万家伦说:"会的,肯定会的。"贾玉芹抹着泪说:"阿爸,你放心,我会回去宽慰姆妈的。"

七

　　太阳一升起,大地腾着热气,树上的知了又一阵阵地聒噪起来。

　　中午送来的菜肴还是很好,几只小菜里还有一只明虾,还有一壶黄酒。阿德想,如果天天这样的伙食关几天就关几天吧。既来之则安之。阿德也不再多想什么,坐下来抿着黄酒,美滋滋地吃起来。

　　没想到,江时鑫吃过中饭就来了。

　　阿德就把这事的前前后后详细地讲了一遍。江时鑫一边听一边在一本小本子上记,还不时插话问:"蟋蟀好坏,只有斗到最后结果才能看出来是哦?"

　　阿德说:"事先也能看出点名堂,全凭经验。但那也勿一定,有时看着不怎么样的虫,到斗的时候蛮劲十足,最后得胜的也会有。"

　　江时鑫说:"就是讲,光表面看蟋蟀的好坏,是勿一定准确的是哦?"

"是。"

"这就不存在什么诈骗。这叫欲加之罪,何患无辞。不过这事光你贾怡德说了还不算,我还要再去采访一下盛兆霖盛大少爷,看他怎么说。"

江时鑫走后不久,崔先生带着沈嫣红也来看阿德了。

崔先生说:"出呐!这么随随便便地关人,算什么!"

沈嫣红哭了,说:"阿德哥,你是这么好的一个人。作啥会冲到这样倒霉的事情啦!"说着越哭越伤心,为阿德感到说不出的委屈。

阿德说:"没什么。最多关上几天就会放我出来的。嫣红,帮我弄几件衣服来换换,我浑身已经汗臭得我自己都闻得感到吃勿消了。"

嫣红说:"我已经给你带来了。"于是把一只绸缎的小包放到阿德的跟前。

而这时邵林福也风风火火地进来了。

林福一进来就骂:"出呐娘逼,阿德哥,哪能把你关到警备司令部来了。"

阿德说:"他们说我诈骗,而且诈骗数额巨大。"

林福说:"借口,纯粹是借口,那个出呐娘逼的聂书煜是醉翁之意不在酒!"

阿德说:"他们说我在斗蟋蟀上做了手脚,犯了诈骗罪。"

林福说:"我会跟他们去理论,要说诈骗罪,该由我来担当,也勿该安到你德哥的头上。出呐娘逼,是我同盛兆霖赌,又勿是你跟盛兆霖赌,找借口也得找得像回事呀。这种勿伦勿类的借口算啥?要笑掉人的大牙了。"

崔先生说:"真是聂公子把你弄到这里来的?"

阿德说:"是他手下一个叫李櫆的人捉我进来的。"

崔先生:"那肯定就是聂公子了,我去找他。"

崔先生没过十几分钟就回来了。

沈嫣红说:"哪能?"

崔先生说:"聂公子说,他只有一句话,只要贾玉芹小姐同意嫁给他,什么都好说。"

沈嫣红说:"你们男人哪能都这个样子的啦?"

| 277 |

阿德说:"你回聂公子的话,只要贾玉芹本人不答应,我贾怡德也勿会点这个头。就因为这个要把我关起来,那就关吧,反正我在这儿有吃有喝,饿勿死我就行。他越是仗他阿爸的势力欺人,我阿德就越勿买他的账。"

崔先生说:"唉,男人可以为一个女人去死。只要一个男人看上一个女人,痴上了,他什么事都做得出来的。我是知道的,我可能也是这样的人,但爱情是件文明的事,怎么能用不文明的手段来获得嘛,这样做,与强奸有何不同?再说强拧下来的瓜甜勿了,但爱却是男人最强烈的冲动啊。我再讲一句,男人是可以为他爱的女人去死的,但决不能用粗暴野蛮的手段去获取!"

沈嫣红看着阿德说:"德哥,这怎么办呀?"

阿德说:"嫣红,你也勿要急,车到山前必有路,船到桥头自会直。会有办法的。"

林福说:"阿德哥,你放心,最多再在这儿蹲上两天,最迟大后天我就让他们放你出来。我就勿相信这天下就没有王法了!"

很快,贾怡德被关的事第二天就见报了。大标题是《天下出奇闻,权力被滥用。红影星贾玉芹被人相中,其父贾怡德无故被关押。》报道中还引用了盛大公司小开盛兆霖的话:"吾与贾怡德先生斗蟋蟀只是玩游戏而已,并无赌博之实,何来诈骗?"等等。

当天早上,报纸就送到了聂怀德聂副司令的手上。而这时有一勤务兵来报说:"聂司令,有一位叫万松年的老先生说想见你。"

"在哪儿?"

"羁押所。"

那天早上,万松年老先生在万家伦的陪同下来见阿德。

万老先生一见到阿德就显得很激动,把手臂伸进铁栅栏,紧握住阿德的手不放。似乎是在为阿德输送着力量。握好手后就用司的克敲着地面对看守的士兵喊:"我叫万松年!是你们聂怀德副司令的老师,你现在去把你们的聂副司令给我请来!"

士兵不动,开玩笑,副司令呀,我这么个小巴腊子敢直接去说啊?

"快去!"万老先生用司的克连连地敲着水门汀的地面喊,一连喊了几声,士兵才觉得这位老先生肯定有来头,于是忙说:"我只能让我的上司去转告。老先生,稍等。"

士兵端了条长凳让万老先生坐。万老先生坐下后,似乎气更大了,对万家伦和阿德说:"唉!你们啊,就是勿肯听我的话。姑娘长得漂亮点就一定要去当什么电影明星吗?我看还勿如直接进妓院去当姑娘算了,当姑娘也不会有现在这种麻烦。你阿德无缘无故被关进来算什么!"

万家伦说:"阿爸,这与贾玉芹当勿当电影演员没有关系。贾玉芹的事折射出的是一个社会问题,而不是做什么职业的问题。自古以来,利用权势强抢民女的事层出不穷。好在现在是民国,还不敢明目张胆地强抢。"

万老先生说:"现在这还不叫强抢?"

万家伦说:"恐怕还不能算,贾玉芹还是自由的。"

万老先生说:"狗屁!现在这叫乱用公权力,比强抢更恶劣!以诈骗为借口,胡乱抓人关人!"

这时走廊上又响起了一阵嘈杂的脚步声。有一卫兵匆匆打开门,说:"聂副司令来了。"

万老先生坐在长凳上没动。

聂怀德领着一群人走了过来,聂书煜也跟在边上。

聂副司令赶忙作了个揖,说:"没想到万老先生光顾,有失远迎。万老先生,你要来,应该先通报一声才是,这让当学生的有失尊师之嫌啊!"

万老先生指着阿德说:"这是怎么回事?"

聂副司令看看聂书煜。

聂书煜忙说:"误会,这绝对是一场误会,是我手下人办事鲁莽所致。"

万老先生说:"那就赶快放人。你家公子这是在仗势欺人,你就有滥用公权力之嫌!不是吗?"

聂副司令员扇了聂书煜一耳光说:"胡作非为,放人!"然后微微一躬身,对万老先生说:"万老先生请到我的会客室喝杯茶,这么热的天,万老先生也真够辛苦的。"

聂书煜捂着脸说："阿爸,你也不问问情况,就这么随便打儿子啊!"

聂副司令手中拿着报纸对聂书煜吼："你看看,你看看,这事儿都上报了,还把我给带上了。这事我什么都不知道,是你这小子背着我干的啊!"

万老先生说："子不教,父之过。"

聂副司令说："你给我放人,听到没有?"

万老先生说："那我现在就把贾怡德带走吧。阿德,把东西收拾一下跟我走。"

聂书煜说："慢,万老先生,贾怡德进来时,我的手下是办了关押手续的。要走,也得办了手续才能走哦?"

万老先生看看聂副司令说："那什么时候放人?"

聂副司令看了聂书煜一眼,说："那赶快办了手续就放人吧。"然后对万松年说："万老先生,你放心,我们一定放人。万老先生请去我那儿小坐一会儿,喝上杯茶,吃上块西瓜,也好让学生尽点地主之谊。"

在去会客室的路上,聂书煜对聂副司令说："阿爸,你好像有点怕这位老先生。"

聂副司令说："放肆!没有万老先生当年的推荐,我今天就坐不到这个位置上。"

万老先生耳朵有点背,又离开聂副司令有点距离,所以没有听到。

聂副司令领万老先生到了会客室,叫勤务员沏上茶来,然后又让勤务员端上西瓜来说："万老先生,犬子做这事,我真的一点不知。"

万老先生说："我相信你可能是不知道的。你知道你家公子为什么要把贾怡德捉到你们淞沪警备司令部来吗?"

"不知道。"

"我曾告诉过你,贾怡德是个白相蟋蟀的人,对社会没有恶意,是很遵纪守法的。你一定还记得林觉天、乔鸣凤那两个被你抓起来的不安分分子。"

"知道,是你来说的情,我就把他俩给放了。"

"他俩放出来后,就是这位贾怡德给了他们一点钱,让他们离开上海,不

下 篇

要再在淞沪这块地皮上搞什么骚乱了。如果像他这样的良民,你都要抓,那你这个警备司令恐怕就忙不过来了。"

"我说了,这是我犬子所为,我实在不知情。"

万老先生冷笑一声说:"聂公子在外面抓人没通过你?"

"没有。"

"那这事你更有责任了。"

"刚才我已经教训他了。"

"这可不是小事情,水浒中林冲夜奔的事你总知道吧?"

"这戏我看过。"

"正是这些高衙内们,把许多人逼上了梁山啊。有些公子哥儿比你们这些当官的更可恶!仗势欺人,无恶不作!管好自己的子女,也是你们这些拥有公权力的人的责任!好了,我告辞了,请你们尽快放人吧,拜托了。"万老先生作了个揖。

"不过万老先生,"聂副司令说,"社会就是这个样。我们这些为社会当差的,虽挂着一官半职,但对有些事也无能为力啊。对下属还管得住一些,最最管不住的就是这些儿孙们。但您老的教导,学生一定记住。刘副官,用我的车送万老先生回家。"

"不用。"万老先生说,"我坐黄包车回去更自在。"

天色暗将下来,聂书煜来看阿德,说:"阿德爷叔,对勿起,让你受惊了。等一歇就放你走。李樾已经办了放你出去的手续,等拿出牌子就可以放你出去。我还特地为你去叫了辆黄包车,你就收拾收拾哦。"

阿德说:"勿用收拾,我进来就没有带东西,只是这几天,天这么热,已是捂了一身又一身的臭汗,很想洗个澡,换换衣服。"

聂公子说:"回去换哦,阿德爷叔。回去后,贾玉芹的事,你们再合计合计,我是真心喜欢贾玉芹,我决勿会亏待她的。"

阿德说:"那等我回去再说。"

李樾拿了块牌子来了,说:"走哦。"

聂公子作了个揖说:"阿德爷叔,让李樾送一送吧,我就勿送了。再会。"

温情上海滩

　　李樾把阿德送出门口,把手中的牌子给卫兵看了一下。门口果然有一辆黄包车在等着。
　　李樾朝黄包车一指说:"你上车哦。"
　　黄包车夫忙拉着车走上前来,阿德在上车时朝李樾作了个揖说:"回见。"于是上了车。

下 篇

八

　　天色已经暗将下来,淞沪警备司令部在龙华郊外,黄包车一拉出去几十步,四下已没有路灯,一片漆黑了。再往前拉没几步,远远就可以看到市区的万盏灯火。突然有一伙人从暗中冲了出来,一把把阿德拉下车,又塞进了一辆汽车里,阿德的双眼被一块黑布蒙了起来。车子开了二十几分钟,阿德又被拉下车,又重新被关进了一间窗上装有铁栅栏的房子里。然后门砰的一声又关上了。

　　阿德心里突然明白了,聂书煜哪里会这么轻易放他出去啊。只不过是迫于报纸上舆论的压力,还有万老先生、邵林福、贾玉芹、万家伦、崔先生等人的走动,这才演了这么一出戏。后来他对盛大少爷说:"出呐,想勿到贾怡德这么一个白相蟋蟀的人,还有那么多人帮他说话。连万老先生、邵林福这样的人都出面了。邵林福还说,你聂公子勿给我这个面子,勿要看你是聂司令的儿子,我们照样有白刀子进红刀子出的时候。"

又一会儿,一个剃着光头,三十来岁,穿着粗布衣服的像农民一样的人送来了晚饭,这次大不一样了,不但没有黄酒,饭也只有一碗糙米饭,一碟咸菜。既然到了这种地步,他阿德也只能是既来之则安之了。再着急发愁也没有用,于是他抓过饭来就吃,虽然糙米饭与苦叽叽的咸菜难以下咽,但阿德依然大口大口地把饭菜吃光了。那个剃着光头的人来收碗筷,阿德忙拉住他说:"这儿是什么地方?"

光头说:"上面勿让讲的。"说着匆匆收拾上碗筷就走了,门又一次砰地关上了。

关阿德的是一间只有一个窗口,窗口上还安着铁栅栏,只有一扇铁皮门的房子。房子里只有一张床,一只小矮桌,两只小板凳,墙角上还有一只马桶。条件比原先的房子差远了,天气很热,马桶盖又密封得不好,从那里喷出来的尿粪味弥漫在整间房间里,刚开始时阿德恶心得想吐,但时间长了闻惯了,倒也不觉得很臭。何况那尿粪是自己拉的。

阿德感觉到这房子可能还是在郊区,而且在不远处还可以听到士兵练操的声音。说明这房子虽不是兵营的房子,但也离兵营不会太远。由于是郊区,一到晚上四周还能听到一处处蟋蟀的叫声。阿德还发觉,离他墙角不远处就有一只蟋蟀,从它那浑厚的叫声中阿德感到那说不定还是只好虫。

关阿德的那间屋子,门一直锁得很紧,窗口开在后面,望出去能看到一片田野和远处的几间茅草房,虽有人在走动,但很远。就是大声叫那也不可能听到。自己关在什么地方,阿德一点也观察不出来,每天只有那个光头来送餐,问他他什么也不说,只是说:"你吃饭吧。"然后关上门,等他吃好饭,他就来收碗筷。

大约这么关了四天。有一天光头送夜饭来,突然问了一句:"先生,你就是江虹路新德里的贾怡德啊?大家都叫你蟋蟀阿德的是哦?"

阿德说:"是呀。你哪能晓得?"

光头说:"喔哟,踏破铁鞋无觅处,得来全不费功夫。"

阿德灵机一动,说:"你有事体寻我啊?"

下　篇

光头说:"我叫王马。你吃饭哦,有话明朝讲。"

说着就走到外面,但阿德感觉王马没走远,就在门口。

阿德吃着饭,细细地思考了一番。不一会吃好饭喊:"王马,来收碗筷哦?"

王马进门收了碗筷,阿德说:"王马,你有事尽管讲,我阿德能帮你的,一定会帮的。"

王马说:"明朝讲,明朝再讲。"匆匆收了碗筷,显得很激动。

王马走后,阿德想,天无绝人之路。这一次机会他一定得好好利用。

晚上,阿德睡觉时,墙角上的那只蟋蟀又曜曜曜地叫了起来,而且似乎就在屋里。阿德侧耳听了听。那蟋蟀就在墙角砖块的缝隙里叫着。阿德就趴下,往砖缝里看。出呐,他看见了,振着两只翅膀叫得特别有力特别地欢,那头黑亮黑亮的,一只好虫!阿德在泥地里挖出一根草茎,轻轻地把那只蟋蟀往外拨,没想到蟋蟀自己扑地跳了出来,跳到了阿德的袖子上。阿德轻轻地把它抓在手中,找了一张废报纸卷了一只纸筒把它放了进去,放在自己的枕头边。阿德躺下,那只虫又曜曜曜地欢叫起来。那叫声让阿德很舒心,觉得自己在长期的孤单中有了一个伴。

王马送早饭来了,还拎来了一壶热水,说:"吃好饭,用热水揩揩身哦,你身上已经有一股臭味道了。"阿德这才觉得自从被关进来后还没擦过身子,嫣红带来的几件替换衣服他出警备司令部时带在身边呢。阿德心里猜想,还是聂书煜咯只瘪三把他抓进来的。只不过是换了个地方勿让人知道罢了。一个男人为了一个相中的女人,真是什么事情都敢做得出来。

早饭竟是大饼油条和一碗咸豆浆。

"这是我自己用钱给你买的早点。"王马说。他没有走,而是坐在阿德边上说。

"谢谢。"阿德作了个揖说。

"阿德哥,"王马说,"我找你真的有事体。"

"啥事体,尽管讲。"

"但你要保证绝不讲出去。"

"我保证。"

原来王马也是个白相蟋蟀的赌徒,每次斗蟋蟀赌,十有八九都赌输了,越输越赌,越赌越输,结果背了一身的赌债不能自拔,也是"病笃乱投医",到处打听啥人能晓得蟋蟀的好坏,他请教了好几个人,自称是行家,结果还是输。后来他打听到江虹路新德里24号有个叫贾怡德的,"行内"都叫他蟋蟀阿德,是个真正的行家。只要他点头看过的蟋蟀,十之八九能赢。王马是李樾手下的手下,最底层的一个喽啰。他上面的那个师兄偷偷地告诉他,让他看管的那个人就是江虹路新德里24号的贾怡德,号称蟋蟀阿德的人。

王马把这情况同阿德一讲,阿德觉得自己有希望了。

王马含着痛苦的眼泪说:"我要是再翻不了本,我只有去跳黄浦江自杀了。"

"赌就要经得起输赢,经勿起输赢就勿要赌。"阿德说。

"可是已经赌上了哪能办啦。阿德哥,你帮我一把,可以哦?"

阿德想了想说:"你能告诉我,这儿是什么地方吗?"

"兵营,警备司令部的兵营。"王马像做贼一样地轻声说,"我只能告诉你这个,别的我勿敢再讲,再讲就会请我吃花生米的。"

阿德一笑,知道此时的交情还没有到火候,就不再说什么,从枕头边上拿起那只纸卷筒说:"这个给你,昨天我从墙角上捉到的,一只好虫。斗斗一般的蟋蟀一点问题也没有。但只能小来来,勿能大来,如果要大来,可能人家的虫就勿会是一般的虫,勿一定能赢。"

"五块到十几块大洋的输赢呢?"

"那一点问题都不会有。这只足够应付了。小来来的虫都很一般的,勿会有多好的虫,一只好虫要几十大洋呢。一般勿会斗十块几十块大洋的输赢的。"

"我明白了。"

王马收拾完碗筷,拿着纸卷筒走了。阿德用他拿来的热水美美地擦了个身。没有错,出呐娘,还是聂书煜重新把他关起来的。现在要把消息透出去,只有靠这个光头王马了。阿德这么想。

下 篇

但那天王马送中饭和晚饭来时,没再说什么。只是饭菜似乎比以前要好点了,中饭除了一点咸菜外还加了只煎荷包蛋,晚上还有一块咸带鱼。第二天送早饭来就不一样了,喜笑颜开,那天早饭也特别丰盛。

"阿德哥,吃。"王马说,"全是我自己掏钱买的。阿德哥,告诉你,你真的勿愧是蟋蟀阿德,名不虚传。昨天你给我的那只蟋蟀,开门大吉,一下赢了五块大洋,后来有一个人要二十块大洋买下来,我勿卖,他非要买。二十块大洋哎,天呐,他缠住我不放,缠了一阵后,我就卖给他了。心想,就这么一只虫,值二十大洋啊。我在这儿干死干活,每个月才合一块半大洋。阿德哥,真要好好谢谢你,我背的债还掉了一大半。只要再有这么一次,我勿但背的债可以还清,说勿定还可以赢点回来。"他说着,眼睛直勾勾地盯着阿德。

听话听音,阿德心里顿时格外的明白,这种在人手下当喽啰的小人物,没有多大的奢望,只要能小赚点钞票,把背的债还清,有口老酒抿抿,只要你能帮他做到这一点,有奶便是娘,他就会死心塌地地帮你。只是你阿德得让他尝到甜头,能得到点实惠,他们也是勿见兔子勿撒鹰的人。但一旦看见了兔子,他就可能会帮你放上勿是一次鹰,而是好几次鹰,想得到更多的实惠。无论在哪个世纪,这种人一直就存在,而且大多数人都是这么活着的。那些统治阶级勿给小老百姓们实惠,就想叫小老百姓都听话,门都没有!

阿德说:"王马兄弟,你给我一张纸。"

王马说:"纸没有,只有香烟壳了。"

阿德说:"香烟壳子也可以,笔有哦?"

王马抓开香烟纸,递给阿德。从口袋里掏出一支短短的铅笔头,说:"平时记账用的。"

阿德接过铅笔头,在烟纸上写了两句话。

王马说:"阿德哥,你勿能写你在什么地方的噢,勿然我丢饭碗勿讲,说不定我脑袋也要搬家的。"

阿德说:"勿会的。"

王马接过烟纸一看,上面写着:"阿倪,给来的人两只好蟋蟀。账由我来付,一定要好! 贾怡德。"

王马这才放心了,说:"怎么找这个阿伲?"

阿德说:"在张家巷稻香园。"然后又说:"你就坐黄包车或者三轮车去找。车费由我付。"

王马说:"阿德哥,你也太客气了。"

阿德说:"王马兄弟,我想帮你把债全还清还能再赚上一点。不过蟋蟀拿回来,让我过一下目。"

"一定,一定。"王马高兴地说。

中午王马没有送饭来,而是一个五十几岁的老头子送的饭。阿德想,王马肯定到稻香园阿伲那儿去了。这让阿德感到轻松了许多,只要这个光头王马上了船,他阿德就会大有希望。

果然,晚饭又由王马送了,还带了两只竹管筒。阿德拔开塞在竹筒口的草团,往里看了看,说:"王马兄弟,这两只虫比上次我给你的要好得多,山东送过来的虫,比我们上海本地虫要凶多了。"

"山东人模子就比我们上海人的模子大。"王马说。

阿德说:"王马兄弟,你还是要听我的,只能小赌,勿能大赌,这样赢的把握就要大些。"

"还像上次那样,五块十块大洋的输赢?"

"可以。"阿德说。

晚饭还有一壶温了的黄酒,王马说:"阿德哥,酒是我孝敬你的。我再给你打桶热水来。"

那几天王马伺候阿德伺候得特别热情。有一天,王马为阿德送晚饭来,说:"阿德哥,我发财了。"

"哪能?"

"两只虫全斗赢了,而且是绝顶的赢,对方的蟋蟀一点招架的力气都没有。我一共赢了这个数。"他伸出五指说,"五十大洋!"

"债可以还清了哦?"

"只有三十大洋的债,全还清了。另外这两只虫,也各卖出去二十五大洋,加起来,也五十大洋了。这五十大洋该还给你阿德哥,因为是你掏钱买的蟋蟀。"

"勿!"阿德说,"王马兄弟,你拿着。我说了,蟋蟀是我送你的。不管卖了多少钱,也该是你的。送出去的东西怎么可以收回呢?那你也太小看我贾怡德了。"

"阿德哥,从此以后我也不再赌了。让人追在屁股后面要债的味道实在勿好受。"

这时外面突然响起雷,下起雨来了。

王马这时突然跪下朝阿德磕了个头说:"阿德哥,谢谢!谢谢!"

阿德说:"谢倒勿用谢。只是你能告诉我好哦?到底啥人拿我关到这里的?"

"聂书煜聂公子。聂公子说,啥人都勿许透出去信息。啥人要敢透出一点点的音信,立马敲断他的腿!"

阿德说:"晓得了。为啥要拿我关起来你晓得哦?"

王马说:"我听李樾说为了你的女儿贾玉芹。唉,"王马摇摇头说,"为了要人家的女儿,把老爸关起来,实在没有道理。不过话又说回来。阿德哥,为啥你和你女儿勿肯啦,聂公子有钱有势,勿是蛮好嘛?"

"有权有势就好吗?"阿德说,"就凭聂书煜为了得到我女儿,勿择手段地把我关起来,这样的人品我还敢把女儿嫁给他?我女儿要嫁给他,将来的苦有得好吃了。女儿也坚决勿肯答应。我支持我女儿。"

"鸡蛋碰石头,要吃亏的。"

"我已经吃亏了,出呐娘逼我就吃亏吃到底哦,大不了命一条。我阿德是个白相人,命又勿值钱。再说了,人在做,天在看。好有好报,恶有恶报,啥人也逃勿掉这个劫数!"

那几天天好像捅漏了一样,瓢泼大雨哗啦啦地下个不停。屋顶上的瓦片被雨点打得叮叮咚咚乱响。

王马又来送夜饭了,他的神色有些慌张。

"王马兄弟,出啥事体了?"

| 289 |

"阿德哥,勿好,你女儿可能要出事情了。"

"哪能?"

"我听李樾讲,聂公子对他说,那个贾玉芹只有两条路可走。要么顺从,要么去死。我聂书煜得勿到,出呐娘别人也勿要想得到。"

"王马兄弟,真有这事?"

"勿会错。聂公子这个人我们是领教过的。心狠手辣,听讲前两年就有一个舞女被他扔进了黄浦江。"

"王马兄弟,我现在只能托你帮我去传个信了。"

"阿德哥,我想好了,你阿德哥对我这么仗义,这种人命关天的时候我再不帮你,那我王马的心就让狗吃了。阿德哥,我今天早上就跟我老婆商量好了。我这儿的生活勿做了,我用那几十大洋做本钱,开个小胭脂铺,同我老婆做老板和老板娘,也不再做听别人拨弄,猪狗不如的生活了。阿德哥,你讲,让我去哪儿带信?"

阿德想了想说:"你去找阿伲。你让阿伲再去告诉邵林福,你就讲找福爷,他就明白了。你把刚才讲的事同阿伲讲一遍,让阿伲传话给福爷。"

王马想了想说:"好。我一下班就连夜到稻香园去找阿伲。但你阿德哥在啥地方我勿能告诉他,这事一传出去肯定会怀疑到我的,因为只有我一个人服侍你,晓得你关在啥地方。要让他们发觉了,那勿要讲开胭脂店,连小命都要丢了。"

阿德说:"好哦。我无所谓,关键要救我的女儿。我女儿要有个三长两短,我这些日子也等于白吃苦了。"

雨下得很大。那竖着铁栅栏的玻璃窗上,雨水哗哗地粘着窗玻璃往下流。想到聂书煜会对贾玉芹下毒手,阿德心中很是忐忑不安,焦虑万分。这个世界真正是勿公道啊,有权有势的人欺负没有权势的人,大家都是人,为啥这样的勿一样!为啥有了点权势就可以狠三狠四把有些人勿当人,想骂就骂,想打就打,想关就关,想杀就杀,这样的世道哪能叫老百姓满意?这时他想到阿天与鸣凤,觉得他们向往一种没有人压迫人,没有人欺压人这样的世道也不是没有道理的……

第二天一清早,王马来送早点。一碗咸豆浆一块油炸粢饭糕,两只大肉包子,王马说:"阿德哥,我信送到了。阿伲保证今朝就把话带给福爷,不过阿德哥,这早饭是我最后给你送的一顿饭了。我已经辞了这份差事了。中午有伙房的李老头给你送饭。阿德哥,你多保重,后会有期,我走了,碗筷李老头会来收的。"

阿德握着王马的手说:"让你费心了。不管事情会怎么样,我代表我女儿还有我,都要谢谢你。好人是会有好报的。后会有期哦!"

王马跪下给阿德磕了个头说:"谢谢阿德哥给我的关照,我永世都不会忘记。"

王马走后,阿德慢慢地吃着早点,心想,邵林福肯定会有办法救阿芹的。唉!要让福爷知道我在这儿就好了。可是,王马勿肯传这个信,也有他的道理,他只要一传,聂书煜与李樾立马就会怀疑是他传出去的风声。那他就要吃不了兜着走了。他与王马的情分还不至于到为他阿德卖命的分上。世上,人与人之间的情分是有深浅的,所谓生死之交的朋友,在这世上是少而又少的。拍着胸脯嘴上讲都可以两肋插刀!一旦真要两肋插刀了,能做得到的又会有几个呢?……

在上海,初秋时分,秋老虎热死人。但秋天的淫雨下起来也是一连几天几夜,愁煞人烦煞人的。雨水划在窗玻璃上,一条条地往下淌。"毛毛雨下个不停,微微风吹个不休。"出呐娘逼遇到这种鬼天气,你心中没有忧愁也会渗出愁来,何况心中塞满忧愁的人呢。一天,两天,三天,四天……他再也见不到光头王马的人影,每天送饭的是李老头。李老头见他就像个哑巴,闭着个嘴,一句话也不敢同阿德说。阿德想同他说话,他就摇手,让他不要说。林福接到信了吗?他会想什么办法呢?贾玉芹又会怎么样呢?

雨不停地下,淅淅沥沥,淅淅沥沥,充满了忧愁与伤感……

第五天的半夜里,雨还在下。已经渐渐习惯了这样生活的阿德睡得死沉沉的,但突然他的房门被打开了。进来几个壮汉,把他从床上拖了起来,捂上了嘴巴,用黑布蒙上了眼睛,把他拖出了屋外。又是风又是雨的,还没有彻底醒过来的阿德感到一阵凉意,脑子立马清醒了过来。他一想,不好,他们看来要灭口!

　　他被用力推进一辆车里,两个人架着他。车开上十几分钟后,突然停了,接着他被用力推下车,他似乎被摔了个嘴啃泥,全身泡在了泥浆水里。车呼地开走了。除了捂着嘴蒙着眼,他们并没有绑他。他拉开蒙着他眼睛,捂着他嘴巴的黑布。在雨中,他看到了远处一个小镇的灯光。四下黑漆漆的一片,没有一个人影,阿德知道,他自由了。他松了口气,朝那小镇的灯光走去。

　　快要走到小镇时,他朝四周看了看,没有人再跟踪他,他这才彻底地放了心。想不到小镇里还有三轮车与黄包车。是呀,上海滩是个不夜城,过夜生活的人有的是。三轮车黄包车这个时候拉上客,一般都是过夜生活有点钞票的人,他们在这种时候,多少都会多给点车钱。黄包车夫往往都是有两个搭档的,要么是师父徒弟,或是父子,或是兄弟同拉一辆车,一个白天拉客一个晚上拉客。挣的都是辛苦钱啊!

　　阿德要了一辆三轮车,说:"西江路永福里16号。快点,我会多给你点钞票的。把雨帘拉下来。"

　　雨点在路灯幽暗的灯光下星星点点地闪烁着。车夫拉下雨帘,飞快地踏着脚,齿轮在嘎吱嘎吱响,阿德这时突然感到很累很困,眯眼想睡,但却怎么也睡不着。

　　到永福里16号门口,阿德敲开门,沈赵氏一见到浑身泥浆水的阿德,大吃一惊:"阿德,你回来啦?"

　　阿德说:"姆妈,快给车夫一块大洋,有话等一会再讲。你叫阿珍烧点水,我要先洗个澡,换换衣服。嫣红呢?嫣红!嫣红!"他叫。

　　"你勿要叫了……"

　　"嫣红哪能啦?"阿德问。

　　"嫣红再也回勿来了……阿珍,起来,烧水,老爷要洗个澡。"

　　沈赵氏这时倒很沉着,说:"你洗好澡换好衣服再说吧。天都快亮了,你肚皮一定饿了,我去给你买点早餐哦。有话等我回来再讲哦。"

下 篇

九

　　总算活着回到家了。但他被秘密关押的那些天里,家里却发生了他意想不到的变化。他从沈赵氏,尤其是从林福那里,还有万家伦,崔延年,袁巧雅等人口中知道了这些天所发生变化的大致情况。

　　癞头阿伲听到光头王马连夜奔来告知的消息后,他感到这是有关人命的事,尤其是有关阿德女儿生命的事体,阿伲也不敢怠慢,天勿亮就往市里赶。赶到邵林福公馆,天已大亮了。阿伲把这事告知林福后说:"福爷,阿德讲现在只有你能救贾玉芹了。"

　　林福说:"阿德哥现在关在哪儿你晓得哦?"

　　阿伲说:"我也问那个送信的人了,但他怎么也勿肯讲。只说你们先想办法救贾玉芹吧,说着就匆匆走了。"

　　林福知道,这事不能耽搁,贾玉芹已有生命危险了。于是在当天晚上,他把与阿德经常有往来并靠得住的人都叫到了永福里16号沈嫣红的家里。除了阿芹,阿晴,还有万家伦,袁巧雅,崔延年,新德里23号的江时鑫,舞女许丽珠。

他们商量来商量去,觉得最好的办法就是贾玉芹尽快逃离上海。

阿芹说:"往哪里逃呀?"

林福说:"索性去南洋,离开上海百只脚,让聂书煜咯只瘪三寻不到你。他只要能找到你,他还是不肯善罢甘休的!我在南洋有几个好朋友,其中一个姓庄的,叫庄涵宇,是我的生死之交。相当靠得牢的。"

崔延年说:"但如何逃出上海呢?"

万家伦说:"是呀。现在我已经感觉到了,这两天里,聂书煜派出来的爪牙已经遍布四处了。不但新德里24号,永福里16号,你的公馆,贾玉芹的寿山路洋房,阿晴北京路的轴承公司,还有他们东湖路的花园洋房,似乎都布满了聂书煜的爪牙。说不定你还没出上海就遭他们的家伙了。"

袁巧雅说:"咯哪能办啦?"

林福托着下巴,眼睛轱辘轱辘转。他看看阿芹,又看看沈嫣红,突然一拍大腿说:"出呐娘逼,我们学古人,也白相一次调包计!"

林福把他的想法一说。

万家伦说:"我看可以。但最好的办法是先要把聂书煜花牢。在热闹混乱时不知不觉中去演这出调包的戏。"

袁巧雅说:"要是这样做,嫣红妹妹可能会有危险咯呀。"

沈嫣红说:"没关系的。为了阿芹小姐,冒一点险怕啥。阿德哥现在勿在,这事我再勿去做,哪能对得起阿德哥啦。虽然阿芹勿是阿德哥亲生的,但比亲生的还要疼。我这个当姆妈咯该为女儿去冒这个险。"

阿芹在边上哭了。阿晴心疼地说:"阿芹,放心,我跟你一起走。我永远跟在你身边。"

阿芹扑在阿晴肩头上痛哭起来。

贾玉芹说:"姆妈,算了哦?我勿想让你为了我去冒这个风险。"沈嫣红说:"我勿怕你怕啥。只要你阿芹能脱离魔爪,我啥都敢做。何况,他们真要抓人,最后发现抓错了,他们能拿我怎么样,无非是关起来,打一顿。说勿定

下　篇

我在关的地方还能见到你阿爸呢!"林福叹口气说:"阿芹,既然你姆妈这么说,就这样吧。现在也很难再找出一个人能代替你姆妈的。你们俩长得太像了,真是不像一家人勿进一家门啊!"

江时鑫说:"那这包在什么地方调最好呢?"

许丽珠说:"百乐门舞厅。"

崔延年说:"我看可以。"

大家又商量了一阵细节后,林福一拍桌子说:"三十六计,走为上计,那就这样行动!"

第二天一早,沈赵氏到袁巧雅家,打扮成捡垃圾的老太婆,从袁巧雅家的后门出去,然后到轮船公司去买了两张去南洋的船票,船是一清早就能开出码头的。买了船票后,林福就派他的手下办了贾玉芹与阿晴出关的护照。这一切办好后,崔延年、万家伦就去找聂书煜,说贾玉芹邀请他去百乐门舞厅跳舞。

"哪能?"聂公子听了很高兴地说,"贾玉芹回心转意啦?"

"贾玉芹有没有回心转意我们勿晓得,反正跳舞时你可以直接问她。但去百乐门跳舞,是她让我们来邀请你的。"

"哼,是勿是听到什么风声了? 我是放出去话了,要么老老实实跟我做夫妻,我保证同她白头到老。如果她勿让我得到,那什么人也勿想得到她! 我就勿相信人真会勿怕死的。跟我聂书煜亏不了她,总比去死要好哦?"

崔延年说:"那好,晚上百乐门见!"

晚上,聂书煜西装革履,神采奕奕。他让李樾带着帮手下早早来到了百乐门舞厅,弄得百乐门的顾老板也闻风赶来,紧张得勿得了。

中午天气闷热了一阵,但一到傍晚又下起雨来,雨点均匀,雨丝密集,这样的雨特别容易湿衣服,你只要在雨中待上几秒钟,雨水就会把你的衣服淋得透湿透湿。李樾手下的那些人只好穿着帆布雨衣在街上溜达,特别的显眼,让人一认就能认出来这些人都是干什么来的。

林福的意思是人勿要去得太多,最好万导演陪阿芹去,许丽珠本来就每天要去舞厅的。沈嫣红说:"让巧雅姐也去,巧雅姐的脑子活络。"林福说:

"好吧,就这样。人多了容易穿帮。"

大约晚上九点多钟,贾玉芹在万家伦,许丽珠,袁巧雅等人的陪同下来到了百乐门舞厅。后来林福也来了,说巧雅非要他来陪她跳舞。其实他还是不放心,要亲自督阵。早就等在那儿的聂书煜见贾玉芹真的来了,满面笑容,眼睛邪得发绿了。聂书煜捏着贾玉芹的手勿肯放开。而他把盛大少爷盛兆霖也请来了。

贾玉芹轻轻地把手从聂书煜的手中抽出来。

聂公子说:"贾小姐,最近我弄到了一只电影脚本,叫《牡丹传奇》,是夏斌夏公写的本子,非常的棒。本来由我一个人来投资,但盛老板讲,这么好的本子你一个人投资太心黑了,还是跟《人面桃花》一样,一家一半的投资吧。仍然请万家伦万导来执导,你是当然的主演,演里面的牡丹女,哪能?"

"那好呀!"贾玉芹说。

"那就一言为定喽?"聂公子说。

"聂公子,"贾玉芹说,"我阿爸是勿是还在你那儿?"

"没有啊!"聂书煜吃惊地说,"放出来已经好些天了呀,怎么?还没有回家?"

"没有。我以为还在你那儿呢。"

"勿可能!万老先生来找我阿爸那天下午就放出去了。还是我让李樾办的牌子。"

"那他会到哪儿去呢?"

"会勿会是黑社会绑票了?这你最好让福爷帮忙查一查。"聂公子看了林福一眼说。

林福心中明白,说:"真要是黑道里绑了他的票,人家会开出赎金来的。可这么些天,就没有人来开赎金。还是你聂公子想办法让警备司令部的人帮忙查一查哦。"

"好说,好说,只要贾小姐答应我,我一定帮忙查!哪能?"

"跳舞,跳舞。"万家伦在一边说。舞曲已经开始嘀嘀嗒嗒地响起来了。小号尤其吹得嘹亮,鼓也嘭嚓嚓的振人心弦。

"来!"许丽珠说,"我先同聂公子开第一曲。"说着,就同聂公子走进舞池,跳起来。到底是舞女,那姿势,那身段,那舞步真的让人心醉。舞场老手聂公子也跳得很潇洒。

　　舞厅真是个让人心动让人欢心让人愉悦让人陶醉的地方。

　　跳完一曲,贾玉芹就陪聂公子跳第二曲。

　　聂公子搂着贾玉芹。捏着让自己心仪的女人的手,搂着让自己迷醉的女人的腰,那真的是男人最愉快的时刻。看到那么一张漂亮的脸就在自己的眼皮底下,聂公子说:"贾小姐,只要你肯答应我,我可以为你做你想要的一切,答应我好哦?"

　　"你把我阿爸放出来。"

　　"这次你阿爸真勿是我关咯。"

　　"那你想办法把他找回来。"

　　"只要你肯答应我,上九天揽月,下四海捉鳖,我一定把他找出来!"

　　"只要你把他找回来,我就答应你。"

　　"一言为定?"

　　"一言为定!"

　　"那我什么时候把你娶回家,我就什么时候帮你去找。"

　　"找到后你才能娶我。"

　　舞曲停了。他们走回舞池边的包厢时,音乐又响了起来。袁巧雅对聂书煜说:"聂公子,赏脸?"

　　他们又进舞池旋转起来。

　　在包厢里盛兆霖问贾玉芹说:"沈嫣红怎么没有来?"

　　"姆妈啊。"贾玉芹说,"她很少进舞厅。"

　　"以前也老陪我到舞厅来跳的。她跳得同你一样好。贾小姐,何苦呢?你让你阿爸吃苦头了。"

　　"阿爸啊,是勿是又被聂公子关起来了?"

　　"勿晓得。但贾小姐,你要么答应聂公子,要么千万小心点。真的看在你是我电影公司的人,我关照你一声的。唉!"

| 297 |

盛兆霖呷了口香槟酒,摇了摇头。

贾玉芹说:"盛老板,我们来跳一曲。"

女的一个一个陪聂公子跳,跳后又灌聂公子的酒。由于贾玉芹松了点口,本来没有任何希望,但今天看来似乎不但松口了,还显得同他有些亲热的样子。她同他跳舞时,他捏她的腰,一件薄衣,捏了一下她腰间的嫩肉,她只是一笑,也没有反抗,不像以前那样,会来上一句:"聂公子,手也应该懂点文明哦?"但现在捏她时,她只是笑笑。啊,有门了!

由于兴奋,由于愉悦,由于一次次的有机会捏着贾玉芹的纤手、细嫩的腰肢,话语中又有了一次次的希望。酒灌了不少,舞跳得更多。

午夜过后,贾玉芹说:"聂公子,最近因为阿爸没有回家,我一直没有睡好觉,所以有点累了,我先到一楼去休息一会儿,喝点咖啡,我再上来陪你跳好哦?"

万家伦在一边说:"贾小姐看上去是有点疲乏,歇一歇就好了。来,我陪你去一楼喝杯咖啡。"

聂公子正又跳又喝,想到自己苦苦追求着的美梦似乎有了成真的希望,说:"喔哟,我让你辛苦了,去歇一歇,歇一歇去,我再跳上几圈,也同你一起喝杯咖啡,吃点夜宵。万导,辛苦你,代我陪贾小姐去喝杯咖啡,记在我的账上。"

这时许丽珠又扭着腰肢上来说:"聂公子,跟你跳舞真正是一种享受啊。想勿到聂公子的舞是跳得越来越潇洒越来越有味道了。来,这一曲华尔兹我再同聂公子跳个过瘾的!"

聂公子正是跳舞的劲头越来越足,突然想起什么,从口袋里掏出一沓舞票塞给许丽珠说:"你看我,同你跳了这么几圈舞,我连舞票都忘了给了,好像我聂书煜要吃白食一样。"

许丽珠收下舞票说:"你聂公子是啥人物呀,同你能跳舞就是荣幸,你会赖我舞票啊!聂公子,你这话说得有点太小家子气了。"

就在这个"嘭恰恰"的音乐声嘭恰得极其热闹的时候,聂书煜搂着许丽珠的软腰跳得入迷的时候,沈嫣红进入百乐门舞厅悄悄地溜进了许丽珠的更衣室。贾玉芹也进了许丽珠的更衣室。两人匆匆调换了衣服,两人都梳了一样的头。

两人换好衣服后,沈嫣红说:"快走!阿晴的车就在百乐门边上的马路上等着你呢。轮船早上六点钟开。"

贾玉芹含泪拥抱了沈嫣红说:"姆妈,千万当心。"

沈嫣红说:"勿用担心我,去南洋这一路自己当心。我们还会见面的。"

贾玉芹穿着沈嫣红的衣服,匆匆走出百乐门舞厅。雨还在密密麻麻下着。贾玉芹在雨中奔到百乐门边上的马路上,她看到阿晴的小车停在那儿,于是飞快地跳上小车,发现里面不但坐着阿晴,阿朗,还有阿天与乔鸣凤。

阿朗坐在驾驶座上。

阿晴说:"阿朗,开车。"

阿天对贾玉芹说:"我和乔鸣凤也去南洋。我们前天从江西回来的。组织上派我们到南洋去筹集活动经费。"

贾玉芹说:"那太好了!"

阿朗开着车直奔轮船码头。

一楼咖啡厅的雅座里灯光幽暗。万家伦陪着沈嫣红喝咖啡吃点心。但沈嫣红穿着贾玉芹刚才穿的衣服,在暗淡幽静的灯光里,一点也看不出同万家伦坐在一起的不是贾玉芹而是沈嫣红。聂公子不时地让人去瞄一眼,但瞄过的人都暗示聂书煜,贾玉芹还在同万家伦吃点心喝咖啡,聂书煜也放心地跳了一圈又一圈,喝了一杯又一杯。跳了几圈后,聂公子对盛兆霖说:"盛大少爷,去把贾小姐请来哦。人也勿能太娇气了。"

盛兆霖走进咖啡厅,看了一眼万家伦与"贾玉芹"后,虽然看的是贾玉芹的背影,但立即发觉"贾玉芹"勿是贾玉芹而是沈嫣红了。因为他对沈嫣红太熟悉。他脑子一转,立即又来到舞厅。

"哪能?勿肯来?"聂书煜说。

"还是你聂公子自己去请好,她是为你聂公子来的呀。这种事我盛兆霖勿敢越俎代庖。"

"好,我去请!"聂公子说着要下去。

| 299 |

"聂公子，"袁巧雅一把抓住聂公子说，"你太勿够交情了，光请许丽珠跳，勿肯请我跳。"

"哈哈哈，"盛兆霖说，"巧雅姑娘吃醋了。"

"当然要吃醋了。聂公子呀！能跟聂公子跳几圈舞，那是多体面的事呀！"

聂书煜与袁巧雅跳舞跳在兴头上时，李樾在舞池外拼命朝聂公子招手。而这时万家伦也搂着许丽珠进了舞池。

聂书煜松开袁巧雅，走到舞池边上问李樾："哪能？"

"贾小姐勿在了。"

聂公子走到万家伦跟前问："贾小姐呢？"

万家伦松开许丽珠说："我正要告诉你呢。贾小姐让我告诉你，她实在是有点吃勿消了，而且还想吐，走了，回家了。让我转告你一声。"

聂书煜也是个聪明人，立马感到这很可能是一场耍弄他的戏。

聂书煜把李樾拉到舞池边上的走道上，对李樾说："贾玉芹是勿是逃脱了？"

"我也勿晓得。"

"一场戏，这些人在我跟前演了一场戏。"聂书煜恼怒地说，"去！立即给我找到贾玉芹，这次说一不二，再耍花招也没用，就按我以前说的办！让她喝喝黄浦江的水是啥味道。"说完又笑眯眯地走进舞池说："巧雅姑娘，我们继续跳。贾小姐勿在，同你们跳一样相当有味道。"

大约又跳了三四曲，早已过午夜，李樾走来，在聂书煜的耳边说："解决了。"

林福、万家伦、袁巧雅、许丽珠等人都准备要走。聂公子说："勿要走，勿要走，福爷，是勿是老马也有失前蹄的时候？大家都勿要走。我在杏花楼安排了夜宵，大家请赏光。可惜啊，贾玉芹小姐来勿了了，大家请。"

下　篇

十

　　第二天的下午,黄浦江上漂着一具尸体。聂书煜以为是贾玉芹,但却勿是,而是沈嫣红。林福、万家伦的估计是聂书煜把沈嫣红抓起来后,发觉不是贾玉芹,最多是把她关起来,或者打一顿也就行了。但那天李樾听聂书煜的号令后,对手下说,把贾玉芹套上麻袋后就直接扔进黄浦江。因为李樾与贾怡德在赌蟋蟀时也结下了仇恨,所以那天他们追上"贾玉芹"坐的黄包车,二话不说就堵住了"贾玉芹"的嘴,将她五花大绑后,塞进小车里,直接开到黄浦江边,送上快艇,开到离吴淞口不远处,把"贾玉芹"一下扔进了黄浦江里。

　　林福伤感地对阿德说:"阿德哥,都怪我,想得不够周全,丧了沈嫣红的一条命。不过,她真的是为贾玉芹去死的。"林福告诉阿德,由于不知他阿德的下落,天气又这么热,沈嫣红被打捞上来后,人已经泡胀得不像样子了。所以他同沈赵氏商量后,就在万国公墓买了一个穴位,把沈嫣红入殓安葬了。墓牌昨天上午刚刚竖好。

雨依然在密密麻麻地下着。万家伦、袁巧雅、崔延年知道阿德回来了,也都来看阿德。他们一起陪阿德去了墓地,沈赵氏也跟着去了。墓修得很典雅也很漂亮,竖的是现买的一块汉白玉的碑,上面还嵌了一方沈嫣红的玉照。墓四周新种上的松柏在雨中是一片翠绿。

阿德在墓碑前献上花,鞠了一躬,哭了。

林福在一边说:"阿德哥,这仇我迟早要为你报的。"

崔延年在边上说:"福爷,这仇用不着你去报。有人会报的。"

"啥人?"林福问。

"福爷。这你就不用管了。"

后来崔延年就对妹妹崔莉娜说:"沈嫣红死得太冤枉了,我既然爱她,那我一定要为她报仇!"

阿德重新回到新德里24号去住,葆娣也已回到新德里24号,把房子收拾干净了。阿德征求沈赵氏的意见说:"姆妈,你是搬到新德里24号跟我一道住,还是你和阿珍仍在这永福里16号住?"

沈赵氏想了想问阿德说:"阿德,你啥意思呢?"

阿德说:"我想你还是搬来到新德里24号一道住吧。沈嫣红走后,你就是我姆妈。相互也有个照顾。再讲,你做的一手好小菜,我真的很喜欢吃。"

沈赵氏说:"既然阿德你这么说,那我就搬新德里去住,那阿珍呢?"

"一道去哦。我阿德那儿勿少她的那一口饭。"

"这永福里16号让它空着还是租出去?"

"还给林福福爷吧。这房子原先就是他的。"

沈赵氏一想说:"那也好。"

沈赵氏往新德里搬时,林福也来了,还派了车。阿德把这事同林福一说,林福说:"我林福勿能要。是我送你的房子我哪能可以要回来呢?你也太把我邵林福当小儿科了。按理讲,永福里16号这房子本来就是沈嫣红家,如果她不是死咬着勿住进这栋房子不嫁,你阿德能讨到这么漂亮这么好心肠的女人?所以这房子还是应该归沈家姆妈所有。沈家姆妈,你看呢?还

下 篇

是归你哦,想租出去还是继续自己住,由你自己做主。"

大约过了不到十天,天气也晴朗了好几天。虽说过了立秋,但秋老虎咬起人来更凶,温度每天都升到37度以上。过了一个礼拜,台风从上海滩上扫荡了一次,接着又是阴雨绵绵。有一天傍晚,崔延年的妹妹崔莉娜来到新德里24号,找到阿德,对阿德说:"阿德哥,我阿哥死了。"

"怎么回事?"阿德大惊。

"昨天晚上,他邀请聂书煜坐游艇观赏雨中的黄浦江的夜景。船快到崇明岛时,他抱着聂书煜一起投进了江里。两人的尸体今天早上才捞起来的。"

"为啥?"

"我阿哥给你留了一份遗书,你看。"

崔莉娜把一张纸递给阿德,上面有这么一行字:"我爱沈嫣红,这仇非报不可,不为她去死,怎么能证明我对她的爱。"

"唉,书呆子啊。"

阿德长叹一口气说,流下泪来。

"他认为这是他的绅士风度。"崔莉娜说。

阿德说:"我晓得,崔先生一直在追嫣红,像盛大少爷一样。我也曾问过嫣红,如果她也真心喜欢崔先生,她可以跟他走。但嫣红说,阿德哥,我跟定你了,你就是我可以白头偕老的那个男人,不管什么样的男人,再好,我也勿会跟他走!"

后来万家伦与盛大少爷都说,姻缘啊,前世定了的,啥人也改变不了。

阿德想出资隆重厚葬崔延年,但崔家不愿意,说:"这是我们崔家的事,哪能好烦劳你阿德哥破费呢?"阿德知道,崔家有钱,但崔莉娜提出,能否葬在离沈嫣红不远的地方。阿德说:"可以,只要勿合葬,因为他与嫣红没有那个夫妻名分。挨在边上就可以了。"阿德当然勿晓得沈嫣红与崔延年是有过那么一回的。在这世上最最闹不清的是男女之事。世上有些夫妻仅仅只是有夫妻的名分,而是没有夫妻之实的。所以有些男人或女人寻死寻活不但既要夫妻的名分又要夫妻之实,不许对方哪怕有一点点的越轨。你问问,这世上哪有一对夫妻是真正做得到的呢？恐怕少之又少啊。可以说,这世上大多数都只是名分上的夫妻。

在崔家隆重为崔延年下葬的那天,不但阿德,林福,袁巧雅,沈赵氏,许丽珠,江时鑫,甚至连盛兆霖也来了。大家都敬上了花圈。

盛兆霖握着阿德的手说:"阿德哥,这种事情是讲勿清爽的。其实我同崔延年与聂书煜都是朋友。但为女人去死,崔先生是死得最光彩的一个,而聂书煜是死得最无耻的一个。对一个女人,你尽可以去喜欢,但勿能因为自己得勿到而去害人家,要人家的命。结果,自己也把命搭进去了。人活在这世上,要人命的事是绝勿能去做的。聂公子的葬礼,我就没有去参加。"

从那以后,阿德住在新德里24号,继续白相他的蟋蟀,人喜欢一样东西,就会上瘾,就会喜欢上一辈子。不过这以后阿德白相蟋蟀也赌,但只是小来来,纯粹的白相白相。生活上他也用不着靠赌去弄钱。沈嫣红在北京路三祥轴承公司的那笔投资,由于林三祥与阿朗经营有方,每年的分红可观,而在林福房地产上的那笔投资,同样有很可观的分红,而贾玉芹灌的那些唱片,也时不时地有版税寄来。阿德说:"我现在其实在靠沈嫣红吃饭。也是个吃软饭的人,没有什么值得好得意的。"袁巧雅却说:"阿德哥,你这是好人有好报。"

有一天,林福又来找阿德,说:"阿德哥,帮我寻两只好一点的虫。"

"作啥?"

"出呐娘逼,盛兆霖咯只瘪三又想同我斗蟋蟀,赌一把。"

"福爷,这次我勿参加,也勿去偷着帮你了。"

"勿用你帮。这次我同盛兆霖讲好了,小来来,勿像以前那样下大注,那样赌,两败俱伤,其实也没啥意思。"

"哪能小来来?"

"啥人输了,到杏花楼摆几桌,请兄弟们吃吃花酒,白相白相,开开心,哪能?"

"这样好。那我也参加。"

阿德回到新德里24号住下后,感到这个地方特别的亲切。不但有沈赵氏、阿珍、葆娣照顾,尤其又有万老先生、江时鑫、许丽珠的往来。对万老先生那段时期的帮忙,他总是千恩万谢。万老先生说:"在这世上总也有那么一些坏人,所以为人之间相互得帮衬着点,靠一个人是很难存活在这世上的。你不也帮过我吗?再说呢,远亲不如近邻啊。"由于贾玉芹的事,江时鑫与许丽珠也帮了忙,万老先生以前是从不与许丽珠说话的,但现在进进出出,见到许丽珠也点头说话了。

万老先生对万家伦说:"你勿要看阿德是个白相蟋蟀的白相人,但阿德绝对是个好人。沈嫣红、许丽珠从事的行当让人有些看勿起,但她们的为人,我却觉得很让人看得起。世上有让人看勿起的狗官,同样也有让人看得起的风尘女人,还有那些白相人。比如24号的贾怡德。关键是你怎么为人。所以在这世上,财富,地位,不是最重要的。最重要的是怎么做人。那些占据了总统皇帝位置上的人,自以为亿万人之上,了不起。但你做人不地道,不是个东西,最后历史会给你一个结论的,依然会遭万人唾骂成为民间的笑话!老百姓的眼睛是雪亮的。历史的长河在洗刷与过滤着每一个人,历史会给每个人一个最公正的结论的。我活了这么八十几年了,研究了许多人文历史,我万松年绝对相信这一点。再说,上海滩也勿是天天都打打杀杀的。天天打打杀杀的上海滩啥人愿意待呀。天天都打打杀杀的上海滩哪能可能发展成东方的一个国际大都市呢?在上海滩上住的人,也都有上海人的温情,有上海人的良知。正是上海人这种人性光辉的一面,上海才有今朝的发展与繁荣,才有许多文人雅士愿意汇聚到上海来,我就喜欢上海文人们创造出的这种海派文化的氛围。家伦,你也是创造这海派文化的一员啊。"

"阿爸,你勿是看勿起我拍电影吗?"

万老先生说:"一个老人最可贵的品质就是勿要老是生活在过去,也一定要生活在现在。我看到了电影对文化的影响力,正在与日俱增啊!"

又是个大热天,花园路78号又热闹起来了。挂在天花板上的吊扇在哗哗哗响。盛兆霖穿着白衬衣,吊带裤,林福穿着常青府绸的褂子,阿德穿着白丝绸短衬衣,大家汇在圆桌边,又一次地看到两只蟋蟀的鏖战。威胁对方的叫声不断。观战凝视的人的喊声,叹息声,叫好声不绝于耳。斗蟋蟀其实也是一种文化,趣味无穷的,要不不会延续上千年。这次斗的结果是阿德请客。

一群人下了楼。有人坐小汽车,有人坐三轮车,有人坐黄包车,都直奔杏花楼。林福让手下人到四马路乐悦楼去请姑娘。

林福同阿德走在一起说:"哪能?存心想请大家吃一顿?"

阿德说:"都帮过我阿德忙的。该请啊!"

林福说:"去把袁巧雅也请来。吃花酒,没有巧雅唱上几段筱腔味道就勿全了。"

阿德说:"福爷,放心,巧雅已经在杏花楼等我们了。"

林福说:"可惜啊,嫣红与崔先生勿能同我们在一起了……"